光文社文庫

廃墟の白墨《はくぼく》

遠田《とおだ》潤子

KOBUNSHA

JN019680

扉装画　agoera
目次・扉デザイン　柳川貴代

廃墟《はいきょ》の白墨《はくぼく》

目次

序章　母

母はよくミモザに詩を読んでくれた。

時間はお構いなしで、心地よい春の陽射しの午後だったり、太陽が頭を灼《や》く真夏の正午だったり、空が血の色をした秋の夕暮れだったり、月だけが輝く冬の真夜中だったりした。

母の持っていた詩集は一冊きりだった。すっかりボロボロで、表紙には「ロルカ詩集」とあった。母の宝物だった。

――ミモザが大きくなったら、この本をあげる。

――僕がもらっていいの？　お母さんの宝物でしょ？

母は黙って微笑んだ。ミモザは嬉しかったが、やはり悪いような気もした。母の数すくない持ち物の中で「ロルカ詩集」と「チョーク入れ」と「カスタネット」は特別だったからだ。

でも、どうせなら、と思う。もらえるなら「チョーク入れ」がいい。綺麗な飴色の木製のケースの中に真っ白なチョークが並んでいる。側面に花の絵がついているのでちょっと女の子っぽいが、そこさえ目をつぶればカッコいい。なにか秘密の匂いがする。

宝物の残り一つは一対のカスタネットだ。片手に一つずつ持って、母は器用に複雑なリズムを刻んだ。公園で、海で、草原で、橋の上で、母は乾いた音を鳴らした。それは誰に聴かせるものでもなかった。横にミモザがいたとしてもだ。

母が大切にしていた物が、あと一つある。でもそれは母の宝物ではなく、母の母が大切にしていた物だ。それは古い船員手帳で、表紙は染みだらけですっかり変色していた。

——これはお母さんのお母さんが初恋の人からもらったものなの。クジラさん、っていうの。ナガスクジラのクジラさん。

中は見せてもらえなかった。これもやっぱり秘密の匂いがした。会ったこともない祖母の初恋の人などと言われても、ミモザはぴんとこなかった。ただ、クジラさんという名だけは印象的で記憶に残った。

母はそれ以外には自分の母親の話をしなかった。だから、ミモザが祖母について知っているのは、古い船員手帳の持ち主であるということだけだ。

冬の港を見ていたときだ。母が鞄から船員手帳を取り出した。この手帳があれば、パスポートがなくても外国に行けるのだという。

——ねえ、ミモザ。二人でどこか遠くへ行きたいね。

ぎゃあぎゃあと海鳥がやかましい。ミモザは黙って海を見ていた。母の気持ちがわからなかった。どうしてどこかへ行きたいのだろう。これ以上どうやって遠くへ行くのだろう。今だって、二人でずっとずっと「どこか遠く」へ行き続けているではないか。

だが、母が一番行きたいのは「王国」だった。母はミモザに王国の話をしてくれた。

――お母さんはね、昔、王国に住んでたの。

――王国？　ねえ、どんな王国？　どんな王様がいるの？

――王様はいないの。その代わりに優しい人たちが住んでる。

――王様がいないのに王国なの？

――そう。小さな小さな、すごく気持ちのいい王国。

――ねえ、その王国ってどこにあるの？

母は返事をしなかった。微笑んで首を傾けただけだった。

――お母さん、そこへ連れてってよ。僕も王国へ行ってみたい。

だが、母は首を横に振った。そのまま黙ってしまう。

――どうして？　ねえ、お母さんも行きたいでしょ？

すると、母は眼に涙を浮かべ、苦しそうな顔をした。それから、軋《きし》むような声で言った。

――遠くへ行きましょう。遠くへ。ずっとずっと遠いどこかへ。

陽が海の向こうに沈みかけていた。空も雲も水も真っ赤だった。母は海のその先のどこか遠く、ずっと遠くを見つめていた。

——空も海も真っ赤。血の色みたいに綺麗ね。

母はうっとりと言う。幼いミモザは想像した。王国は海の向こうの雲の上にあって、夕陽が当たると血の色みたいに綺麗に赤く輝くに違いない。

——ミモザ、寒いの？　ほっぺたが血の色みたいに真っ赤。

母は赤い色を形容するとき、必ず「血の色みたいに」と言った。「血の色みたいに」赤くて美味《おい》しそうなトマト、「血の色みたいに」赤いすべり台、「血の色みたいに」綺麗な夕焼けなどなど、母はごく当たり前のように「血」という言葉を口にした。

母の口癖を当たり前だと思っていたミモザはときどき失敗した。小学校で、つい「血の色みたいに」と口にしてしまい、同級生からぎょっとした眼で見られた。そのたびに、ミモザは不思議に思った。どうして「血の色みたいに」と言ってはだめなんだろう。母はあんなにうっとりした眼で、幸せそうに言うのに。


最後の母の姿は橋の上だった。

母は橋の上から月を見ていた。

——月が踊っているのです。死んだ者たちの中庭で。

ロルカの詩を口ずさみ、短くカスタネットを鳴らした。

——ミモザ。

絞り出すような声で月に叫んだ。

次の瞬間、母が影になった。母はずっと高いところにいた。ミモザは母の影を見上げながら、理解した。母の言う遠いところとは月のことだ。母はミモザを置いて、独り、月へ行こうとしている。

──お母さん、行かないで。僕を置いて行かないで。お母さん……。

十歳のミモザの意識はそこで途切れる。

そして、ミモザは三十歳になった。ロルカの詩集は持っていない。

王国へ

店を閉めると、ミモザは裏にある自宅に戻った。郵便受けを確認すると、夕刊と不動産屋のチラシ、そして茶封筒が二つ入っていた。一つは大きく、もう一つは一回り小さい。大きいほうの宛名は和久井《わくい》ミモザで、小さいほうの宛名は父の和久井閑《かん》だった。

ミモザは家に入ると、靴も脱がずに大きいほうの茶封筒を開けた。中には二つに折りたたんだ画用紙が入っている。開くと、一面に様々な種類のパンが描かれていた。あんパン、食パン、クリームパン、メロンパン、そして万博《ばんぱく》パンなどなど、どれもそれぞれのパンの特徴をつかんでいる。隅には白い服を着た人間がいた。両手にパンを持って笑っている。横に「おとうさん」とたどたどしい文字があった。

ミモザは娘の描いた絵を見つめたまま、玄関で立ち尽くした。涙を堪《こら》えるのがやっとだった。

茶封筒の中には妻からの手紙も入っていた。保育園で描いた絵です、元気にしています、とそれだけだった。元気だとわかればいい。それだけで充分だ。ミモザは自分に言い聞かせ、絵を封筒に戻してのろのろと靴を脱いだ。

二つの封筒を食卓の上に置き、風呂場に向かう。一日中パンを焼いていたので、全身からバターと甘い香料の匂いがしていた。自分の身体がパン生地《きじ》になったような気がするほどだ。

以前、仕事終わりに出かける用事があって電車に乗ったことがある。すると、近くにいた女子高生が二人、怪訝《けげん》な顔であたりを見回して言った。

――さっきから、めっちゃいい匂いしてる。

――すんごい甘い匂い。お腹空《す》いた！

まさか三十の男が甘い匂いを漂わせているとは思わない女子高生は、ずっと不思議そうな顔をしていた。

以来、ミモザはシャワーを浴びてから外出することにしている。それでも、甘い匂いは身体に染みついているらしい。病院でも、ふとすれ違った看護師や入院患者がおかしな顔をすることがある。

熱い湯を浴びて念入りに身体を洗うと、見舞いに行く用意をした。洗濯物と、今日焼いた万博パンを紙袋に入れる。父がもうパンなど食べられないのはわかっているが、毎日持っていくことにしていた。たとえ食べられなくても、父は自分の店のパンを見るだけで嬉しそうな顔をするからだ。

万博パンは和久井ベーカリーが開店したときから続く定番商品だ。一九七〇年の大阪万博のときの「太陽の塔」の顔を模《も》して作ったという。中にはバタークリームが入っていて、今も年齢問わず人気があった。

和久井ベーカリーは香川県丸亀市《まるがめ》、丸亀城にほど近い場所にある。お洒落《しやれ》で高級な店ではないが、地元で愛される懐かしい味のパンを焼いていた。ミモザは和久井ベーカリーの二代目だ。

出かけようとして、食卓の上に置いた父宛の封筒が眼に入った。宛名は筆で書かれ、豪快で達筆だった。裏に差出人の名はない。これも紙袋に入れる。父がこの手紙を読むことができるとは思わなかったが、念のため開ける前に確認しておこうと思った。

もう十年は乗っているワゴン車で近くの市民病院に向かった。ミモザの父の和久井閑はもう三ヶ月ほど入院している。先週から衰弱が進み、主治医からは覚悟するように言われていた。

ミモザは十歳の頃から父ひとり子ひとりの家で育った。父が亡くなればミモザは完全に一人になる。ワゴン車を走らせながら、ミモザは呟《つぶや》いた。俺は一人になる。また独りになる──。

半年前、妻と娘は出て行った。

──あなたはここにいない。家族で一緒に暮らしていても、あなただけどこか違う場所にいる。私や娘から近づこうとしても、すこしも距離が縮まらない。すごく遠いの。あなたに悪気がないのはわかる。だから、余計に辛《つら》い。

もう疲れた。そう言って、妻は娘を連れて出て行った。ミモザは何度も引き留めた。だが、妻は振り向かなかった。この半年の間、何度も電話をし、メールをし、手紙を書いた。だが、妻も娘も戻らないままだ。

父が亡くなったら、妻は葬儀に来てくれるだろうか。別居はしていても、まだ籍は入ったままだ。顔を出すだけでもいい。来て欲しい。

面会者名簿に名前を書き、一礼して病棟に入った。父はずっと大部屋に入っていたのだが、一昨日からナースステーション近くの二人部屋に移った。隣のベッドは空いているので個室のようなものだ。

父の呼吸と点滴バッグの残量を確認した。洗濯物を備え付けの棚に入れ、汚れ物を紙袋に詰める。枕元にパイプ椅子を引き寄せ、腰を下ろした。後は面会終了時間まで、ただ横に座っているだけだ。

最近、父はずっとうつらうつらしている。それでも、ふいに眼を開けて話をすることがある。ミモザにはわからない昔の話だが、黙って聞くことにしていた。

窓の外に眼をやる。父の希望でカーテンは引かない。月のない暗い空と沈んだ町並みが見えた。

「……春だな」

はっと振り向くと、父が眼を開けていた。

「父さん。起きたのか。具合はどう？」

父はぼんやりとした眼でミモザを見ている。

「パン、食べるか？」

万博パンを見せる。父はほんのすこし眼を細めた。

「なにかして欲しいこと、あるか？」

「いや」

小さな声で返事があった。ミモザは家から持って来た茶封筒を見せた。

「父さんに手紙が来てた。開けてもいいか？」

父がうなずいたので、茶封筒を開けた。すると、中には一回り小さな白の角封筒と便箋《びんせん》が一枚入っていた。便箋は茶封筒の表書きと同じで豪快で達筆な筆文字だ。

閑ちゃん。待っている。明石《あかし》ビルは昔のままだ。

次に、角封筒を見た。表書きには和久井閑様、と正しく父の名があるが、住所が違っている。大阪市西《にし》区、明石ビルとあった。角封筒の消印を見ると一旦はビルに配達されている。

誰かが転送してくれたようだ。

　不審に思いながら角封筒を開けた。すると、写真が一枚入っていた。白い薔薇《ばら》が写っている。いや、本物の花ではなく絵だ。白い線で描かれた薔薇の絵の写真だった。

　ミモザは一瞬息を呑んだ。胸が鋭く痛んだ。こんな薔薇の絵をどこかで見たことがある。一体どこで見たのだろう。手がかりは、と慌てて裏を返すとこうあった。


四月二十日。零時《れい》。王国にて。


王国。また胸が痛んだ。一体なんなのだろう。だが、どれだけ考えてもわからない。

「父さん宛の封筒が大阪の明石ビルというところに届いたみたいだ。それを誰かがこっちに転送してくれた。心当たり、あるか？」

「……明石ビル？」父が息を呑んだ。

「うん。手紙がついてる。読むよ。――閑ちゃん、待っている、明石ビルは昔のままだ、って。で、肝心の転送された封筒の中身は、ほら」よく見えるよう、写真を父の顔の前に近づけた。「薔薇の絵の写真が入ってた。裏にはこう書いてある。四月二十日、零時、王国にて、って。なんのことかわかるか？」

　すると、父が大きく眼を見開き、驚愕の表情を浮かべた。大きく見開かれた眼から、涙がこぼれ落ちる。ひゅうっと喉から絞りあげるような声が洩れた。

「……あ、ああ、ミモザ、見るな」

父はベッドの上からかすれた声で叫んで、手を伸ばした。点滴チューブの刺さった腕が震えた。

「父さん、どうした？」

ミモザは呆気《あっけ》にとられた。この写真は一体なんだ？　ただの薔薇の絵がなぜここまで父を驚愕させたのだろう。

「捨てろ、捨てるんだ……」父は震える声で宙を掻きむしるようにした。「おまえには関係ない」

「あ、うん。わかった。捨てておくよ」

写真を封筒に戻した。ゴミ箱はベッドのすぐ脇にある。だが、なぜか手が動かなかった。薔薇の絵が気になって仕方ない。棘《とげ》が胸に食いこんでくるようだ。ためらっていると、父がまた悲鳴のような声を上げた。

「ミモザ、今すぐ捨てるんだ……」

「わかった、わかった。捨てるから」

仕方なしに封筒をゴミ箱に捨てた。父はほっとした顔で枕に頭を戻した。

「おまえには関係のない……」

その言葉の途中で父は咳《せ》き込んだ。そのまま、ひゅうひゅうと喉を詰まらせる。ミモザはナースコールのボタンを押した。すぐに、医師と看護師が駆け込んできた。父にマスクを当てる。ミモザは廊下に出て処置が終わるのを待った。

一体、あの封筒と写真はなんだ？　なぜ、あれほど父は興奮した？　ただの花を描いた絵ではないのか？　見るな、捨てろとはどういうことだ？　隠された意味があるのか？

考え込んでいると、医師と看護師が出て来た。とりあえず落ち着いたとのこと。そのとき、また別の部屋からナースコールが鳴り、二人は慌ただしく行ってしまった。

病室に戻ると、父は眠っていた。ミモザはゴミ箱から封筒を拾い上げ、写真を取り出した。黒地に白い線で描かれた薔薇だ。他に色がないので、モノクロ写真のようだ。じっと白い線を眺めていて、気付いた。薔薇は黒板に白のチョークで描かれたように見えた。

ふいに胸が苦しくなった。まただ。なぜ、この絵を見ていると息が詰まるのだろう。心臓がぎりぎり痛むのだろう。

それでも、薔薇の絵から眼が離せない。ミモザは食い入るように絵を見つめた。どこかで見たことがある。学校か？　いや。違う。もっと別の場所だ。俺はたしかにこの絵をどこかで見た。遠い昔だ。どこで見たのだろう。思い出せない。

裏を返す。王国にて、とある。王国、とミモザは呟いた。遠い昔、どこかで聞いたことがある。絵本の中か？　それとも誰かが俺に言ったのか？　思い出せない。もどかしい。息ができない。眼の前が暗くなる――。

ひゅご、と父が喉を鳴らした。ミモザは慌てて顔をのぞき込んだが、父はすぐにまた静かな寝息に戻った。ほっとして、パイプ椅子に戻った。

なにもわからない。今は考えても無駄だ。ミモザは眼を閉じて深呼吸をした。とにかく手紙と写真の裏に書かれた場所に行こう。父に背《そむ》くことになるが、仕方ない。罪悪感がないわけではないが、このままではいられない。あの薔薇と王国の意味を確かめなければ。

ごめんよ、父さん。ミモザは心の中で呟いた。

一週間後、写真を手に、ミモザは木津川《きづがわ》橋を渡った。

春の月は中天にある。白く丸い影が黒々とした水面に揺れていた。中之島《なかのしま》の西端で川は二つに分かれる。西に流れるのが安治川《あじがわ》、南に下るのが木津川だ。

木津川橋は分岐点からすこし下ったところに架かっている。橋の真ん中で足を止め、夜空を仰《あお》いだ。遠い昔、手を引かれてこの川を渡ったことがあるような気がする。あの夜も月が出ていたような気がする。季節はやはり春だったか――。

思い出せない中途半端な記憶に全身がざわめく。ひとつ身震いをして、再び歩き出した。すこし足を速める。川風に頰がぴりぴりと痒《かゆ》くなった。

橋を渡り終えると、大通りまで出ずに一本手前の裏通りを歩いた。前方に煉瓦《れんが》造りの教会がある。高い塔が月を指さしているように見えた。

もうじき日付が変わる。川沿いの街はすっかり眠っていた。工場も学校も教会も明かりが消えて、人気《ひとけ》がない。すぐ後ろの阪神《はんしん》高速からは途切れなく音が響いているのに、この一帯は幽霊船のように静かだった。

こんな時間まで起きているのは久しぶりだ。パン屋は朝の早い仕事だから、床《とこ》に入るのも早い。いつもならとっくに寝ている時間だ。だが、緊張のせいか、すこしも眠気は感じなかった。

ずっと急ぎ足で歩いて、息が切れてきた。立体交差の高架下で足を止め、スマホで時間を確かめる。四月十九日。二十三時五十分。指定された時間まであと十分しかない。ミモザは再び歩き出した。高架をくぐり抜けると、再び川沿いの道に出る。緩《ゆる》やかな坂を上ってしばらく進むと、古びたビルが建っていた。

いわゆるレトロ建築というやつだろうか。煉瓦とモルタルを組み合わせた外壁には、アーチ型の窓が並んでいた。庇《ひさし》の部分には手の込んだ装飾がある。人目を引くビルだった。

ここが王国だろうか。王国だとしたら、どんな王が治めているのだろうか。

ミモザは深呼吸をして角地に建つ明石ビルを見た。ちょうど角にあたる部分が面取りしたようにすぱっと切って落とされ、平らになっている。その平らな部分がビルの入口だ。コンクリートの石段を五段ほど上ったところに、古い木製の観音開きのドアがあった。

ミモザはもう一度深呼吸をし、石段を上った。扉の横には古いタイプのベルのボタンがある。すこし迷って押すのを止《や》めた。しんと静まりかえった夜中に鳴り響くベルを想像するだけで、ぞっとした。

ドアの木の部分は緑に塗られていたが、すっかり剝《は》げていた。夜目《よめ》でもすすけているのがわかる。ドアの上半分は磨《す》りガラスで中の様子は見えない。明かりはついていない。人の気配はまるでなかった。

ゆっくりとドアを押す。鍵は掛かっていない。木製のドアは軋みながら内側に開いた。ビルの中は真っ暗だった。スマホを取り出しライトを点ける。

玄関ホールは天井が高く、両側に通路が延びていた。まず左側を進むことにした。そろそろと進むと、左側の壁にドアが見えた。菱形《ひしがた》の磨《す》りガラスがはめ込まれていたが、室内は暗く、人が住んでいる気配はない。天井が高いせいか、やたらと足音が反響する。自分の足音が恐ろしいという感覚をはじめて味わった。

そのとき、前方の床になにか動くものが見えた。慌ててライトを向けると、ネズミだ。しかも結構大きい。思わず叫びそうになった。

さらに進むと、廊下は右手に折れた。すると眼の前に階段があった。だが、階段の先にも廊下はまだ続いている。ミモザは階段を上らず廊下の奥に進んだ。左手にまたドアがあった。一〇二と記された真鍮《しんちゆう》製のプレートが取り付けられている。菱形窓は暗い。ここも人の気配がない。一〇一号室はどこだろう。反対側の通路にあるのだろうか。一〇二号室を通り過ぎると、廊下がまた右に折れた。今度は左手に一〇三号室があった。これまでと同じで、やはり真っ暗だ。さらに足を進めると、廊下はまた右に曲がった。すると、左手に一〇四号室があった。ここもやはり人が住んでいる様子はなかった。

一〇四号室の先にライトを向けた。すると、緑のドアが見えた。ミモザは廊下をぐるりと一周して、玄関ホールに戻ってきたのだ。さらによく見ると、ホールの手前の右手の壁、一〇四号室の向かいに白く塗られた小さなドアがあった。ノブを回してみたが、鍵が掛かっている。結局一〇一号室はなかった。

このビルは一体どういう構造になっているのだろう。ミモザは首をかしげた。廊下はすべて右に直角に曲がっていた。計三回。廊下の長さもほぼ同じくらいだ。つまり、廊下は正方形に近い四角形の辺だ。各部屋はすべて辺の外側にあり、辺の内側には窓のない壁が延々と続いている。

このビルの内側には相当広い空間があるはずだ。唯一の入口は鍵の掛かった白い小さなドアだった。一体、向こうはどうなっているのだろう。

ふいにかすかな音が聞こえた。どきりとしてスマホを落としそうになった。慌ててあたりを見回すが、暗い廊下にいるのはミモザだけだ。

また、音が聞こえた。ミモザは耳を澄ました。あれは音ではなくて旋律《せんりつ》だ。このビルのどこからか音楽が聞こえる。

玄関ホールを通って、一〇二号室の横にある階段を上った。二階からは薄明かりが洩れていた。誰か人がいるのかもしれない。用心しながら、二階の廊下に出た。

「あっ」

思わず驚きの声を上げた。ビルの真ん中は巨大な吹き抜けになっていた。中央に大きな木が生えている。その向こうに、反対側の廊下が見えた。二階の廊下はぐるりと巡る廻廊《かいろう》になっていた。

右手には壁の代わりに腰ほどまでの高さの石造りの欄干《らんかん》がある。ミモザは欄干に近寄った。月の光が差し込み、巨大な木を黒々と浮かび上がらせている。あたりには、甘く青い匂いが立ちこめていた。スマホのライトを木に向けると、房状の小さな金色の花が枝の先端にびっしりと塊《かたまり》になって咲いていた。

ぎくりとした。金色の塊のような花、この花は知っている。ギンヨウアカシア、つまりミモザだ。自分と同じ名の花が満開だ。これはなにか意味があるのか？　それともただの偶然だろうか。

欄干から身を乗り出して見下ろすと、吹き抜け部分の一階は石畳の中庭になっていた。木は中庭の中央部分に生えていて、その根元にはベンチがあり、車が一台駐めてあった。ミモザは不思議に思った。一階の廊下にあったのは一〇四号室の前の小さなドアだけだ。どこからあの車を入れたのだろうか。眼をこらしてみたが、やはり他に車が入るような入口は見当たらない。ビルの中庭は完全に閉じた空間だった。

身体をひねって上階を見上げると、ミモザの木のシルエットと夜空が見えた。ミモザの木は高く、最上階の廻廊まで届いている。数えると五階まであった。

一体何だ、このビルは。ミモザは当惑した。中心は吹き抜けと言うよりはほとんど巨大な空洞で、その底には満開のミモザの木の根元とベンチ、それに行き場のない車が置かれた中庭がある。ここが王国だとしたら、王はこのミモザの木か？　それとも、この巨大な空洞そのものが王なのか？

わけがわからないことばかりだ。それでも、気を取り直して二階の廊下を進んだ。廻廊をぐるりと一周すると、二〇四号室には表札が出ていた。源田三郎《げんださぶろう》とある。廃墟かと思えば人が住んでいるのか。すこし驚いた。だが、菱形窓から明かりは見えない。眠っているのか、それとも留守なのか。音楽は上から聞こえてくるようだ。まずは上階を確かめることにした。

三階に上った。すると、三〇四号室には表札が出ていた。鵜川繁守《うかわしげもり》とある。ここにも明かりはない。廻廊を一周し、四階に上った。同じように廻廊をぐるりと巡る。四〇四号室に山崎和昭《やまざきかずあき》とあった。どうやら、各階、住んでいるのは一部屋だけらしい。

なるほど、とミモザは思った。各階の四号室は川に面した部屋だ。眺めのいい部屋にだけ人が住んでいるということか。

階段を見上げた。音楽はさらに上から聞こえてくる。行くしかない。心を決めて階段に足を掛けた瞬間、突然音楽が止んだ。ミモザはぎくりとして立ち止まった。ビルに静寂が戻って来る。沈黙に息が詰まった。胸を押さえ、闇の中で深呼吸を繰り返す。

五階へと続く階段を上った。もう上はない。ここが最上階のようだ。廻廊に出て吹き抜けを見下ろす。中庭の車とベンチが小さく見えた。満開のミモザの木は手を伸ばせば、一番高い枝に触れられそうだ。

左右の廊下を見渡し、はっとした。五〇四号室のドアが開いている。だが、中は暗く表札もない。スマホのライトを消し、静かに部屋に入った。

広い部屋だった。壁をぶち抜いて、二つか三つの部屋を一つにしているようだ。窓はすべて開いていて、月の明かりが差し込んでいた。

ミモザはぎょっとした。広い部屋の中央に人影が見えた。男が三人。みな、こちらを見ている。だが、なにも言わない。

一人は八十歳は超えているような白髪の老人だ。痩せているが腰は伸びていた。残りの二人は、七十歳くらいだろうか。一人は小柄で、もう一人は背が高くがっしりとした体つきだった。小柄な男は薄くなったごま塩の髪を長く伸ばし、後ろでひとつに結んでいる。がっしりとしたほうは職人のような短髪だった。

三人の男たちは無言でミモザを見ている。白髪の男は厳しく、がっしりとした男は真面目《まじめ》で、ごま塩の男はすこし怯《おび》えた様な表情だ。だが、共通しているのは、みな眼に明らかな警戒が見て取れることだ。

月の明かりに眼が慣れてくると、部屋の中の様子が見えるようになった。

ここは居間のようだ。広さは二十畳ほどか。やたらと椅子が多い。籐《とう》の寝椅子、中国風の長椅子、布張りのソファ、一人用の安楽椅子もある。サイドテーブル、壁際には巨大なスピーカーのあるオーディオセット、レコードが二枚だけ入った棚、それにやたらと抽斗《ひきだし》の多い簞笥《たんす》もあった。

男たちの後ろにはキャスターの付いた黒板がある。ミモザは息を吞んだ。黒板には白のチョークで薔薇が一輪、描かれている。写真の薔薇とよく似ていた。同じ人間が描いたものか。男たちはじっとミモザを見ている。だが、誰もなにも言わない。沈黙に堪《た》えきれず、ミモザは手に持った写真を示した。

「ここが王国なんですか？」

三人の男たちは黙りこくっている。

「ここで一体なにがあるんですか？　この写真を送ってきたのは？」

誰も答えない。黙ってミモザを見ているだけだ。バカにされているように感じて、腹が立った。

「返事くらいしたらどうですか？　こんなところに呼びつけて」

白髪の男が手を上げて、ミモザの言葉を遮《さえぎ》った。無駄のない小さな動きだったが、思わず動けなくなってしまうような威圧感があった。

白髪の男はじっとミモザを見て言った。

「そうや。ここは我々が作った王国の廃墟や」

男は黒板の薔薇に眼を移した。チョークで描かれた薔薇は荒れ果てた室内にしっくり馴染《なじ》んで、それでいてどこまでも孤独だった。

「君はもしかしたら閑ちゃん……和久井さんの関係者か？」白髪の男が訊《たず》ねた。

「父を知ってるんですか？　俺は和久井ミモザ、和久井閑の息子です」

「ミモザ？」

三人の男が揃って声を上げた。ミモザはかっとしたが、懸命に堪えた。慣れたつもりでも、名乗ったときに向けられる奇異の眼はいまだに心を抉《えぐ》る。

「ミモザ。片仮名です」

ハーフかと訊《き》かれることもある。女性と間違われることもある。だが、ミモザは特別美男子ではなく、ごく普通の容姿をしている。

「なるほど、閑ちゃんは息子にミモザとつけたのか」白髪が言う。

「閑ちゃんにしては気の利いた名づけや」ごま塩長髪の男が笑った。

「万博パンよりマシやな」がっしりした男がにこりともせず言う。

意外な反応に戸惑った。この男たちは驚いていない。「ミモザ」という名を当然のように受け止めている。一体どういうことだ？

「そうそう、万博パンや。懐かしいな」白髪の声がわずかに震えた。

「食べたことがあるんですか？」

「もちろんや。昔、よう食べた。雑誌にも載って有名やろ」

「ああ、去年、取材が来ました」

「いや、違う。ちょっと昔の話や」

「昔も載ったんですか？」

ミモザは驚いて訊き返した。以前にも雑誌掲載があったなど初耳だ。父はなにも言っていなかった。無断で紹介されたのだろうか？

「なんや、知らんのか。昭和の懐かしグルメとかいう特集やったな。閑ちゃんへのインタビューもあったな」そう言いながら、白髪の男が他の二人に眼を向けた。「あの雑誌、いつやったかな」

「なにがちょっと昔や。もう二十年は前のことや。昭和の生きのこりグルメの特集や」ごま塩長髪が笑った。

「そうか。そんな昔か。信じられんなあ」白髪の男も笑って、ミモザの顔をじっと見た。

「そう言われたら、ミモザ君には閑ちゃんの面影があるような、ないような……」

「ああ、そうやな。似てる気がする」

がっしりした男が低いしゃがれた声で言う。やはり、にこりともしない。

「でも、いくら息子と言っても本人やない。他人や」

ごま塩長髪が冷たい口調で言う。むっとしてミモザは言い返した。

「父は今、入院してます。代わりに俺が来ました」

「閑ちゃんが君に頼んだんか？」ごま塩長髪は非難めいた口調で問い質《ただ》した。

「いえ、俺がこっそり来たんです。父はこの件に触れて欲しくないようでした」

「そりゃあそうやろ」がっしりした男がため息をついた。

父がまた興奮するといけないので、あれ以来この一件に関して話していない。だから、結局なにもわからないままだ。

「悪い。なにも君を責めたわけやない」白髪の男がミモザを見て眼を細めた。薄暗がりの中、微笑んだように見えた。「じゃあ、自己紹介をしよか。私は山崎和昭。合気道《あいきどう》の師範で、ときどき教えに行っとる。このビルの四階に住んでる」

次に小柄なごま塩長髪が口を開いた。

「僕は源田三郎。二階に住んでる。ギター教室の講師兼《けん》ピアニスト兼ドラマー。要するに音楽何でも屋や」

次にがっしりした男が低い声で言った。

「俺は鵜川繁守。三階。元は左官《さかん》」

それきり黙ってしまう。代わりにごま塩長髪が付け加えた。

「今はボランティア爺さんや。あちこちで人助けしてる」

ボランティアをするような老人には見えなかったが、それを口にするのは失礼だと思った。

「で、君は？」白髪の山崎が訊ねた。

「和久井ミモザ。パン屋です」

「なるほど。ミモザ君、私たちも集められただけや。誰に集められたのかも、これからなにが起こるかも、なにひとつわからない」

この中では最年長らしい白髪の山崎がまとめ役のようだった。上下関係はないが、山崎が主導し、他の二人はごく自然に従っていた。

「写真を送って来た人間に心当たりはないんですか？」ミモザは訊ねた。

「あると言えばある。ないと言えばない」山崎が首を横に振る。「だが、あれが生きているのなら会いたい。ひと目会って……詫《わ》びたい」

「それはどういうことですか？　あれとは？」

はぐらかされて、ミモザは苛々《いらいら》してきた。

「山崎さん、今さらなにを言う？　会う必要はないし、会《お》うてもいかん。詫びる必要もないし、詫びてはいかんのや」鵜川という元左官がわずかに顔をしかめた。

ろ？」

「じゃあ、なんでここに来た？　あんたかて、あの子がどうなったか気になるから来たんや
　音楽家の源田が鵜川をにらんだ。鵜川は眼を逸《そ》らさず、にらみ返した。

「気になったから来たに決まってる。でも、あの子のことを思うなら会わんほうがいいと言うてるんや」

「じゃあ、今すぐ部屋に帰ったらええ」源田が皮肉めいた口調で言った。「僕らの判断が正しかったことがあったか？　あの子のことを思ってしたことが正しかったか？　あの子は幸せになったか？」

　源田が強い口調で言うと、鵜川も負けじと言い返した。

「じゃあ、あのときどうすればよかったんや」

　そこで、山崎が割って入った。有無《うむ》を言わさぬ調子で言う。

「ここでケンカはやめろ」

　すると、二人はバツの悪い顔をし、眼を逸らした。やはり、山崎は一目置かれているようだ。二人が静かになると、山崎は静かな声で言葉を続けた。

「決めたのは我々や。苦しみも後悔もひっくるめて、私はすべてが懐かしいし、愛《いと》おしいと思っている」

「山崎さん、相変わらずのロマンチストやな。暴力ジジイのくせに」源田が呆《あき》れた口調で言

った。だが、乱暴な口調の底には奇妙な親しみが感じられた。

「とにかく、今の時点で私らにできることはない。写真の送り主が現れるまで待つだけや。ここでいつまでも突っ立っててもしゃあない。なんか飲もか」山崎はミモザを見て、微笑んだ。「君は飲めるんか?」

「多少なら」

酒を取ってくる、と山崎が部屋を出て行った。じゃあ、僕はレモンを、と源田が続いた。すると、一人残った元左官の鵜川がにこりともせずに言った。

「山崎さんは怒らせたらあかんで。手がちょっと触れただけで、気が付いたら転がされてる。このビルの最古参《さいこさん》。牢名主や」

「ロウナヌシ?」

「最近の若い人は知らんのか? 時代劇であるやろ。牢屋の奥で畳を何枚も重ねて座っとるやつや」

そう言われてもぴんとこない。ミモザは所在なく、部屋の中を見渡した。窓にはボロボロのレースのカーテンが下がっている。そのすぐ下には小さな丸テーブルがあり、そこに電話が置いてあった。

ミモザは首をかしげた。家具はすべて埃《ほこり》まみれで年代物なのに、電話機だけが最新型だ。どうしてこれだけ新しいのだろう。不思議に思っていると、山崎牢名主が戻ってきた。クーラーボックスを肩に掛けている。

「山崎さん。それ、釣りで使《つこ》てたやつと違うんか」鵜川が呆れた顔をする。

「中は綺麗に洗《あろ》てる。臭いはあらへん」

ボックスをサイドテーブルに置いた。中からグラスと氷と紹興酒《しょうこうしゅ》を取り出す。そこへ、レモンを抱えて源田も戻ってきた。酒の横にレモンを置くと、男たちはじっと見下ろした。そのまま黙っている。ミモザはその顔を見てどきりとした。父に見たものと同じだ。なんとも苦しげで痛ましく、それでいて懐かしそうな不思議な表情だ。

山崎が酒を作った。グラスに氷を入れ紹興酒を注《つ》ぐ。そこにレモンをくし切りにして放り込んだ。

「ウヰルキンソンはないんか？」鵜川が訊ねた。

「切らしとる」

鵜川と源田が椅子を運んで来た。籐椅子と黒塗りの中国風の椅子だ。埃を払って腰を下ろす。みなが座ると、山崎が酒を配った。

ミモザは礼を言って一口飲んだ。ロックだと紹興酒特有の匂いがあまり気にならない。

ふっと子供の頃を思い出した。父も紹興酒を一人でよく飲んでいた。炭酸で割ってレモンを浮かべていた。ミモザは父から炭酸水をもらい、カルピスを割って飲んだ。そして、父の愚痴とも説教ともつかぬ話を聞いた。

――ミモザ、普通に生きるんだ。ちゃんと働いて、ちゃんと人と交《まじ》わって、普通に生きるんだ。

――普通って？

幼心《おさなごころ》ながらもミモザは普通という言葉に反発を覚えた。普通ってなんだ？　普通でなかったらダメなのか？

――普通は普通だ。真面目にまっとうに生きることだ。

――そんなこと言って父さんは普通なの？

だが、父は返事をしなかった。無言でグラスに酒を足しただけだった。

「ミモザ君」

山崎に呼びかけられ、はっと顔を上げた。

「閑ちゃんとはずいぶん会《お》うてないな。さっき入院中と言うてたが具合はどうや？」

他の二人もじっとミモザを見ていた。

「もうあまり長くは」

男たち三人が顔を見合わせた。それぞれため息をついたのがわかった。

「父はあの写真を見て、取り乱しました。そして、俺に言ったんです。見るな、捨てろ、と。あんな父を見るのははじめてで、俺は驚きました」

「閑ちゃんは優しすぎたからな」

音楽家の源田がしみじみと言う。あとの二人もうなずいた。三人の男たちは「過去」という点で強く結びついているのがわかった。たぶん、父も三人の男たちと同じ過去を共有しているのだろう。

「ここには父の辛い過去があるんですね」

男たちの返事はない。つまりイエスだ。

「父は何かを隠している。そのせいで苦しんでいるんです。できるなら、俺は父を楽にしてやりたい。心安らかに送ってやりたいんです」

三人の男は顔を見合わせた。そのまま黙っていたが、やがて口を開いたのは山崎だった。

「閑ちゃんを楽にするのは簡単なことや。一言、こう言えばいい。――あの子は幸せになった、と」

「あの子とは？」

「白墨《はくぼく》。ここはあの子の王国やった」

わけのわからない返答にミモザは当惑した。だが、男たち三人はみな落ち着き払っている。ここが白墨の王国だということは自明で、それを理解できないミモザのほうがおかしいのだといったふうだ。

「白墨って誰ですか？　白墨というのが王様なんですか？」

「遠い昔、我々は白墨のための王国を作った」山崎が紹興酒を一口舐《な》め、言葉を続けた。

「この部屋が、というよりは、このビルが王国と言ったほうが正しいやろうな」

「ああ、そうやな」鵜川がうなずいた。「部屋も廊下も中庭も、この明石ビルすべてが白墨の王国や」

「さっぱりわけがわからない」ミモザはすこし苛々してきた。「王国ってなんなんですか？教えてください。父はなにを隠しているんですか？」

また返事がない。予想されたことだ。ミモザは言葉を続けた。

「どうせ人を待ってるんですよね。それまでの時間つぶしで結構です。昔、ここで父に何があったのか、話してくれませんか」

男たちは顔を見合わせた。そして、眼で合図をしあったのがわかった。口を開いたのは山崎だった。

「あのとき、最後まで閑ちゃんは反対してた。でも、無理矢理に巻き込んだ」

「閑ちゃんは気の毒やと思う。でも……」鵜川が眉を寄せた。

「同意するように閑ちゃんを追い込んだんや」源田が少々投げやりに言った。

みなそれぞれ、父に負い目を感じているようだった。

「お願いします。俺は父を苦しいまま死なせたくない。あなたたちは『あの子は幸せになった』と言えばいいと言いましたが、本当に幸せになったんですか？」

誰も返事をしない。王国の廃墟に沈黙が落ちた。みな手の中のグラスを見ていた。氷の溶ける音がはっきり聞こえた。

鵜川がすこし迷って言った。

「……最期くらい、閑ちゃんを楽にしてやってもいいんやないか？」

山崎と源田がはっと顔を上げた。鵜川がきっぱりと言った。

「あれから五十年近く経った。なあ、もう、ええんちゃうか？」

「鵜川さん、でも」

山崎が言いかけたのを、鵜川が遮った。

「もうただの昔話や。この話を聞いてミモザ君がどう思うかはわからんが、知りたいと言うなら話してやろうやないか」

山崎はしばらく逡巡《しゅんじゅん》していたが、意を決したようにうなずいた。

「わかった。なら話そう。でも、この話を聞いたら君もタダでは済まん。その覚悟はあるんか？」

「法に触れるってことですか？」

「もう法には触れん。ただ、君は閑ちゃんから責任を引き継ぐことになるだけや」

「だから、責任ってなんですか？」

「責任の中身を知ったら、君はその瞬間から引き継ぐことになる。そういう類《たぐい》のことや」

ミモザは一瞬返事ができなかった。きっとその「責任」は長年父を苛《さいな》んできた。もし、真相を聞けば自分も同じ運命をたどるのだろう。だが、それでも知りたいという欲求に勝てない。

「引き継ぎます。話してください」

みなが一斉にミモザを見た。今度は三人とも同じで、哀《あわ》れみの眼差しだった。しばらくして、山崎が立ち上がった。

「わかった。君は閑ちゃんの息子や。そこまで言うなら話そう。でも、この話を聞いた後で、必ず閑ちゃんに言うんや。あの子は幸せになった、と」

「わかりました。必ず伝えます」

ミモザが約束すると、男たちがほっとしたような顔をした。

「誰が話す？」源田が訊ねた。

「三人で話そう。三人でしたことや。では、まず私から」山崎が答えた。

「やっぱり音楽が要るな」

源田が壁際の古いオーディオセットに近づいた。レコードプレーヤーとアンプ、左右には冷蔵庫ほどもある大きなスピーカーが置いてある。横にはちょうどLPレコードが入るサイズの大きな棚があったが、今並んでいるのは二枚だけだった。

「明石さんは映画音楽が好きやった。さっきすこし鳴らしてみたけど、ひどい音やった。なにせほとんど四十年ぶりくらいやからな」

源田がターンテーブルに載ったままのレコードに、慎重に針を落とした。すこし指が震えていた。ぶつぶつという雑音の向こうから流れて来たのは「ムーン・リバー」だった。ビルに入ったとき一瞬だけ聞こえてきたのはこれか。

「ヘンリー・マンシーニ楽団。あの頃、毎日流れてた」

山崎がぼそりと呟いた。

王国の廃墟を満たすのは月の明かりと潮混じりの川風だ。ミモザはもう一度深呼吸をした。淀《よど》んだ水の匂いがこのビルの体臭のようで生々しかった。

「そやな……大阪で万博があった年、一九七〇年の春のことから話そか」

山崎が語りはじめた。

山崎和昭、語る

　物音がして、私は眼を覚ました。見ると、台所の冷蔵庫の前に明石がいた。中国風のガウン姿だった。ちょっとどきりとした。慌《あわ》てて布団から起き上がると、私に気付いて申し訳なさそうな表情をした。

「……起こした？　ごめんね、山ちゃん」

　明石はそっと出て行った。バターを持っているのが見えた。

　人を起こしたことは謝るが、勝手に人の部屋に入ったこと、勝手に冷蔵庫を開けたこと、勝手にバターを持っていくことについてはなにも言わない。だが、いつものことなので、私はなんとも思わなかった。

　枕元の時計を見ると、もう九時だ。珍しく寝坊した。春眠暁《あかつき》を覚えずやな、と私は寝床から抜け出し、台所で水を飲んだ。まだ口の中に葉巻の味が残っていた。

　昨夜は「ｅｎｄ　ｙｏｕ」に行った。後藤《ごとう》の辛気《しんき》くさい顔を見ながら葉巻を味わっていると、明石が来た。すぐに後藤に追い返されていたが、あの後、結局、後藤は明石のところに来たのだろう。そうでなければ、明石がこんな早くに起きるわけがないし、バターを借りてまで朝食を作るわけがない。

明石はこのビルのオーナーで最上階に住んでいる。歳は三十歳で、私より三歳年下の風変わりな女だった。ビルの住人は毎月の月末になると、明石に家賃を持っていく。明石は遅れても文句を言わないし、催促《さいそく》もしない。たぶん、家賃のことなど忘れているし、憶《おぼ》えていたとしても興味がないのだろう。

二階に住んでいる源田はしょっちゅう滞納《たいのう》していた。源田は明石が滞納を憶えていてくれないことを不満に思い、自分からわざわざ「今月も払えません」と報告に行くほどだった。それでも明石は源田のことなど眼中にない。私は源田に同情していた。

私は廊下に出て、煙草に火を点けた。最上階から音楽が聞こえてくる。「ムーン・リバー」だ。今頃、後藤のために明石は朝食を作っているのだろう。

私はまるで味のない紙巻きを手に、じっとしていた。吹き抜けから見上げる空には雲一つなかった。

その日の夕方、中庭のベンチで新聞を読んでいると、閑ちゃんが帰って来た。パン屋に勤めているから、朝が早いぶん帰ってくるのも早い。

「お帰り、閑ちゃん」

「お疲れ様です」

閑ちゃんがぺこりと頭を下げる。閑ちゃんはこのビルの住人の中で一番若い。まだ十九歳だ。福井の山奥の出身で、中学を出て工場で働いていたが、合わずに辞めた。今は西九条《にしくじょう》のパン屋で働いている。大人しい素直な子だ。

「どうや、パンは売れたか？」

「ええ。万博パンが山ほど」

「そりゃよかった」

万博パンとは太陽の塔の顔の部分を模したパンで、中にはバタークリームが入っている。もちろん岡本太郎《おかもとたろう》に許可など取っていない。勝手に閑ちゃんの勤めるパン屋が焼いているだけだ。似ているとは言いがたいが、こんなものでも焼けるはしから飛ぶように売れるという。そんなに万博がいいか？　私にはよくわからない。

戦争が終わって、今年で二十五年になる。あの戦争はなかったことにされているような気がする。現に、閑ちゃんなどは戦後生まれだ。戦争を知らないから、能天気に「万博パン」など焼くことができる。

別に、安保《あんぽ》だ、ベトナムだ、と騒ぐ気持ちはない。学生運動など勝手にやってくれ、と思う。だが、なにかこの社会は嘘くさい。万博は祭りだから浮かれて当然だ、という連中もいる。だが、私は思う。兄が出征《しゅっせい》したときも村は万歳で見送った。あれだって、祭りと同じくらいに賑《にぎ》やかだった。いや、そう考えれば、万博も戦争も祭りと同じか。なるほど。兄が帰ってきたときも、やはり村は歓喜して出迎えた。父も母も私も泣いて喜んだ。だが、兄はもう以前の兄ではなかった。

明石がバターを勝手に持っていって数日経ったが、一向に返しに来ない。仕方ないので、今月の家賃を持っていくついでに催促をすることにした。

明石の部屋は最上階全部だった。各部屋の間仕切《まじき》りを壊して、一続きの家にしてある。入口は二つあって、ひとつは居間に続く玄関、もう一つは台所へ続く勝手口だ。どちらも、いつも鍵が掛かっていない。女だけの家なのだから不用心だと注意するが、明石は笑うだけだ。畳が一枚もない家で、靴のまま上がる。玄関には一応靴拭きマットが置いてあるが、あまり使われていない。だから、いつも埃っぽい。

「すみません、明石さん。今月の家賃を持って来ました」

明石がいつものように半裸《はんら》でやってくる。

半裸といっても裸ではない。ちゃんと服を着ている。でも、なぜか半裸に見える。全裸ではなくて半裸だ。ワンピースを着ていても、セーターにスカートでも半裸だ。着物を着て帯を締めていてもだ。不思議な人だった。

今日はまだ春だというのに青い花柄のムームーを着ていた。似合っているけど、やはり半裸に見えた。

「山ちゃん、今月のお家賃？　ありがとう。ちょっと待ってね。今、受け取り書くから」

明石は奥で抽斗をごそごそやっている。一向に戻って来ない。

受け取って受領証を出すだけなのに、いつもやたらと時間が掛かった。最初は呆れたが、いつからか慣れた。時間の余裕を見て出かければいいことだ。他の部屋の連中も同じで、みな、明石の部屋を訪れるとしばらく出てこない。

「ごめんなさい、山ちゃん。ちょっと上がってくれる？　ハンコが見つからへんの」

やっぱりだ。玄関で立ち尽くすのにも飽きて、私は中へ通った。居間に入ると、どこかいつもと違う。あたりを見回し、気付いた。広い居間にはあちこちにバラバラの絨毯《じゅうたん》が敷いてあるのだが、そのうち窓際の一枚がなくなっている。

「明石さん、あそこにあった絨毯は？」

「源田サブちゃんにあげてん。楽器の練習を畳の上ですると感じがでえへん、て言うから」

明石は気前がよかった。自分の物をなんでも人に与える癖があった。その代わりに、人の物を勝手に持っていってしまう。たぶん、気前がいいというより、自分の物と他人の物に区別がないのだろう。

「そりゃ、源田さんは喜んだやろ？」

「小躍りしてはったわ」

源田というのは二階に住む自称音楽家だ。私より七つ下だから二十六歳か。かわいそうな男で、明石にべた惚れしている。明石は気付いているのか、いないのか。でも、もし仮に気付いたとしても、源田への対応が変わるとは考えられない。源田もそれがわかっている。

窓際には白墨もいた。絨毯のなくなった床に座り込んでいる。ちらと私を見たが、すぐに眼を逸らした。いつも白墨はつまらなそうにしている。明石の家には、五歳の女の子が遊べるようなオモチャがないからだろう。私はこの子の本名を知らない。よく白いチョークで壁や床に絵を描いているので、勝手に白墨と呼んでいる。

白墨の部屋は簞笥とベッドがあるだけでがらんとしている。なにか声を掛けようと思ったが、なにをどう言っていいのかわからない。白墨を無視する形になった。

居心地の悪さをごまかすように、抽斗をごそごそやっている明石の背中に声を掛けた。

「明石さん、バター返してもらうで」

「バターは冷蔵庫」次の抽斗を開けながら言う。「閑ちゃんはね、パン屋さんやのにマーガリンなんか使《つこ》てるねん。あんまり美味しくないのにねえ」

「そうなん？」

「でも安い」

「明石さん、バターがないんやったら吉竹《よしたけ》さんに書いとかなあかんで」

「そうやねえ」

吉竹というのは通いのお手伝いさんだ。週に三日、午前中だけ来て掃除と洗濯、買い物をする。歳は六十手前だろうか。耳が悪いので、用件は筆談だ。

「私が書いとくから」

「そう、ありがとう。山ちゃん」

私はポケットからメモ用紙を取り出し、バターと大きく書いた。すこし考え、マーガリン不可と書き添える。

明石はまだハンコを見つけられない。家中の抽斗を開けて探すつもりだろうか。

「じゃ、勝手に開けるで」

一応断ってから冷蔵庫を開ける。中に入っているのは卵と牛乳と大量の炭酸の瓶、そしてバターとジャムだ。

明石の好物は紹興酒を炭酸、もしくはウォッカで割ったものだ。台所にはいつもウヰルキンソンの空き瓶が何本も転がっている。レモンを搾《しぼ》って飲むのがお気に入りだ。

源田は冷蔵庫にレモンを常備していて、明石が借りに来るのを待っていた。源田のもくろみ通り、毎日明石は借りに来る。だが、声も掛けずに勝手に持っていくだけだ。源田の気持ちは届いていない。

探し疲れた明石が手ぶらでやってきた。

「ハンコが全然見当たらへんの。また今度でいい？」

「しゃあないな。私が探したる」

箪笥は中国風の黒塗りの螺鈿《らでん》細工で、小鳥やら花やらで飾られている。小さな抽斗が三十もあった。このどこかにハンコがある可能性が高いが、たぶん明石は面倒臭がりだから全部開けて探さなかったのだろう。

私は順番に抽斗を開けていった。どの抽斗にもガラクタが入っている。吸いさしの葉巻、手帳、安全ピン、小銭、万年筆、折れたチョークなどなど。明石の下着が入っている抽斗もあった。私は苦笑して閉めた。十三個目の抽斗にハンコが入っていた。

「明石さん、あったで」

「あらあら、そんなところに。見つけてくれてありがとうね、山ちゃん」明石は気の抜けるような口調で礼を言い、私の手からハンコを取り上げた。「どこに押したらいいん？」

「受け取りは？」

「あれ、そう言えば」

また探しはじめた。きりがない。私は先程のメモ用紙に受領した旨を記し、明石に示した。

「ほら、ここに押して」

「えーと、朱肉は……」

いつもこうだ。わかっている。私は朱肉をポケットから取り出した。はい、と言いながら明石がハンコを押した。

「たしかに」私は朱肉と受け取りをポケットに突っ込んだ。

明石は私が渡した家賃入りの封筒をひらひらさせていたが、適当に箪笥の抽斗を開けると無造作に仕舞った。

「ねえ、山ちゃん、お家賃、ここに仕舞《しも》たから憶えといてね」

「明石さん、お金の置き場所はきちんと決めとかなあかんで。あちこち適当に突っ込んだら、後で大変や」

「そやから、山ちゃんが憶えといてくれたらええやん」

明石は相変わらずだ。私はそれ以上は言わず、テーブルの上の花を見た。黄色のギンヨウアカシアだ。

「一生懸命探したら、汗かいて」明石が窓を開けた。川から生臭い風が入ってくる。「山ちゃん、冷たいものでもどう？」

「いや、おかまいなく」

明石は私の返事など無視して、大きめのグラス二つに氷を放り込み紹興酒を注いだ。

「このまま？　炭酸で割る？」

「じゃあ割ってもらおか」

「ロックやとすぐ回るもんねえ」

明石は私のグラスに無造作にドボドボと炭酸を注いだ。泡があふれて床が濡れる。

「あらあら。山ちゃん、気を付けて飲んでね」

明石は自分のグラスには炭酸の代わりにウォッカを注いだ。紹興酒とウォッカが半々の明石スペシャルだ。

「いただきます」

半裸に見える明石は中国風の長椅子に腰を下ろした。木製黒塗りで箪笥と同じ模様の細工がある。牡丹《ぼたん》の花を刺繍《ししゅう》したピンクのサテンクッションがあるが、座り心地は悪い。なのに、グラスを片手に明石は完全にくつろいでいた。

「ねえねえ、この椅子と私の今日の恰好、全然合《お》うてへんよねえ」

螺鈿黒塗りの中国家具とハイビスカスの花柄のムームーはいかにも俗悪で悪趣味だったが、明石にはよく似合っていた。

「いや、よう似合《にお》てるよ」

「ムームーは楽ちんでええけど」明石が口に手を当て、こっそりゲップをした。「だらしなく見えるのが困りもんやわ」

「明石さん、だらしなく見えるのが嫌なんか？」

「そりゃ嫌やよ」

明石の頬が赤い。色白だから飲むとすぐに赤くなる。私は明石の隣に腰を下ろした。

床の上で白墨は黙って絵を描いている。顔も上げない。

「そう言えば、レモンは入れへんのか？」

「そうやねえ、今日はええわ」明石のグラスはもう半分空いている。「面倒やし」

「源田さんがガッカリするで」

「源田サブちゃん？　なんで？」明石が不思議そうな顔をした。「そう言えば、あの人、レモンがお好きみたい。冷蔵庫開けたら、いつでもレモンがゴロゴロ入ってて。料理もしはれへんのにねえ。丸かじりしはるんやろか。あんなん酸っぱいだけやのに。面白い人やねえ」

明石がくすくす笑う。青いムームーは深い海の色だ。明石は長椅子にもたれて、クッションを膝に載せた。腕は原節子《はらせつこ》みたいにむっちりしているのに、首回りは細くて鎖骨の窪《くぼ》みが深い。あそこに紹興酒を注いで、と思った。音を立てて啜《すす》ってみたい。

私は突然興奮した。明石の鎖骨を指でなぞると、ゆっくりと首を反《そ》らした。本当にはしたない女だ。

「明石さん、今からええか？」

「ええ」

明石はなんのためらいもなくベッドに向かった。白墨の横を通り過ぎたが、まるで眼を向けない。完全に存在を忘れているようだった。白墨も顔を上げなかった。

私も明石に続いた。横を通り過ぎるとき、ちらと白墨を見たけれど、やはり顔を上げなかった。明石が寝室のドアを閉めた。

部屋の中央にダブルベッドが置いてある。更紗《さらさ》模様の布が掛けてあった。光沢のある淡い緑色で上品な柄だ。なのに、真っ青なムームー姿の明石が腰を下ろすと、突然下品に見えた。スプリングがへたれているので、やたらとギシギシ鳴る。あの子にはどう聞こえているのだろう、と私はいつもの心配をした。

明石ビルを建てたのは明石の父親だった。

「戦争前にね、大陸でいろいろ儲けたらしくてね。川口《かわぐち》に会社があったんやよ。それで、日本に帰ってきてこのビルを建てたんやよ」

明石ビルは不経済な形をしている。真ん中に中庭があって空まで抜けている。風通しはいいが、無駄な空間には違いない。各階、吹き抜けに面してぐるりと廊下を巡らしてあって、欄干の手すりは凝った造りになっていた。

「ムームーはやめとこ」

明石はムームーを床に脱ぎ捨てたままにし、紺地の浴衣《ゆかた》に袖だけ通した。乱れた髪を女学生のように緩く編んで垂らす。紺の浴衣はセーラー服を思わせた。ピンク映画で女子高生を演じる三十路《みそじ》の女優のようだ。私は再び欲情した。

「子供の頃は廊下を走るのが好きやってん」

「明石さんが走るとこなんて想像でけへんな」

そう言いながら、私は懸命に想像した。小さな女の子が真っ赤な頬で走り回る様子だ。子供は真剣だ。走ることになにか目的があるわけではない。ただ、手を振って足を動かすだけ。走ることそのものが面白くて仕方ない。身体を動かすことが気持ちよくて仕方ない。

駆け回る少女の顔が途中で白墨になった。私はあの子が走るのを見たことがない。かわいそうに、と思う。

「廊下をぐるぐると何周もするんよ。息が切れて眼が回るまで。ああ、気持ちよかった」

明石は気持ちよかった、と言った。過去のことではなく、ついさっきの出来事のようだった。

「そんなことして、お父さんに叱られたやろ？」

「全然。父はね、にこにこ笑《わろ》て見てた。私のこと、犬やと思てたから」

「犬？」

「そう。父はね、私のことをこう言うてた。――私のかわいい仔犬、って。私、父に飼われててん」

明石は当たり前のように言って、微笑んだ。

私はなんと言っていいのかわからなかった。明石がおかしいのは父親のせいだ。きっともうどうしようもない。でも、問題は白墨だ。かわいい仔犬に人間の子供が育てられるわけがない。

「父はね、本当は中庭に噴水を造りたかってん」

明石は浴衣の前を合わせて手早く腰紐を結んだ。白の帯を胸元に二重に巻いて貝の口を作り、くるりと背中に回す。きちんと浴衣を着たのにもかかわらず、やはりまだ半裸に見えた。

「でもね、湿気《しっけ》のこととか水道代とか、いろいろ考えて諦《あきら》めてん。もし、本当に中庭に噴水があったら、私、あそこで水を飲まされてたかも」

自分の発言を異常だと思わない明石にぞっとした。

「スペイン風の中庭を造りたかったんやって。パティオっていう」

そんな明石の父は海で死んだ。釣りに出かけて帰らなかったという。自分を縛る父親がいなくなっても、明石はやはりこのビルにとどまっている。生まれ育ったビルを離れられない。

明石は外の世界をほとんど知らない。銀行に父の遺《のこ》した金があるから生きていけるが、働いて稼ぐなど絶対にできない人間だ。ラジオもテレビもない家で、一枚しかない映画音楽のレコードだけを聴いている。電話があるが滅多《めった》に鳴らない。明石がときどき出前を取るときに使うくらいだ。

「明石さん。せっかく立派なステレオがあるんやから、もっとレコード揃えたらどうや?」

「レコードはねえ」明石がひとつあくびをした。背中がきゅっと反り返って窪んだ。「ねえ、山ちゃん、知ってる? レコードは簡単に割れるんやよ。欄干越しに、かわらけ投げみたいにするんやよ」

「明石さん、やったことあるんか？」

明石はもう一度あくびをした。私は寝転がったまま、明石の背中を見つめていた。

明石はベッドに腰掛けたまま話し続ける。

「父は寂しかったんやと思う。私がまだ小さいとき、母が浮気して出て行ってん。それ以来、ちょっとおかしくなってん。私にまで出て行かれたら一人になってしまうから、それが怖くて……」

「怖くて、どうしたんや？」

「父は私が大好きになったみたい。ちょっとでも私の姿が見えなくなると不安になってね、一日中、私を手許に置きたがってん」

明石の身体がわずかに震えた。私は抱きしめてやった。


道場を手伝って欲しい、と言われて大阪に出て来たのは二十三のときだった。六十年安保で街は騒然としていたが、道場の中は世間とは隔絶《かくぜつ》された時間が流れていた。私を誘ったのは子供の頃から通っていた合気道の道場の兄弟子だった。私はそこで何年か若い女や子供に護身術として合気道を教えた。

兄弟子が連れて行ってくれたのがシガーバーの「ｅｎｄ　ｙｏｕ」だった。

「ｅｎｄ　ｙｏｕ」は川沿いの半地下の店だった。カウンターが五席、その後ろにソファを置いたテーブル席が三つあるだけの小さな店で、後藤という男が一人でやっていた。

この店の調度が贅沢なものであるのは、知識のない私にでもわかった。磨き込まれたカウンターは分厚い一枚板だったし、縁《ふち》には丁寧な曲線の細工がしてある。壁の腰板もやはり複雑にカッティングされていて、壁に取り付けられた花の形をしたランプとよく合っていた。床は寄木《よせぎ》で濃淡二色で菱形模様が描かれている。深紅の布張りのソファとのコントラストは鮮《あざ》やかだった。

私はそこで葉巻を覚えた。店主の後藤は丁寧に教えてくれた。すっかり気に入った私は、分不相応な趣味だと思いながらも通い続けた。「ｅｎｄ　ｙｏｕ」はいつ行っても空《す》いていた。これで経営が成り立つのかと心配になるほどだった。

数年後、兄弟子は教え子の女と問題を起こし、逐電《ちくでん》した。道場は閉鎖され、私は仕事を失った。職を転々としながらも「ｅｎｄ　ｙｏｕ」通いはなんとか続けていた。薄暗くて胡散《うさん》臭《くさ》い店の雰囲気が気に入ったこともあるが、後藤というマスターに興味があったからだ。

後藤は四十半ばの男で、カウンターの中にいれば私の眼から見ても非常に魅力的な人間だ。無口で自分から口を開くことは滅多になかったが、知識は幅広く、訊かれたら個人的な事情以外はどんな質問にも答えた。インテリかと言われたらインテリだが、ふいに粗暴《そぼう》な生臭さがにじむことがある。つかみどころのない、悪魔的な男だ。

日に日にみすぼらしくなっていく私を見て、格安の部屋がある、と後藤が言った。家主は家賃など気にしないが、その代わり店子《たなこ》の面倒も見ない、と。安ければどこでもいい。私はその話に飛びついた。それが、明石ビルに住むきっかけだった。

今、私は別の合気道道場に職を見つけ、相変わらず「ｅｎｄ　ｙｏｕ」に通っている。明石は後藤に夢中だ。あの男の謎めいたところが魅力なのだろうか。後藤が薄暗い店の中でガラスでできた義眼《ぎがん》を光らせると、頬を染めて言う。

「ねえ、山ちゃん。あの人、片眼の灰色 狼《おおかみ》みたいに綺麗やと思えへん？」

私は曖昧《あいまい》に相槌《あいづち》を打つ。明石を哀しませたくないからだ。だが、正直に言うと灰色狼よりはハゲタカだ。葉巻の香りに負けない屍臭《ししゅう》を漂わせている。一挙手一投足から血の臭いがする。あれは近寄ってはいけない男だ。

店が終わって気が向けば、後藤は明石の部屋を訪れる。決まって雨の日だ。三晩続けて来るときもあれば、一週間泊まり続けることもある。かと思えば、丸々一ヶ月も来ないときもある。明石は我慢しきれず店に行くのだが、そこで冷たくあしらわれる。その様子を私は何度も見た。見ているこちらの心が凍りそうになった。

家賃を持って行ってから一週間ほど経った頃だ。私が「ｅｎｄ　ｙｏｕ」でキューバのサンチョ・パンサを楽しんでいると、明石が来た。

真っ直ぐにカウンターに近づき、黙って後藤の前に座る。後藤は明石に義眼の横顔を向けた。だが、やはりなにも言わない。しばらくそのまま時間が流れる。

私は横目で二人を観察していた。明石はなにも言わず、すがるような眼で後藤を見上げている。明石の顎《あご》から首の線は柔らかいが、だらしない。一方、後藤の横顔は作り物のようだ。ガラスの義眼が炎や明かりを反射してちかりと輝く。そのたび、明石の首筋がひくひく震えるのがわかる。

我慢できなくなった明石が口を開く。

「最近、どうしてるんかと思《おも》て」

後藤は返事をしない。

「ねえ、怒ってるん?」

明石がどれだけ話しかけようと、後藤は無視し続ける。この世に明石などという女は存在しないかのように振る舞う。

「お願い、返事して」

明石がみっともなくすがる。こんな明石を見たくない。私はサンチョ・パンサを消してヒユミドールに戻した。店を出ようとして、後藤に呼び止められた。

「山崎さん。連れて帰っていただけますか?」

明石が呆然とする。が、後藤は一瞥《いちべつ》もしない。その代わりに、私の眼をじっと見て言う。

ガラスの眼は氷の眼だ。私は肌が粟立《あわだ》つのを感じた。

「申し訳ありませんが、お願いします」

明石を完全に無視している。なんの容赦《ようしゃ》もない。お客さま、ゴミは各自でお持ち帰りください、と言っているのと同じだ。

「さあ、明石さん、帰ろか」

「でも……」

私は明石の腕をつかんで店の外に引きずり出した。ぬるい川風が吹いている。ふいに明石が泣き出した。

私は泣き続ける明石をビルまで連れ帰った。そして、そのままベッドに押し倒した。明石はすすり泣きながら私にしがみついた。最低の女だった。

後藤は明石を傷つけて満足する。明石は傷つけられて満足する。お似合いの二人だ。

明石はさんざん声を上げると、その後は眠ってしまった。隣の自分の部屋で白墨は眠っている。母の狂態には慣れっこだ。起きてくることはない。私はベッドで気持ちよく自己嫌悪に浸《ひた》った。私はこの母子を食い物にしている。母親の身体を楽しみ、子供の心を殺している。

私だけではない。このビルの住民すべてがそうだった。

棚から一枚きりのレコードを取りだして掛けると、部屋を出た。

廊下に出て下を見ると、中庭のベンチに源田がいた。月明かりに、うなだれた姿が浮かんでいた。

源田はあまりにも青臭い。明石をほとんど理想化してしまっている。音楽家の眼から見れば、明石は美と退廃《たいはい》の象徴で、音楽の女神であると同時に蛇《へび》のように狡猾《こうかつ》な悪女らしい。この前は酔って叫んでいた。

——あれは、僕の「運命の女《ファム・ファタル》」なんや。

世の中に不幸な人間はいくらでもいる。明石のような、どうしようもない女に惚れた源田も間違いなく不幸な人間の一人だ。だが、源田が真に不幸なのは、惚れた女に相手にされないからではない。明石への執着がいかに不毛で愚かで滑稽《こっけい》であるか、を源田自身が冷静に理解しているからだ。

明石の部屋を出ると、私は再び「ｅｎｄ　ｙｏｕ」に向かった。

後藤は私を見た。ガラス義眼が光った。いらっしゃいませ、は言わなかった。

「明石さんをもうすこし大切にしてやってくれ。あの人は本気で君に惚《ほ》れてるんや」

「ふん。明石は私のことなんかなんとも思ってませんよ」

「なにを言ってるんや。あんなに君に夢中やないか」

すると、後藤が鼻で笑った。

「明石が惚れているのは別の男ですよ」

「別の男？」

そのとき、まさか私のことか、と浅ましい期待をした。

「クジラです。あの子の父親ですよ」

「あの子の父親はあんたじゃないのか？」

「まさか。明石は私のことなんかどうでもいいんです」

後藤は義眼の眼を伏せた。ひどく傷ついているように見えた。私はシガーカッターを手に、新しい葉巻を見下ろした。ヒュミドールには先程の吸いさしがあったが、なんだかケチがついたようで手に取る気がしなかった。

「明石はクジラに夢中なんです。私はそのクジラという男の代用品ですよ」

「じゃあ、あんたに訊くが、あんたは明石さんが他の男と仲よくしていても平気なんか？」

「なんで私が気にする必要があるんです？」

「明石さんはあんたに焼き餅を焼かせようとしてるんじゃないのか？」

「それだったら、まだマシですね。あの女はそんなことすら考えてない」

後藤が笑った。空々《そらぞら》しい笑いだった。私は今度はモンテクリストを取り出したが、やはりヒュミドールに戻した。

他に客はいない。私はヒュミドールの蓋を閉め、カウンターに肘《ひじ》を突いた。

口を開いたのは後藤だった。

「この店は誰のものだか知ってますか？」後藤はカウンターに両手を突き、ほんのわずかこちらに身を乗り出した。

「ということは、あんたがオーナーってわけやないんやな」

「ええ。私はただの雇われですよ」

「私が知ってる人間ということか？　まさか、明石さんか？」

「元々は明石の父親のものだった店ですよ。私は彼に雇われたんです」

「じゃあ、あんた、明石さんとは相当長い付き合いなんか？」

後藤は返事をしない。しばらく黙っていたが、やがて最小限の動きでマッチを擦り、自分のシガーに火を点けた。

「雨の夜だったんですよ」

私は後藤の顔を見た。後藤は私を見ていなかった。無口な後藤が自分から話をはじめるのは珍しかった。

「店の経営のことで明石の父親に叱責されたんです。あの男は私を一方的に罵倒《ばとう》し、ゴミ扱いしたんです。こんなことを言ってはなんですが、あの男はクソでした」

「変わった人間やった、いうのは明石さんから聞いとる」

「妻に逃げられたのは当然ですね。ああいうのを悪魔と言うんじゃないですか？」

「あんたかて明石さんへの態度は相当悪魔的やと思うがな」

「あの男に比べれば私なんぞかわいいもんですよ。あの男は一言で言えば異常者、それだけです」ふん、と後藤は顔を歪《ゆが》めて笑った。

「でも、明石さんはそんな怨《うら》み骨髄《こつずい》の男の娘やないか」

「そう。まさしく恨み骨髄に入《い》るですよ。とにかく、私はあの男を殺してやろうと思って、店を出たんです」

後藤の眼が細くなった。私はぞくりとした。

「店を閉めて、明石ビルを目指したんです。ひどい雨でしたね。でも、気にならなかった。なにせ怒りで身体中が火照《ほて》ってました。私の身体に当たった途端《とたん》、雨がじゅうっと蒸発しそうなほどだったんです」

「なるほど。あんたがそこまで感情的になるなんて、よほどのことやったんやな」

「もう真夜中でした。明かりは消えて街は静まりかえってました。川に沿って歩いて、ビルの前までやってきました。まだ明かりが点いていました。見上げると、最上階の窓に女が立ってました。じっとこちらを見下ろしてるんです。室内が明るくて、女の顔は影になってわかりませんでした。あの男の女か、それとも話には聞いている一人娘か。どちらかはわかりませんでした。私と女はしばらくそのままじっと見つめ合っていました。すると、影の中で女の唇が動いたんです。――助けて、って。そう言ったような気がしたんですよ。私はドアを開けて中に入りました。中庭のある奇妙なビルでした。私は煙草に火を点け、少々悩みました。どう考えてもまともじゃない。本能的に恐怖を感じたんです」

「あんたでも怖いもんがあるんか」

「ありますよ。でも、とにかく最上階まで上って行きました。なんだか足がすくんでね、上までたどり着くのにもう一本煙草が必要でしたよ」

――ちょうどよかった。今晩、父は帰らへんから。

「あの男の娘でした。近くで見ると思ったよりも若く、私はすこし驚きました。女は私を見て、本当に哀しそうな顔をしたんです」

――なんでそんなに震えてるん？　殺される前のウーチャンにそっくり。

「瞬間、私はぞくりとしたんです。でも、平静を装って訊ねました」

――ウーチャンってなんや？

――ウサギ。ジャパニーズ・ホワイトっていう品種。白くて眼が赤いねん。因幡《いなば》の白ウサギみたいに。

――そのウサギは死んだんやな。

――父が殺してん。そして、食べた。

――おまえも食べたんやろ？

――ええ。

「女の身体も震えました。そして、私は我慢ができなくなったんです。それ以来ですよ、明石との関係は」

私もまたぞくりとした。震えをごまかそうと、ヒュミドールを開け、もう一度、真新しいモンテクリストを取り出した。カッターを手に持ち、逡巡する。フラットカットか、それともパンチカットか。

「じゃあ、この店のオーナーは今、明石さんなんやろ？　あんた、雇い主に対してずいぶんな態度やないか」

「かもしれませんね」

後藤が笑った。その眼に蠟燭《ろうそく》の火が映った。明石はこの眼を綺麗と言ったのか。とんでもない女だ。

吸う気も失せたので、私は「ｅｎｄ　ｙｏｕ」を出た。ビルに戻ると、鵜川がやって来た。

「山崎さん、こんな夜更《よふ》けにすみませんが、ちょっと金を貸してもらえんやろうか？　ちょっと急ぎなんで」

「なんや、鵜川さん。金欠か？」

「先月、雨が多くて仕事にならへんかったんや。ちょっとピンチで」

「ええよ、いくらや」

「できたら一万」

「一万か。ちょっと待ってや」

私は札入れから一万を抜いて、鵜川に渡した。

「申し訳ない。来月、金が入ったら返します」鵜川が申し訳なさそうに頭を下げた。「明石さんとこの家賃も待ってもらわなあかん」

「あの人は家賃なんか気にせえへんやろ」

「そりゃそうやけど、それでも心苦しいのは心苦しいからなあ」

鵜川が頭を掻く。根が生真面目《きまじめ》な男だから、心苦しいというのは本当だろう。私はこの男に好感を持っている。読書が趣味のインテリ左官屋は控えめで物静かだからだ。稼いだ金を実家の弟妹に仕送りしているという。独り、好き勝手に生きている私のような人間から見ると、頭が下がる。

「源田さんなんか嬉々として滞納の報告に参上してるやろ」

「あの人は仕方ない。本気で明石さんに惚れてるから」鵜川はぼそっと付け加える。「勝ち目ないのにな」

「たしかに」

二人して最上階を見上げ、ため息をついた。

源田は芸術家肌で、少々浮ついて大げさなところがあるが、基本は親切な人間だ。仕事先でもらった舶来物のチョコレートやキャンディーをせっせと明石に貢《みつ》いでいた。明石は「あらあら、ありがとう」と言うだけだが、白墨は珍しく笑顔を見せるので、私は個人的に源田には感謝している。

感謝している、か。私は一瞬、混乱した。おかしなものだ。こんな薄汚い吹き溜まりのようなビルで、赤の他人に対することで、やっぱり赤の他人に「感謝」などという気持ちを持っている。

若い頃の私にその気持ちがあれば、私の人生はすこしは変わったのだろうか。兄と和解ができたのだろうか。感謝している、と言葉にしていれば、兄は死なずに済んだのだろうか。兄が生きていれば、私は今どうなっていたのだろうか。

今からでも遅くない。なにか善いことを、と考えたとき、あの子の顔が浮かんだ。あの子は絵が好きだ。新しいチョークでも買ってやろうと思った。

鵜川繁守、語る

去年の夏は万博でみな浮かれていた。一九七〇年という区切りのいい数字のせいで、なにもかもが新しくなって進歩していくような幻想を抱いていた。

一九七一年になって、ろくなニュースがない。雫石《しずくいし》の飛行機空中衝突事故では大勢の人間が死んだ。これが科学技術の進歩の結果だ。

残暑の厳しい頃だった。

台風が近づいていたが、大阪はまだ風もなく、普段と同じようによく晴れていた。台風が来ていることもあって、俺は久しぶりに二日続けて仕事を休むことにした。

ビルの住人はみな部屋の玄関の扉を開け放っていた。こうすれば、中庭から部屋の奥の窓へと風が抜け、過ごしやすくなるからだ。扉を開けたままでは不用心だが、こんなボロボロのビルに泥棒など入らない。もし、入ったとしても盗る物などない。だから、みな、安心して扉を全開にしていた。

　中庭のベンチで煙草を吸いながら、俺はだらだらと本を読んでいた。明石の部屋からはいつものように「酒とバラの日々」が聞こえてくる。本にも倦《う》んでうとうとしかけたとき、源田が来て隣に腰を下ろした。

「なあ、鵜川さん、変やと思えへんか？」

「なにが？」

「あの子、なんもオモチャ持ってへんやろ。やっぱり変やよなあ」

「お人形とかおままごとの道具とかないな。明石さんが興味ないんやろ」

「そう。あの人はそんな気の回る人やないからな。で、かわいそうやから僕がなんか買《こ》うたろうと思うんやけど、なにがええやろ？　鵜川さん、下に弟妹《ていまい》がいてるんやろ？　小さい女の子はなにを喜ぶんや？」

「おるのはおるけど、俺の家は貧乏でオモチャなんかあれへん。でも、女の子やったらやっぱり人形やないんか？　ただ、あの子が喜ぶかどうかは知らんが」

「たしかに。チョークで絵ばっかり描いてる。変わった子やからなあ」

　源田は真剣だ。白墨に気に入られようと必死だ。本気で明石との結婚を考えているのかもしれない。

「源田さん、あんた音楽家なんやろ？　なんか楽器でもあげたらどうや？」

「楽器か。なにがええやろ。ピアノとかバイオリンは高いし、僕には無理や。なんか安うて子供でもできて……」

しみったれた口調になり、源田は悩み出した。俺は新しい煙草に火を点け、本に眼を戻した。ロルカの詩集だ。だが、横で源田がぶつぶつ言っているのでなにも頭に入らない。ぱらぱらとめくっていると、ある詩が眼に入った。「カスタネット」という詩だ。


カスタネット。

カスタネット。

カスタネット。

鳴りひびく黄金虫《こがねむし》。


俺は詩集を源田に示し、言った。

「カスタネットはどうや？　ロルカも勧《すす》めとる」

「カスタネット？」源田は本をのぞき込み読み上げた。「……カスタネット、カスタネット、鳴りひびく黄金虫、か。なるほど、カスタネットやったら、子供独りでもできる」

「おまけに安い」

俺が言うと、源田がすこし呆れた顔をした。

「鵜川さん、甘いな。それ、スペインの詩やろ？　スペインのカスタネットいうたら、日本の赤と青のやつとは全然違う。フラメンコとかで使うやつや」

「え、そうなんか？　知らんかった」

「はは、楽器のことなら任せてくれ」源田は得意そうにうなずき、立ち上がった。「スペインのカスタネットを扱ってる店を探して、買うてくる。あの子へのプレゼントや」

「今からか？　台風来てるから止めとけ」

「ああ、そうか。台風やったな」

源田は出鼻をくじかれ、しゅんとした。しばらく二人で煙草を吸った。

「源田さんがカスタネットをあげるんやったら、俺はどうしよう？」

山崎はチョークを買ってやっている。閑ちゃんは万博パンを持って帰ってくる。なにもしてないのは俺だけだ。だが、今月は金がない。来月も金がない。家への仕送りもあるし、家賃も払わなければならない。弟の達夫《たつお》はまた遊びに来ると言っているし、出て行く金ばかり増える。

「お金が掛からなくて、あの子が喜びそうな物てなんやろう」

源田は返事をしない。たぶん、明石のことで頭がいっぱいなのだろう。

俺は三本目の煙草に火を点けた。

源田の思惑《おもわく》がどうであれ、カスタネットが白墨の慰《なぐさ》みになればいい。子供の役に立てればロルカも喜ぶだろう。もちろん、俺も喜んでいるが。

夜になって雨と風が強くなった。台風は上陸しても勢力が衰《おとろ》えず、早めの避難を心がけるようラジオで繰り返していた。

布団の中で眠れずにいると、突然、凄《すさ》まじい音がしたかと思いきや窓ガラスが割れ、雨と風が吹き込んできた。どこかしらから飛んできたトタンの破片が窓を直撃したのだ。一瞬で部屋が水浸しになる。テーブルの上の雑誌が吹き飛ばされ、パイプ椅子が倒れた。慌てて窓をふさぐ物を探すが、生憎《あいにく》なにもない。一階の女中部屋に段ボール箱かベニヤ板でもあっただろうか。探しに行こうかと思っていると、山崎が来た。

「鵜川さん、えらい音がしたが……」俺の部屋を見て、驚く。「うわ、これは大変や」

「窓、ふさぐ物、なんかありますか」

風の音が凄いので、二人とも怒鳴るように話した。

「女中部屋に畳があった。ちょっと待ってろや」

あっという間に一人で出て行ってしまった。しばらくすると、畳を一枚抱えて戻って来た。窓に畳を立てかけ、冷蔵庫を動かして押さえにした。それでもまだ隙間から雨風が入ってくるが、先程よりはずっとマシだ。

「すんません、山崎さん。助かりました」

さすが牢名主だけあって、だてに長年住んでいない。普段は口うるさいが、頼りになる。

「いや、大したことなくてよかった。じゃ、私は明石さんとこ、見てくる。難渋《なんじゅう》してはるかもしれへん」

「じゃあ、俺も行きますよ」

「鵜川さん、あんたは自分の部屋の片付けがあるから、ええで」

山崎は慌てて出て行った。俺がいては邪魔らしい。

俺はびしょ濡れの床を拭き、最上階の明石の部屋を思った。今頃、山崎と明石がベッドで抱き合っているのかと思うと、後片付けに身が入らなかった。

俺は別に明石に惚れているわけではない。嫉妬《しっと》などしない。だが、明石が気にならないと言えば嘘になる。仕事中、壁を塗っていても、セメントを練《ね》っていても、ふっと明石の部屋のことを考えてしまうことがある。あの母子は今頃どうしているのだろう、と。一日中鳴り続けるレコードと、ふしだらな明石、そしてかわいそうな白墨のことを思い出すと、なぜか胸が詰まる。

風の音が凄まじい。俺はドアを開けて廊下に出た。周りを囲まれているから風はそれほど強くない。ただ、風の唸《うな》りが反響して、ときどき笛のような音がした。

すると、すぐに山崎が階段を降りてきた。険《けわ》しい顔だった。俺に気付いて、さらに顔を険しくする。

「明石さん、大丈夫やったんですか？」

「後藤が来てた」

当てが外れて腹を立てたのか、山崎は大きな舌打ちをし、それからため息をついた。

「あの子は独りで怯えてるんやろな」

後藤が来ているということは、あの子は完全に放っておかれているということだ。白墨の顔が浮かんで胸が詰まった。後藤と一緒のときは、明石はもう後藤のことしか頭にない。あの子はグラスの中の氷以下の存在になる。

後藤が恐ろしいのは「静か」であるということだ。あの男は明石の前ではほとんど喋《しゃべ》らない。明石には沈黙が一番効果的だと知っているからだ。なにを考えているのかわからない後藤の気持ちを慮《おもんぱか》って、明石は疲れていく。そして、泣いたりすがったり、愚かな女になる。

俺が知る限り、後藤が優しさを見せたのは一度きりだ。なんの気まぐれか、去年、明石を映画に連れていった。明石は上機嫌で出かけ、青ざめて帰ってきた。「ひまわり」はたまらなく哀しい映画だったそうだ。

「あの子もかわいそうに」

山崎はそれ以上は言わず自分の部屋に戻っていった。俺は荒れ果てた部屋を見渡した。相変わらず風が荒れ狂っている。窓をふさいだ畳が揺れていた。


台風一過、翌日はよく晴れた。午前中は部屋の片付けをして過ごした。

廻廊から中庭を見下ろすと、石畳に水たまりができていた。空が映って青い池のようだ。明石ビルは真ん中に広々とした庭があるおかげで、どの部屋も通風採光がいい。大阪の夏は暑いが、このビルの中はクーラーなしでも過ごしやすかった。だが、いくら風通しがいいと言っても、この中庭は贅沢すぎる空間だ。貧乏人の俺からすれば、もったいない土地の使い方だとしか思えない。

昔、俺は明石に訊ねたことがある。

「船場《せんば》の旦那衆やら大阪のお金持ちは阪神間《はんしんかん》に庭付きの大きな家を建てるもんと違うんですか？　なんでまた、明石さんのお父さんはわざわざビル建てて住もうと？」

「父は外国かぶれやったんよ。あちらの映画が好きでねえ、ほら、ニューヨークの高層ビルのペントハウスとか、パリのアパルトマンとか、そういうビル暮らしに憧れてはって」

一階の一〇一号室はもともと女中部屋だ。明石が子供の頃には家に住み込みの女中がいて、一階にある小さな部屋に暮らしながら、明石の家の面倒を見ていたという。金持ちなら女中がいるのは珍しくない。お屋敷に女中部屋があるのは当たり前だ。でも、こんなビルにあるのは面白い。

今はもう住み込みの女中はいない。女中部屋はガラクタ置き場になっている。代わりに家政婦紹介所で頼んだ吉竹さんという通いのお手伝いさんがいて、明石の家のことをしていた。彼女はこのビルの男たちと顔を合わせても、挨拶《あいさつ》一つしない。俺たちはろくでなしだと思われていた。

昨夜、窓をふさいだ畳はすっかり濡れていた。やたら重い畳を、苦労して中庭まで運んだ。陽の当たる場所に立てかけ、乾かすことにする。

中庭は広々として、車が五台は楽に駐められる。実際、昔はガレージとしても使われていたそうで道路に面して開口部があるが、今はゲートで閉ざされていた。

ベンチに腰を下ろして一息つくと、階段を降りてくる足音が聞こえた。顔を上げると、後藤だ。俺をちらとも見ず、足早にビルを出て行った。

やっと帰ったか。早速、俺は白墨の様子を見に行くことにした。五階の明石の部屋まで上る。昨夜、眠れなかったせいか息が切れた。

白墨は独り、居間の床の上でパンを食べていた。万博パン、閑ちゃんの差入れだ。

「美味しいか？」

黙って白墨がうなずいた。俺は白墨の頭を撫でて、寝室に向かった。

明石はまだベッドの中で眠そうにしていた。白地に紺で花の描かれたガーゼの浴衣を着ている。ガーゼの浴衣は年寄りじみていたが、かえっていやらしかった。

「明石さん、昨日、窓が割れたんやけど……」

「あら、そうやの」身体を起こそうともしない。

「修理せなあかんのですが」

「ガラス屋さん、呼ばなあかんねえ」

明石は大きなあくびをし、それきり黙った。ガラス屋を呼んで修理しろということだ。

「じゃあ、こっちで適当に修理しときますよ。請求書は明石さんに回しますから」

「ごめんね、鵜川さん」

ステレオからは『ムーン・リバー』に続いて「酒とバラの日々」が流れている。明石はまた大きなあくびをしてから、ようやく半身を起こした。伸びをすると、足の指が反り返ったのが見えた。

「ねえ、鵜川さん。『酒とバラの日々』は観た？　私は観てないんやけど」

「俺は観ましたよ。アル中の話です」

「そうなん？　綺麗なタイトルやのにアル中の話やの……」明石はがっかりした顔で足を組み替えた。「私は『ティファニーで朝食を』なら観たんやけどね」

「そうなんですか。そっちは俺は観てません」

「あらあら、私たち気が合わへんみたいやねえ」

さらりと言われて、ずきりと胸が痛んだ。

「酒とバラの日々」という映画は気怠《けだる》げで美しいメロディとは裏腹に、ストーリーは酒に溺《おぼ》れる夫婦を描いて救いがない。ジャック・レモンが熱演している。

「明石さん、アレキサンダーって飲んだことありますか？」

「なにそれ？」

「『酒とバラの日々』で、女がアル中になるきっかけになったカクテルです。チョコレート味で甘くて飲みやすいけれど、結構キツいんです」

「へえ。一度飲んでみたいわ。後藤に言って……」

「俺が今度、材料を買ってきますよ。家でもすぐにできるから」明石の言葉を遮って言った。

「そう？　ありがとう、鵜川さん」明石はまたあくびをした。「とりあえず、今は紹興酒にしとくわ。鵜川さんも飲めへん？」

「じゃ、俺が作りますよ」

俺は寝室を出て台所に向かった。居間を通り抜ける際、白墨に眼が行った。まだパンを食べている。床の上で独りでパンをかじる姿を見て胸が痛んだ。

明石はベッドから居間のソファに移動し、しどけなく横たわっている。

「明石さん、レモンは？」

「お願い」

抽斗を開ける。年季の入ったゾーリンゲンの包丁が並んでいた。明石はまともに料理をしないから宝の持ち腐れだ。

「明石さん、せっかくいい包丁があるのにもったいないないで」

返事がない。都合の悪いことは無視か。俺は負けずに言葉を続けた。

「あの子に美味しいもんでも作ってやったらどうですか」

やっぱり返事はない。明石になにを言っても仕方ない。俺はため息をついてレモンを切り、紹興酒をウヰルキンソンで割った。二人で乾杯した。

「ねえ、明石さん。山崎さんのことは山ちゃん、和久井さんのことは閑ちゃん、源田さんのことは源田サブちゃんと呼ぶのに、なんで俺だけただの『鵜川さん』なんですか？」

「でもね、ウーチャンって言うと、子供の頃に飼ってたウサギと同じになるんよ」

「へえ、明石さん、ウサギを飼《こ》うてたんですか」

「そう。中庭で飼うててん。食べてしもたけど」

「え？」

「父が、殺して鍋にしてしもたんよ。あのときはすごく哀しくて」

戦後、食料のないときなら仕方ない。よくある話だ。だが、俺はそのとき、なんとも言えず嫌な気持ちになった。

「父はね、ちゃんと見てろ、って言うてん。だから、私、ウーチャンが殺されるとこ、ずっと見ててん。ウーチャンは赤い眼にいっぱい涙を溜めててね」

「それはきついな」

小さな子に見せる光景ではないだろう。明石の父親は異常だ、と俺は思った。

「ねえ、後藤は片方義眼やろ？　あのガラスの眼、ウーチャンに似てる」

明石はうっとりしたような、疲れたような吐息《といき》を洩らした。

「シガーに火を点けるとき、炎が後藤の眼に映って、殺されるときのウーチャンの赤い眼にそっくりで怖くなるけど、本当に綺麗やねんよ」

明石がおかしいのは今にはじまったことではないが、そのとき俺は本当にぞっとした。明石の父はいわゆる「サイコ」だったのではないかと思う。

こんな話を子供に聞かせていいのだろうか。ちらと白墨に眼を遣る。白墨はパンを食べ終え、床に山崎の買ってやったチョークで絵を描いていた。

レコードが終わった。部屋が突然静かになる。

「ねえ、鵜川さん。レコード終わったみたい。もう一回掛けて」

いつものお願いだ。針を落として、もう一度白墨を見る。床の上で独りで絵を描く姿を見て、俺は胸が痛んだ。明石はこれを見て不憫《ふびん》だと思わないのか？　それに、白墨は春に小学校に入ったのに、行ったり行かなかったりだ。山崎が意見するのだが、暖簾《のれん》に腕押しだ。

俺の父は早くに死んだ。俺は弟妹を養うために働かねばならなかった。だが、本当は上の学校に進みたかった。左官になったのは、母方の叔父《おじ》が左官だったからだ。母が勝手に見習いを決めてしまった。だが、俺はもともと独りでいるのが好きだったので、工場のライン工や商店の小僧よりは、黙って独りで壁を塗る作業のほうがマシだったと思う。

白墨を見ているともどかしい。ちゃんと学校に行って勉強させなければと思う。だが、俺はただの借家人だ。大家一家の教育方針に口出しできる立場にない。山崎牢名主も俺と同じらしかった。白墨の行く末を案じてはいるが、なにもできない不甲斐《ふがい》なさを感じている。

元凶《げんきょう》は明石だ。わかっている。後藤というクズに惚れ、娘をないがしろにする最低の母親だ。だが、そんな明石に俺たちはみな付け込んで、楽しんでいる。明石ビルは「明石付き」のビルだ。明石という便利な女を共用設備として利用できる。そんなことを言ったら、さぞかし源田は怒るだろうが。

「明石さん、あの子、学校に行かせなあかんで」

「そうやねえ。でも、あの子、学校嫌いみたいで。無理してまで行くところやないよ」

俺はむっとした。勉強できる環境があるのにそれを無駄にするとは。金持ちの傲《おご》りだ。

「明石さん、勉強できるいうのは恵まれてるんやで。世の中には勉強したくてもでけへん人がようさんいてる。そういう人に失礼や」

すると、ちらりと明石がこちらを見た。俺はぞくりとした。明石の眼は一瞬だけたしかに針だった。

「正論やねえ」

明石はひとつあくびをして、紹興酒を飲み干した。しどけないを通り越して、単にだらしない恰好だった。

「この花、なんて言うか知ってる？」浴衣に描かれた花を指さして言う。「鉄線《てっせん》って言うんやよ。父が好きやった花で、花言葉は高潔《こうけつ》」

「明石さん。花の話はええから」

「もう一つ花言葉があるねん。鉄線って強いツルが絡《から》まるんやよ。だから、花言葉は束縛《そくばく》。父が好きやったのはどっちの意味やと思う？」

俺は苛々してきた。明石のいい加減さは今にはじまったことではないが、さすがに我慢できない。すこし強い声で言った。

「明石さん。ちゃんと聞いて下さい。勉強はせなあかん。将来困ることになる」

「そうやねえ。でも、私、学校てあんまり好きやなかったし」明石は面倒臭そうな顔をした。

「学校に行かんと勉強は父に習ってん。でも、それで困ったことはないよ」

「明石さんは困らなくても、あの子は困るかもしれへん」

「そう？　じゃあ、鵜川さん、あの子に勉強教えたげて。鵜川さん、インテリやろ？　山ちゃんが言うてはったよ」

「俺はインテリやないです。とにかく、あの子は勉強させな」

明石はふらつきながら立ち上がると、浴衣の裾を翻《ひるがえ》し、部屋の中を歩いて行った。なにをするのかと思ったら、花台の上の花瓶を持ち上げ、眺めた。ひまわりがあふれんばかりに入っている。花粉が散って、テーブルの上に金粉でも撒《ま》いたようになった。

「吉竹さん、ひまわりのお水、替えるの、忘れてはるわ」

俺は急になにもかもバカらしくなった。明石は愚かだ。男のことしか考えないクソだ。歳を取れば誰も相手にしなくなる。独りになって、このビルと一緒に腐っていくだろう。

明石は花瓶を置くと、思い出したように言った。

「ねえ、鵜川さん。この前、お家賃持ってきはったよねえ」

「ああ。今月分はもう払《はろ》た。受け取りも貰《もろ》たけど、どうしたんですか？」

「たしか箪笥に仕舞《しも》たと思てんけど、どこ行ったんやろ……」

またか、と思った。あれがないこれがない。明石の部屋ではしょっちゅう物がなくなる。大抵は忘れた頃にひょっこり出て来る。

「そのうち出て来るやろ。それとも、急な入り用ですか？」

「吉竹さんにお給金を払わなあかんから」すこし困った顔をする。「あの人、お金にうるさいねん。今、手持ちがないからまた今度にして、て言うたら嫌な顔しはる。お給金の日なんていちいち憶えてられへんよねえ」

「明石さん、給料の支払日は憶えとかなあかん。向こうかて都合があるやろ」

「そう？」

明石はまるで関心のない返事をし、またソファに腰を下ろした。

俺は白墨のそばに寄った。絵を踏まないように気を付けて、床に膝を突く。波打つ線が何本も描かれ、その中に楕円形《だえんけい》のものが浮いていた。

「これ、なんや？」

「レモン」

「ああ、源田が好きなレモンやな」

「うん」

「上手に描けてるな。この線はなんや？」

「海」

「ああ、海にレモンが浮いてるんか。なるほど」

チョークで描かれた落書きだったが、俺の眼には才能が感じられた。こういう子供こそきちんと教育を受けるべきだ。

俺は中学では一番だった。なんとか進学できないか、と担任はずいぶん心配してくれた。

――夜間高校で学ぶという選択肢もあるんやぞ。

――夜は弟や妹の面倒を見なあかんので。

母が夜の仕事に出る間、俺がまだ小さい弟妹の世話をしなければならない。無邪気《むじゃき》に「兄ちゃん、兄ちゃん」と慕《した》ってくれる弟妹を放っておくわけにはいかなかった。

――勉強はいつでもできます。余裕ができたら高校に行きたいと思います。

――そうか、がんばれよ。

担任はほっとした顔をした。

だが、いつまで経っても余裕はできなかった。母が身体を壊して働けなくなると、俺が一家を支えるしかなくなった。ちょうどその頃、万博が決まって大阪は建設ラッシュだった。職人は引っ張りだこで稼ぎたいだけ稼げた。俺は単身、大阪に出て来た。毎日ひたすら壁を塗り、稼いだ金を仕送りした。

ある夜、ミナミの場末で飲んで、ぼったくられた。文句を言うと一方的に殴られた。そこを助けてくれたのが山崎だ。妙に貫禄《かんろく》があって、俺とは七つしか違わないのに一回りは年上に見えた。その後、二人で飲み直した。

――格安の部屋があるんやけどな。家主が変わり者やけど。

部屋代が安くなったら、そのぶん仕送りを増やせる。俺は早速明石ビルに移ることにした。部屋に文句はなかったが、家主は想像以上に変わり者だった。

はじめて会った日、明石は銘仙《めいせん》の着物をゆるく着崩し、中国風の長椅子に横たわり酒を飲んでいた。足袋《たび》は履いていない。帯はすっかり潰れていた。結んでないのと同じだ、と感じた。別にどちらが誘ったわけではないが、自然な流れだったように思う。

白墨が哀れなのは、母親が明石だからだ。俺は明石という女が嫌いではないが、あれが母親向きの人間ではないことくらい承知している。いや、向いていないどころではない。あれは母親にはなってはいけない人間だ。

最初、明石は知能に少々問題があるのだろうと思っていた。だが、明石はトルストイも読むし、杜甫《とほ》やらの漢詩も楽しそうに読んでいる。大判の画集も眺めるし、ロルカの詩集をやったら喜んで読んでいた。牢名主の山崎が言うには、明石はズレているだけで頭は悪くないそうだ。

だが、どれだけ本を読もうと、明石は実生活では愚かだ。男なしでは生きていけない惨めな女だ。娘の眼の前で男と抱き合い、笑い、泣く。

そんな明石を母に持った白墨はまだ六つだ。今はまだなにもわからないが、いずれ、自分の母親がとんでもないクズだと気付く。日替わりで借家人すべてと寝る女だと知ったらどうするだろう。

そして、俺たちも共犯だ。明石と寝ることで白墨を傷つけている。だから、罪滅ぼしにせっせと白墨に贈り物をする。白墨の身の回りにあるものは、みな、男たちが買い与えたものだった。

明石が白墨をかわいがらなかったわけではない。衣食住の最低限の面倒は見たし、多少の躾《しつけ》もした。ただ優先順位が低かっただけだ。明石の一番はまず後藤。あとの事柄はもう順位がない。白墨も俺たちも、その他の事柄も一緒くたにされている。明石の心は居間にある中国風の箪笥と同じだ。やたら抽斗が多くて、どこになにがしまってあるのかわからない。なにもかもがごちゃごちゃで、いざというとき見つけられないのだ。

ふっと気が付くと、いつの間にか明石はソファで眠っていた。裾がはだけてひどい恰好だった。浴衣に描かれた鉄線のツルが明石の肌に直接絡みついているかのようだった。俺は明石を抱え上げ、ベッドに運んだ。明石は夢うつつで俺にしがみついてくる。身体からはまだ後藤の葉巻の匂いがした。

寝台の生温かいバラの花々の下で
死人たちが順番を待ちながら呻《うめ》いている。

ふっとロルカの詩の一節が浮かんだ。ロルカはスペインの詩人だ。若くして名声を得たが、三十八歳で銃殺された。

俺は想像した。薔薇の花を撒き散らしたベッドの上で明石が眠っている。その下で男たちが順番待ちの列を作っている。先頭は後藤、そして後に続くのは明石ビルの住人たちだ。

居間に戻ると、白墨は別の絵を描きはじめていた。今度は一輪の薔薇だ。重なり合った花弁を一枚一枚、丁寧に白いチョークで描いている。描き終わると、白墨はチョークを丁寧にクッキーの缶に戻した。

片付けられない明石を見ているせいか、白墨はいつもきっちりと整理整頓している。缶の中には整然とチョークが並んでいた。

「偉《えら》いな。ちゃんと片付けて」

頭を撫でてやると、白墨はほんのすこし笑った。俺は胸が痛くなった。

翌日、俺は白墨のために黒板を作ることにした。あの子が好きなだけ絵を描いて、勉強できるようにだ。仕事帰りに材料を買ってきた。

ベニヤを貼り合わせた板に塗料を塗る。両側に脚を付け、白墨が立って絵を描けるようにした。床にかがみ込んで絵を描いている様子は痛ましかったからだ。

塗装作業を中庭でしていると、閑ちゃんが帰ってきた。なんだか元気がない。

「お帰り、閑ちゃん。どうしたんや?」

「鵜川さん、ただいま。いえ……」

部屋には入らずベンチに腰を下ろした。なにか心配事があるらしいが言い出しかねているようだ。俺は催促せずに塗装作業の続きに戻った。

「それ、黒板ですよね。あの子に?」

「そうや。好きなだけ絵が描けるようにな」

「鵜川さん、優しいですね。面倒見がいいのは、やっぱり兄弟がいるからかな」

「優しいわけやない。嫌々、面倒を見させられたんや」

「またまた」

「ほんまや。弟なんかおったら大変や。しょっちゅう、金をせびられる」

数日前、達夫がまた金の無心に来たせいで金欠だ。冗談めかして言ったのに、関ちゃんは笑わなかった。それどころか、ため息をついた。

「なんかあったんか？」

「実は……」関ちゃんはためらってから話しはじめた。「今、働いてるパン屋の主人はいずれは田舎に帰りたいそうなんですよ。香川の丸亀ってとこらしくて。そこでパン屋をやるから、一緒に来て手伝ってくれないか、と」

「関ちゃんのご両親は健在か？　息子が四国に行くとなったら賛成してくれるんか？」

「いますけど、もう関係ないですよ」関ちゃんが珍しく吐き捨てるように言って、顔を背けた。「僕は四男なんです。親からしたら、ただの厄介者《やっかいもの》ですよ」

「四男か。そりゃすごいな」

「四男なんか生きてるだけで文句を言われる。穀潰《ごくつぶ》しの金食い虫ってことで」

はじめて見る関ちゃんの鬱屈《うっくつ》だった。田舎の四男坊というのはきっと想像以上に辛いものがあるのだろう。戦争が終わって自由だ、民主主義だと騒いでも、田舎には田舎の価値観がある。一朝一夕《いっちょういっせき》で変わるものではない。

そのとき思い当たった。

関ちゃんは福井の山奥の出身なのに、ほぼ標準語で喋る。工場で働いていたとき、訛《なま》りをからかわれて嫌な思いをしたと言っていた。だが、もしかしたら、わざと故郷の言葉を捨てたのかもしれない。

「なら、好きにしたらええんやないか？　そんな親やったら遠慮はいらんやろ。悩む必要もない」

すると、はっと閑ちゃんが顔を上げた。

「……なるほど、それだけのことですか」

「それだけのことや。悩む必要なんかない」

閑ちゃんは嬉しそうにうなずいた。

やはりこのビルは吹き溜まりだ。だれからも必要とされなかった人間が、引き寄せられるのだ。


黒板の塗料が完全に乾くまで三日かかった。

黒板を持っていくと、白墨は眼を輝かせて早速絵を描きはじめた。その横で、俺は準備してきた材料でアレキサンダーを作った。

「ブランデーが二でカカオと生クリームが一。これを混ぜるだけや」

「思ったより簡単やねえ」

シェイカーに材料を計って入れ、軽くシェイクする。カクテルグラスに注いで、ナツメグを振った。

明石に手渡し、乾杯する。明石は美味しいと言い、ふふっと笑った。

「ねえ、鵜川さん。私、アル中になったらどうしよ」

「大丈夫。明石さんはもうとっくにアル中やから」

「そう？　あらあら困ったわ」

喉を鳴らして笑う明石の横で、白墨は一心不乱に絵を描いていた。

源田三郎、語る

午後から未払いのギャラの催促に出かけた。

僕よりも年下の支配人はテレビに夢中でまともに返事もしない。僕はブラウン管の中の浅《あさ》間山荘《まさんそう》を見つめた。今日は二月の二十八日。連中が立てこもってから十日目、ついに機動隊が突入した。世間は大騒ぎだったが、僕には他人事《ひとごと》としか思えなかった。

さんざん食い下がって、ようやく半分を払わせることに成功した。一九七二年の初給料だ。僕はすこし浮かれて明石ビルに戻った。

冷蔵庫の中を確かめると、レモンが減っていた。

僕は出かける前には必ずレモンの数を数えておく。そして、帰ってくると確かめる。間違いない。五個あったレモンが四個になっている。明石が勝手に持っていったに違いない。

ということは、と僕は考えた。明石は今頃、紹興酒のソーダ割りだかウォッカ割りだかを飲んで、いい気持ちになっている可能性が高い。早速出かけることにした。ちゃんと用事はある、家賃が遅れる言い訳だ。

暖房の効いた部屋で、明石は中国風の長椅子に寝転がり本を読んでいた。ロルカの詩集だった。鵜川がプレゼントしたやつだ。僕はすこしむっとした。スピーカーから流れているのは例のごとくヘンリー・マンシーニだ。通俗的な映画音楽は、自堕落《じだらく》な明石にぴったりだった。

明石の部屋にはテレビがない。世間が「浅間山荘」で大騒ぎしていようが、まるで関係ない。

明石は僕を見ると小さなあくびをした。ご用はなあに、とも訊かない。おまけにガウン姿だ。適当に結んだリボンベルトがだらしない。これは僕が受け入れられているということか、それとも関心を持たれていないということか。

長椅子の横のサイドテーブルには搾った後の半割レモンと空いたグラスが載っていた。僕は明石の足をどけ、無理矢理腰を下ろした。ふくらはぎを撫でる。

「明石さん、ご機嫌やな」

「そうでもないんよ」

「実は、今月の家賃、ちょっと待って欲しいんや。ギャラ、半分しか貰《もろ》てないんや」

「そう。大変やねえ」

明石は親から遺産とこのビルを相続した。でも、熱心な大家ではない。各階で貸しているのは一部屋だけで、後は空き部屋のままだ。

「明石さん、空いてる部屋あるやろ？　もっと借家人を入れたら儲かるのに」

「そんなにたくさんの人がビルの中にいたら、嫌やん。私はこれくらいがちょうどいいから」

明石が借家人を入れるのは防犯のためだけで、別に賃料が目的ではない。だから、僕の家賃が遅れようがどうでもいい。いつでも金欠の僕や鵜川、閑ちゃんからすれば贅沢な話だ。

「源田サブちゃん、空いてる部屋使いたかったら、勝手に使っててええよ」

「そんなわけにはいかんやろ」

「そう？」

のんびりとした声で言う。僕は苛々してきた。明石は僕の気持ちを知らないのか？　それとも知ってってからかっているのか？

そのとき、レコードが終わった。明石はするりと立ち上がって、再び針を落とした。

「明石さん、僕の話、聞いてるんか？」

ちょっと怒った声で言う。すると、明石はうふふと笑った。

「あらあら、ごめんなさいね、源田サブちゃん」

「源田かサブちゃんかどっちかにしてくれ、言うてるのに」

「せやかて、源田さんって言うたらなんか堅苦しいし、サブちゃんだけやったら北島三郎《きたじまさぶろう》みたいやし」

「明石さん、僕は前から三郎でいい、て言うてる」

わざとすこし怒った声で言う。でも、本当は嬉しくてたまらない。堅苦しいのは嫌だと言った。つまり、もっともっと親しくなりたいということだ。

だが、明石の返事はなかった。嫌な女だ。親密になりたいと匂わせて、すぐ無視する。なんでこんな女に僕は惚れているのだろう。

僕が明石ビルに来たのは一九六九年。あれから三年経った。なのに、明石という女がわからないままだ。

窓から午後の光が入ってくる。部屋の中は明るくて暖かかった。白墨は鵜川がプレゼントした黒板にチョークで一心に絵を描いている。白墨は昨年、小学校に入ったのに、あまり学校には行かないで家で絵ばかり描いている。見るたびに上手くなっているようだ。

雑音交じりの「ムーン・リバー」が流れている。明石がいい加減に扱うので、レコードは傷だらけだ。ぷつぷつとしょっちゅう音が飛んで、そのたびにどきりとする。

僕は明石の手を引き、寝室に連れて行った。扉を閉めるとき、軋む木製ドアの向こうに白墨がちらりと見えた。白墨は絵に集中していた。

明石は嫌な女だ。後藤という恋人がいながら、このビルの住人全部と寝ている。そして、それを隠そうとしない。それだけなら、ただの公衆便所と吐き捨てられる。突っ込むだけの穴だと軽蔑《けいべつ》すればいい。でも、明石は違う。僕がたった一人の男のように振る舞う。僕が恋しくてたまらないという顔をして笑う。嫌な女だ。

あれが演技ならまだいい。でも、明石は演技ができるほど賢い女ではない。ただ眼の前の男に反応するだけだ。オジギソウ、ハエトリグサと変わらない。あの手の植物は触れたら閉じるが、明石は触れたら開く。それだけの差だ。

明石は「運命の女《ファム・ファタル》」だ。僕は明石を見ると、いつもクリムトの絵を思い出す。恍惚《こうこつ》とした笑みを浮かべ、恥ずかしげもなく男を誘う。だらしない眼も、だらしない唇も、だらしない胸も腹も、なにもかもが卑《いや》しい。僕はたまらなくなる。自分が劣情《れつじょう》の塊のような気がしてしまう。

ベッドから起き上がると、明石はガウンは着ずに、床に落ちていた衣服を拾い集めた。セーターを頭からかぶり、スカートをはく。僕も手早く服を着た。

寝室の扉を開けて、居間に戻る。白墨は絵を描くのはやめて、床に座り込んでコロッケを食べていた。陽だまりの子供は幸せそうだった。

「ちゃんと椅子に座って食べさしたらどうや？」

いつものことだが、やはり気になる。窓際の丸テーブルを指さした。大きな花瓶に黄色の薔薇が活けてある。食卓としては滅多に使われず、後藤がライターの掃除をしたり、酒を飲んだりするだけだ。今はただの花台になっている。

「でも、好きなところで食べたほうが美味しいやん」

明石がうふふと笑う。セーターは黄色だ。薔薇と同じ色だった。

「でもな、明石さん。やっぱり女の子は行儀よくせな」

だが、明石はもう聞いていなかった。台所に行ってしまった。冷蔵庫を開ける音がする。続いて氷の音がした。飲み物を作っているようだ。

明石が飲み物を運んで来た。紹興酒のロックだ。くし切りのレモンが入っている。切り方がいい加減なので、僕のグラスのレモンだけやたら大きかった。

「源田サブちゃん、そこのクラッカー、ちゃんと持って帰ってね」

明石はソファに腰を下ろすと、床に放りだしてあるクラッカーの箱を示した。僕はクラッカーに眼をやった。ちゃんと、と念押しされたが、クラッカーのことなど初耳だ。拾い上げてよく見る。輸入品のグラハムクラッカーだ。まだ未開封だが、外箱はすこし湿って角が潰れていた。

「明石さん、もらっていいんか？」

「この前ね、後藤がくれてん。一ダースも。ねえ、もしかしたら胡散臭いクラッカーかも」

うふふ、と明石が笑った。ぽっと頬が赤くなった。

「じゃあ、盗品とか密輸とか？」

後藤が出所と聞いてすこし身構えた。それから悔《くや》しくなる。警戒しつつも嫉妬を忘れない自分に呆れた。

「大雨の夜にね、店が終わってから来てくれてん。ずぶ濡れでいきなり入ってきてね。絨毯がびしょびしょになって」

明石はもう真っ赤だ。無意識に身をよじった。僕はいたたまれなくなった。

ぶつん、と「ムーン・リバー」が終わって「酒とバラの日々」になる。

明石は後藤にべた惚れだ。後藤はこの近所で「ｅｎｄ ｙｏｕ」というシガーバーを経営している。四十半ばの痩せぎすで、髪はいつもオールバックにしていた。男前だが、片眼は義眼でどことなくきな臭い。川沿いの半地下の店には一度行ったことがあるが、シガーバーのくせに湿気て黴臭《かびくさ》かった。牢名主の山崎は常連らしいが、僕は通う気にはなれなかった。

「クラッカー、一ダースもあったから、山ちゃんにも鵜川さんにもあげてん」

「なんや。僕が最後？」またまたむっとした。

「閑ちゃんにはあげてない。あの人、パン屋さんやろ？　クラッカーなんか珍しくないやろし」

「パンとクラッカーは違うやろ」

「じゃあ、閑ちゃんにも持っていってあげて」床を指さし、命令する。「そうそう、さっきね、鵜川さんのとこに持ってってたら、ちょうど弟さんが来ててん。達夫君て言うんやよ。まだ高校に入ったばかりなんやって。かわいい顔してた」

「明石さん、年下の男が好きなんか？」

「別に。年上とか年下とかどうでもいいし」

明石が言うと本当にどうでもいいというのがよくわかる。ある意味正直な女だ。だが、鵜川の弟は災難だった。高校生に明石はきついだろう。服を着ていても痴女《ちじょ》みたいなものだ。

「ねえ、源田サブちゃん、チーズはある？　クラッカーに載せて食べたら美味しいんやよ」

後藤はチーズが好きで、と明石は相変わらずマイペースで話し続ける。

「あいにくチーズはないな。買ってこよか」

「あんまりひどい雨やったから、あの店、水に浸かるんやないかって心配になって。ねえ、私、後藤は泳がれへんような気がする。泳げないんやなくて、わざと泳がへん。あの人、水の底を平気で歩いてるような気がするんよ」

明石はクラッカーの箱を膝の上に載せ、ぼんやりとしている。僕のほうを見ようともしない。どうやらもう僕には興味がないようだ。

「今晩、もし雨が降ったら後藤は来るやろか」

「さあな。でも、滅多に来え《け》へんやろ？」

でも、と明石が言葉を濁した。後藤は気まぐれだ。来るときは三日や四日続けて来るが、来ないときは半月来ない。そうなると、後藤を待ち続けている明石は日に日に消耗《しょうもう》していく。ぼんやりと窓の外を見ている様子は、いい気味だと思いながらもやっぱり気の毒でならない。そこに付け込むのが山崎と鵜川だ。明石は簡単に慰められてしまうから忌々《いまいま》しい。

紹興酒を飲み干し、明石が立ち上がった。

「レモンバターってクラッカーに合うかもしれへんね」髪をくるくると頭の上にまとめ、櫛《くし》を挿《さ》した。「源田サブちゃん、レモンが好きなんやろ？　だって、いつも冷蔵庫にレモン入ってる」

僕は胸が熱くなった。僕がレモン好きだと思っていたのか。だから、僕のグラスだけ、こんなにレモンが大きいのか。嬉しくてたまらない。でも、卑怯《ひきよう》だ、明石は。なぜ気付かない？　あのレモンは僕のためのものではないのに。

混乱しながらクラッカーの箱を二つ抱えて明石の部屋を出た。一階に住む閑ちゃんのところに届けに行く。閑ちゃんはまだ仕事から帰っていなかったので、僕は中庭のベンチに腰を下ろした。煙草に火を点け、薄暗い空を見上げる。煙草の煙を思い切り吹きあげると、自分が煙突になったような気がした。

＊

僕が明石ビルに流れ着いたのは今から三年前、万博の開かれる前の年だ。バンドをクビになった翌日だった。

僕はミナミのキャバレーで専属バンドのドラマーをやっていた。僕としては久しぶりのまともな仕事だった。前のドラマーが突然田舎に帰ったので、その穴埋めとして採用された。たとえ場末のキャバレーでもステージはステージで、固定の仕事があるというのは嬉しかった。

それまで、僕は何でも屋だった。ギターだろうがピアノだろうが、助っ人を頼まれたらどこでも行って、なんでも弾く。トランペットやサックスだって吹く。だから、僕はときどきこう思う。まるで独りチンドン屋だ、と。

ドラマーとしてはそつなくこなしていたつもりだが、一つ気がかりがあった。ギター兼リードボーカルのバンマスと馬が合わないのだ。なにか決定的なことがあるわけではないが、しっくりこない。もっと言えば、お互いどこかなにかが癇《かん》に障《さわ》る存在だった。その不満は日が経つごとに大きくなり、ステージ上での衝突が増えた。

「なんや、おまえのドラムは。あんな偉そうに叩くな」

「別に偉そうに叩いてるつもりはありません」

「頼むから、もっと普通に叩いてくれや。正直、うるさすぎて邪魔なんや」

邪魔と言われてむっとした。僕はバンマスをにらんで言い返した。

「邪魔てなんですか。あんたのギターこそ走りすぎで、合わせるのに苦労してるんや」

「なんやと？　音痴のくせに」

痛いところを突かれた。わかってる。僕は音楽が好きだ。どんな楽器もそこそこ弾ける。でも、歌はからきしだ。僕が言い返せなくて黙っていると、バンマスは嵩《かさ》に懸かって責め立てた。

「何回言うたらわかるんや。おまえは歌うな、コーラスがメチャクチャになる」

子供の頃から母にもよく言われた。おまえが歌うと糠味噌《ぬかみそ》が腐る、と。僕は子供の頃の惨《みじ》めな記憶を思い出し、息が詰まった。そう、間違いなく僕は音痴だ。

「そやから、おまえはどこまで行っても何でも屋なんや。生まれつき音感がない。そもそも音楽なんか無理なんや」

瞬間、僕はかっとした。気がつくとバンマスを殴っていた。

バンドはクビになった。スティックを道頓堀川《どうとんぼりがわ》に投げ捨て、ヤケ酒を飲んで彼女のアパートに帰ると、今度は彼女とケンカになった。そして、身一つで叩き出された。

翌日ミナミを歩きまわったが、仕事をくれそうな知り合いが捕まらない。一文無しで裏通りをうろついていると、気分がくさくさしてきた。自分がどうしようもない落伍者《らくごしゃ》に思えてきて、涙が出てきた。

金がないのは僕がクスリをやるからだ。

僕は子供の頃から「薬」を常用していた。母一人子一人の家で育ち、母は普通の人の何倍も心配性で過保護だった。一つくしゃみをしただけで大騒ぎして薬を飲まされた。家の中にはいつでも薬があった。薬局で調合されたものもあれば、漢方薬の大きな袋もあったし、胡散臭い栄養剤のアンプルも大量にストックされていた。

薬漬けで育った僕は「クスリ」に抵抗がなかった。高校生になるとバンドを組んで、ハイミナールで睡眠薬遊びをした。結果、何度も補導された。母は泣いていた。僕はいい気味だと思った。

音楽で飯を食うようになり様々な人間と付き合ううち、僕は子供時代よりもずっと薬物と親しくなった。大麻《たいま》は当たり前で、ときどきＬＳＤもやった。女の家を泊まり歩き、それでも音楽にしがみついて生きてきた。

母が死んだのを知ったのは、葬式が終わって半年も経った頃だった。金の無心に帰ると、家は空き家になっていた。近所の人に話を聞いて、母が死んだことを知った。町内会が葬式を出したという。僕は家から金になりそうな物をすべて持ちだし、近所に礼も言わず逃げた。それきり帰っていない。

母の死以来不眠症が悪化し、今はほとんど睡眠薬ジャンキーだ。睡眠薬を手に入れるために音楽をやっているようなものだった。

涙を拭きながら心斎橋筋《しんさいばしすじ》を歩いていて、昼前に大丸《だいまる》の前までやってきた。アールデコ調の綺麗なステンドグラスが眼に入った。このままでは心がどん底まで貧しくなってしまう。なにか綺麗で豊かな物に触れたい。たとえ金はなくとも、豪華な物を忘れたくない。僕はふらふらと大丸に入った。

一階の婦人小物売り場をぶらついていると、両手一杯に紙袋を提げた女とすれ違った。軽く肩がぶつかった。

「あらあら、ごめんなさい」

女が微笑んだ。三十手前くらいか。すこしも擦《す》れたところのない女だった。僕は苛立ちを覚えた。世間知らずのとろそうな女が百貨店で買い物か。どうせ亭主の稼いだ金で好き勝手やっているのだろう。なぜ僕はこんなに恵まれていないのか。心を豊かにしようと思って百貨店に来たのに、かえって惨めになった。

僕は百貨店を出てヤマハに向かった。なにかいい新譜が出ているかもしれない。いい音楽を聴けば荒《すさ》んだ心も癒されるだろう。

ヤマハの一階でレコードを見ようとすると、先程の女がいた。レコードを探している。どうせ流行歌でも買うのだろうと思ったら、ヘンリー・マンシーニを抜き出した。どうやら映画好きらしい。ジャケットを手にしたまま、ずっと悩んでいる。

女はしばらく迷っていたが、結局、買わずに棚に戻した。なんだ？　やめたのか？　買い物をしすぎて手持ちがなくなったのか？　わけがわからない。

女は結局何も買わずに店を出た。僕は後をつけた。あの荷物の量から考えると、地下鉄はないだろう。きっとタクシーだ。運転手付きの車なら荷物運びにお供しているはずだ。

　僕はポケットを探った。最後の五千円札があった。もし、手持ちがなくなったのだとしたら、帰りのタクシー代にも不自由しているのかもしれない。荷物を持ってやる、という名目で近づき、タクシー代を貸して恩を売る。上手く行けばあの女と親しくなれる。

　芸術家というものは、と僕は思った。パトロンが必要だ。音楽好きで金を持っていて、世間知らずの女とくれば文句なしだ。

「大変ですね、持ちましょうか？」

「あら、ほんと？　じゃあ、お願いしてもいい？」女はにっこり笑って僕に荷物を手渡した。「ごめんね。そんなに重たないと思うけど」

　僕は驚いた。声を掛けても無視されると思っていた。女は僕を怪《あや》しんだ様子もない。まさか、こんな簡単に行くとは思わなかった。なんだ、この女は？　男に飢《う》えてるのか？　よほど遊び慣れているのか？

「今日はお洋服でも？」

「急に暑なったから夏物をね。綺麗なムームーを買《こ》うてん。ハワイ製の本物やって」

　やたらと親しげな口調だ。これは、向こうから誘ってきたということか？　いわゆる「よろめき」の合図か？　こんな簡単に行くとは思わなかった。僕は急に身体がムズムズするような感覚に襲われた。

　御堂筋《みどうすじ》まで出て、タクシーを拾うことにする。僕は大量の紙袋を持たされ、女と並んで歩いた。

「音楽、お好きなんですか？」

「あら、おかしなこと言いはるんやね。音楽て好きとか嫌いとかやないでしょ？」

くすくすと女が笑った。僕はバカにされたような気がして、むっとした。

「じゃあ、なんなんですか？」

「なんなんて言われても……」

そこで女はハンカチを取りだし、かるくあおいだ。ふわりと汗と香水の匂いが来た。やはりこの女は誘っている。ちょろいもんだ、と僕はほくそ笑んだ。

御堂筋まで出たが、なかなかタクシーが見当たらない。女はイチョウの陰に入ると言った。

「私、暑さに弱くて。あなた、先に行ってタクシーを捕まえてくれはる？」

女は財布から一万円札を取り出し、僕に押しつけた。

「これ、渡しとくから」

お願い、と紙袋を受け取る素振りも見せずに微笑んだ。イチョウの木陰に佇《たたず》み、行ってらっしゃいと手を振る。僕は啞然《あぜん》とした。なんだ、この女は。厚かましいにもほどがある。そもそも、僕がこのまま帰ってこなかったらどうする気だ？　紙袋と一万円を持って消えてしまうとは考えないのか？

完全に舐められている。そう思うと悔しくなってきた。僕は歩きながら考えた。常識で考えたら、あの女がパトロンになってくれる可能性などほとんどない。せいぜい、はした金で使い走りにされるだけだ。

両手に抱えた紙袋を見た。今なら簡単に持ち逃げできる。紙袋の中身は売っ払って小遣いにしよう。夏物の洋服は彼女への仲直りのプレゼントにすればいい。機嫌が直ればまた部屋に置いてくれるだろう。そして、一万円で新しいスティックを買う。もう一度やり直しだ。

紙袋を丁寧に開け、中身を確かめた。鮮やかなムームー、真っ白なワンピース、それに帽子やら小物やらが入っていた。ハワイでも行けそうだ、と僕は思った。

そうだ、そうすればいい。どうせ、あの女は僕が帰ってこなくても平気だ。これくらい持ち逃げされても困らない。あの女は恵まれている。僕に偉そうに命令するあの女が悪い。

僕は荷物を抱えて難波《なんば》神社近くの彼女のアパートに行った。部屋の中からテレビの音がした。

「僕や。開けてくれ」

だが、返事がない。僕はドアを叩いて言った。

「仲直りにプレゼントを買うてきた。なあ、そんなに怒るなよ」

すると、ドアが開いた。でも、チェーンを掛けたままだ。彼女は隙間から僕をにらみ、言った。

「帰って。二度と顔見せんといて。ヤク中なんかカスや」

「なあ、昨日は悪かった。ほら、大丸でプレゼント買うてきたんや」

「これ以上しつこくしたら警察呼ぶよ」

彼女は乱暴にドアを閉めた。何度呼んでも彼女は出てこなかった。僕は諦めてアパートを出た。

腹が立ってたまらなかった。僕はそのまま裏通りの古着屋に行き、洋服と帽子を引き取ってもらった。盗品ではないかと確認があったが、彼女に突き返されたと言うと通った。二万円を受け取り、店を出た。先程の一万円と合わせ、三万円儲かったことになる。だが、三万くらいで喜ぶわけにはいかなかった。住むところも仕事もない。これからどうすればいいのか。途方に暮れながら雑踏を歩いた。

あの女はどうしただろう。あれから三、四時間経っている。まさか、もう待っているはずがない。もしかしたら、警察に駆け込んだだろうか。僕はすこし不安になったが、すぐに思い直した。あの独りではなにもできない女が警察に行くとは思えない。諦めて家に帰ったに違いない。あの女にとってはこれくらいの損害、はした金に決まっている。

それでも、すこし気になった。僕は離れたところから、女が待っていた場所を確認しようとした。すると、イチョウの木の下にはまだ女が立っていた。繋がれた犬のように、僕を待っていた。

あの女は僕を疑っていない。本気で僕を信じて待っている。そう思うと、胸が急に苦しくなった。もう何年も感じたことのない罪悪感というものを久しぶりに思い出した。

僕はヤマハへ取って返した。先程女が見ていた「ヘンリー・マンシーニ」を買い、再び女の元へ戻った。

「……遅くなったのでお詫びです」

「あらあら……」

女は困ったような顔でレコードを受け取った。僕は当てが外れた。もっと派手に喜ぶと思っていたからだ。

「さっき、レコード屋でずっと迷ってたから。ヘンリー・マンシーニが好きかと思て」

「ええ、好きやよ。もちろん……」女はしばらくレコードを抱えて黙っていたが、やがてにっこり笑った。「ありがとう。ねえ、お腹が空いたんやけどなんか食べへん？」

結局、お金は持っているのか？　僕が売り払った荷物のことなどなにも言わない。これは罠か？　食事に行くと言いながら、警察に突き出すつもりか？　それとも、もしかしたらこの女は大した悪女なのか？　こうやって男を引っ掛け、犯罪に利用しようとしているのかもしれない。

僕はヒッチコックの映画を思い出した。なにも知らない一般市民が偶然の出来事で犯罪に巻き込まれていく。

なんだか冷や汗が出て来た。ポケットからハンカチを取り出そうとして、常に持ち歩いているクスリが落ちた。

「あら、どこかお悪いの？」

「いえ」ちょっと恰好を付けたくなった。「ただの睡眠剤ですよ。手放せなくて」

「あらあら、睡眠薬はあかんよ。癖になるから。身体を大事にせな」

女がじっと僕を見た。一瞬、どきりとした。本気で僕のことを心配してくれるのか？

「ねえ、ステーキなんかどう？　タクシー捕まえてくれはる？」

ステーキか。朝からなにも食べていない。生唾《なまつば》が湧いた。毒を食らわば皿まで、という気になった。

女は本町《ほんまち》のステーキ屋に僕を連れて行った。午後三時の昼飯だ。女はワインをボトルで頼んで飲んだ。荷物のことなど口にしない。僕は焦《じ》れて、とうとう自分から言った。

「僕に預けた荷物のこと、訊かへんのですか？」

「ああ、あれ？　そういえばどうしたん？」

「売り払って僕の小遣いにしました」

「あら、そう」

女はほとんど肉には手をつけず、次から次へと赤ワインを飲んだ。間延びした喋り方と似合わない、いい飲みっぷりだった。

「で、あなたは何をやってはるん？」

「音楽家です」

「あら、それは素敵」

「でも、金にならへんのです」

「それは大変やねえ。でも、芸術はお金にならへんものやから」

女はワインボトルを空にしたが、肉はまだ半分残していた。しばらく自分の皿と僕の皿を交互に見ていた。やがて、にこっと笑った。

「私のお肉とあなたの人参、交換ね」

「は？」

女はフォークとナイフを使い、半分残ったステーキを僕の皿に置いた。そして、あっという間に僕の食べ残した付け合わせの人参を奪っていった。にこっと笑ってから僕の人参を奪うまで、流れるような動作だった。

僕は呆気にとられて、なにも言えなかった。女は手を上げて給仕《きゅうじ》を呼んだ。そして、新しいワインを頼んだ。僕はようやく我に返り、女に言った。

「あの、肉、いいんですか？」

「お肉、嫌い？」

「いえ。大好きです」

「そう。私は人参が好き」

ウサギみたいでしょ、と女はうふふと笑った。

なんだ、このかみ合わない会話は。僕は逃げ出したくなってきた。だが、これはこの女が金持ちだという証拠だ。僕にとっては高級ステーキだが、この女にとってはただの昼食の一品に過ぎない。行ける、と僕は思った。世間知らずの我《わ》が儘《まま》女だ。手玉にとって、金を引き出そう。

「実は、住むところにも困ってるんです」

哀れっぽく言ってみた。これで小遣いを恵んでくれたら御の字だ。

「そう。じゃあ、うちに住んだら？　二階が空いてるから」

その言い方があまりにも無造作だったので、僕は一瞬戸惑った。

「え？」

「家賃は……えーと、山ちゃんはいくら払《はろ》てたやろ……」女は首をかしげて考えた。「でもまあ、いくらでもいいわ」

僕は呆れて女を見ていた。女の頬は赤かった。元からおかしな女だったが、酔っていよいよおかしくなっているようだった。

新しいワインが来た。女は僕に言った。

「じゃ、とりあえず乾杯しましょ。お名前は？」

「源田三郎」

「私は明石。じゃ、源田サブちゃんの音楽がお金になりますように」

グラスを合わせた。この女はダメだ。関わってはいけない。逃げるべきだと思ったが、身体が動かなかった。僕も酔っているのかもしれなかった。

僕はその日のうちに明石ビルに住みついた。

明石の部屋は最上階で、おかしなことだらけだった。たとえば、居間には古いが立派なステレオセットがあった。大型のスピーカーはタンノイのオートグラフ。高級品だ。横に大きなレコード棚もあったが空っぽだった。つまり、レコードは今日、僕が買った「ヘンリー・マンシーニ」だけだ。

「源田サブちゃん、早速レコードを掛けてくれる？　ヘンリー・マンシーニはお好き？」

「ええ、まあ」

適当に答えた。甘ったるいムード音楽は好きではない。人気があるから嫌々演奏するだけだ。

買ったばかりのレコードをターンテーブルに置く。針を見ると、かなり丸くなっていた。つまり、昔は相当レコードを聴いていたということだ。だとしたら、そのレコードはどこに行ってしまったのだろう。

「新しい針に替えたほうがいいですよ」

「じゃあ、源田サブちゃん、今度買うてきてよ」

「いいですよ」

僕は空っぽのレコード棚を見ながら不思議に思った。あのとき、明石はレコードを買おうとして、買わなかった。なぜだろう。

一曲目は「ムーン・リバー」だった。明石はソファにだらしなく座り、しばらく黙って聴いていた。

「明石さん。もっといろんなレコードを買って聴けばいいのに」

返事はない。明石は眼を閉じたまま動かない。そのとき、小さな子が部屋に入ってきた。子供の年齢などよくわからないが、たぶん三、四歳くらいの女の子だ。女の子は僕を見ても表情ひとつ変えなかった。部屋の隅に座り込むと、チョークで床に直接お絵かきをはじめた。

僕は驚いて明石を見たが、明石はその子を無視し、僕に言った。

「四階にね、山崎さんっていう人がいてはるから、あとはその人に訊いて」

「わかりました」

二曲目は「酒とバラの日々」だった。明石は片手を上げて僕に合図した。

「源田サブちゃん、もう一度最初から掛けて」

「ええ、いいですよ。『ムーン・リバー』お好きですか?」

明石はまた返事をしない。なにか生気《せいき》のない表情のまま、ソファから動かない。なんとも言えない異様な雰囲気だった。僕は心が波立ったまま明石の部屋を出た。

たしかに僕は子供が好きではない。ただうるさくてうっとうしいだけなので、愛想よくなどできない。これまで何人かの女と同棲《どうせい》したが、中には子持ちもいた。当たり前に子供の面倒を押しつけられるようになると、すぐに逃げた。僕には子守など向いていない。勘弁してくれ、だ。でも、そんな子供嫌いの僕でさえ、明石の部屋にいた子供は不憫に見えた。

階段をひとつ降りて、四階の山崎の部屋に向かった。

山崎は部屋にいた。やたら姿勢のいい三十くらいの男で、帝国軍人の生き残りのような顔をしていた。

「今日から二階に住むことになった源田です。明石さんがなんでもあなたに訊け、と」

「好きなようにやればいい。それだけや」

大真面目な顔でそれだけを言った。説明になっていないと思ったが、迫力に押されて言い返すことができなかった。僕が戸惑っていると、山崎は不器用な笑みを浮かべた。

「ここは吹き溜まり、明石さんの王国や。あの人は他人のことなんか気にせえへん。私らは好き勝手にやるだけや」

王国、という大げさな言葉がしっくりきた。僕はうなずいた。山崎は言葉を続けた。

「各部屋の戸締まりはしてもせんでも好きにすればええ。でも、ビルの正面玄関、あの観開きの緑の扉は、夜は内から鍵を掛ける。もし、閉め出されたら、呼び鈴を押してくれ。誰かが開けに行くから」

「各自、合鍵はないんですか？」

「ないな。ビルの鍵を持ってるのは明石さんと後藤だけや」

「後藤って誰なんですか？」

「明石さんのいい人や。近くでシガーバーをやっとる」

男がいるのか。僕は失望し、思わず舌打ちした。それを見て、山崎がなにか意味ありげな笑みを浮かべた。

「あの女の子の父親ですか？」

「さあ。そこまでは知らん」

明石はいろいろワケありのようだ。もっと知りたいと思う一方で、深入りするなと本能が警告する声も聞こえた。

「じゃ、とにかく好きなようにやります」

僕は山崎の部屋を出て、廊下を歩いた。欄干越しに中庭を見下ろす。石畳が敷き詰めてあって、ベンチが一つ置いてある。小さな家なら一軒くらい建ちそうだ。なかなか気持ちよさそうな場所だった。住めば都か、と思った。

その夜、明石の部屋からは一晩中「ヘンリー・マンシーニ」が聞こえてきた。身体を大事にせな、という明石の言葉を思い出し、僕は久しぶりに睡眠薬に頼らずぐっすりと眠った。

＊

煙草を五本吸ったところで、閑ちゃんが帰って来た。僕はクラッカーの箱を差し上げ、中庭から声を掛けた。

「閑ちゃん、これ。明石さんから」

「明石さんから？　グラハムクラッカーか。洒落てますね」

「後藤の差入れらしい」

「え？　あの人、怖いから苦手だな」

閑ちゃんは顔をしかめながら、中庭に出てきた。途端に甘い匂いがあたりに漂う。ミルクとバターと砂糖の匂いだ。

「でも、あの人も不思議ですね。だって、自分の恋人が他の男といちゃいちゃしてるんですよ。僕だったら許せないな。なんで平気なんだろう」

青臭いところはまだまだ子供だ。僕はすこし閑ちゃんをからかいたくなった。

「そういう閑ちゃんかて、明石さんに筆下ろし、してもろたんやないのか？」

「いや、そんな」

閑ちゃんは真っ赤になった。冗談だったのに図星か。僕は自分で口にしておきながら、嫉妬してしまった。

「はじめてが明石さんなんて、なかなかない体験やな」

いや、でも、とか閑ちゃんはしどろもどろな返事をして、立ち上がった。浅間山荘が気になるから、と言い訳しながら行ってしまった。

僕はベンチに残され、もう一度空を見上げた。黒の色紙のような空が見えた。

気の毒なのは明石ではない。後藤だ、と思った。


三月に入った日曜日、明石にグラハムクラッカーを貰った礼をすることにした。

明石は出かけていて白墨が独りで留守番をしていた。僕は持参した小箱を白墨にやった。

白墨は早速箱を開け、中身を取り出した。

黒っぽいカスタネットが二つ入っている。形は丸ではなく楕円に近い。

「それはパリージョ。フラメンコで使うカスタネットや。女の人が踊りながら、両手に一つずつ持って」

説明してもわからないだろうが、僕は言葉を続けた。

「それは片手で鳴らすんや。このカスタネットは二つで一組。男と女がある」

貸してみ、と白墨に手を差し出した。白墨は黙って僕にカスタネットを渡した。僕は紐を右手の親指に通して、中指と薬指で叩いた。

「これは女やから右手に持つ」

男は低音で左手に持ち、女は高音で右手に持つ。フラメンコのダンサーはこれを鳴らしながら踊る。

僕は白墨にカスタネットを返した。白墨は右手で鳴らそうとした。だが、子供の小さな手には難しいらしく、かしゅ、かしゅ、かしゅと擦れたような音が鳴るだけだ。白墨は何度も叩いたが、さきほどのような音は響かなかった。

すると、白墨が眉を寄せた。僕は驚いた。いつも黙り込んで表情に乏《とぼ》しい子供だ。こんなふうにむきになるのをはじめて見た。

白墨は鳴らないカスタネットを叩き続ける。上手にできないのがもどかしいのか、どんどん顔が険しくなる。歯を食いしばり、癇を立てたような顔だ。

「大丈夫や。最初は難しいけど、そのうちできるようになる」

僕の言葉など耳に入らない様子で、白墨は夢中で叩き続ける。この集中力には舌を巻くが、少々恐ろしいような気もする。

たん、たん。たん、たん。

子供の力だから音が柔らかい。切れはないが余韻《よいん》がある。

「お、いい感じや」

たん、たん、たん、たん。白墨は嬉しそうに叩き続ける。相変わらず無言だが、わずかに頬が上気《じょうき》している。喜んでいるのだ。

「簡単そうに見えるけどな、上手に叩くのは難しいんや」

たんたんたんたん。

「だいぶ上手くなってきたな」

かすかに白墨が笑った。僕は嬉しくなった。

「上手くなったら、鵜川さんも喜ぶで」

ふっと白墨が顔を上げた。叩くのを止めて不思議そうな顔をする。

「なんで？」

どれだけ話しかけても無言だったのに、鵜川の名を出した途端に態度が変わった。白墨は鵜川を気に入っているのか？　僕はすこしむっとした。

僕には兄弟がいないが、鵜川には弟妹がいる。やはり、小さな子供の扱いが上手いということか。だが、兄弟の有無など今さらどうしようもない。僕は苛立ちを態度には出さずに話を続けた。

「あの人はロルカのファンなんや。ロルカっていうのはスペインの詩人や」

白墨はわけがわからないという顔で僕を見ている。そもそも、七歳の子に「詩人」をどう説明すればいい？

「詩人っていうのは、短い短いお話を作る人のことや」

「短い短いお話？」

そう言えば、明石の家には普通の小説やら画集やらはあるが、子供向けの絵本は一冊もない。そもそも、まともに学校に通っていない白墨は字を読めるのだろうか。それすらわからない。明石の白墨に対する無関心は度を超している。明石の家は家庭ではない。明石ビルの最上階、音楽が常に流れる部屋、ただそれだけだ。

だが、僕たちだって明石のことを非難できない。このビルにいる連中はみな独り者で、家庭とは縁遠い連中だ。牢名主の山崎は孤高の武芸者気取りで、いまだに戦前どころか江戸時代みたいな顔をしている。

閑ちゃんは集団就職で田舎から出て来た口だ。工場が合わず、パン屋に鞍替えしたそうだ。故郷は福井らしいが、里から荷物も手紙も来ないので、たぶん実家との縁は切れているのだろう。

鵜川は僕たちの中で一番まともかもしれない。中卒の左官屋だが、本好きで学がある。弟妹を養うため進学を諦めたと言っていた。ときどき、弟が鵜川の部屋に遊びにきている。鵜川は迷惑だと言いながらも、嬉しそうだった。

このビルで来客があるのは二人だけだ。明石の部屋にはたまに後藤が来る。そして、鵜川の部屋には弟が来る。後の連中の部屋には誰も来ない。明石ビルは寂しい人間ばかりが暮らす廃墟のようなものだった。

たん、たん、たん。

白墨がうなずいた。嬉しそうだったので、僕はすこし心が慰められた。

「カスタネット、好きか？」

夜から冷たい雨になった。

その夜、僕は足音で眼が覚めた。枕元の時計を見る。午前三時過ぎだ。あの男が来たとわかると、一瞬で眼が覚めた。濡れた足音はゆっくりと最上階まで上って行った。

僕は布団の中でため息をついた。もう眠れそうにない。明石に言われてから睡眠薬に頼らないようにしているが、なかなか難しいときもある。

後藤の濡れた足音がまだ耳に残っている。眼が完全に冴えた。僕は布団から起き上がり、廊下へ出た。廻廊の手すりから身を突き出し、最上階を見上げる。明石の部屋に入る男が見えた。

すこしすると、音楽が聞こえてきた。いつものヘンリー・マンシーニだ。吹き抜けを通じてビル全体に音楽が響いた。午前三時には非常識な音量だった。

僕は完全に眼が覚めてしまった。部屋に戻って煙草に火を点け、もう一度廊下に出た。手すりにもたれ煙を吐いていると、上の階の廊下に鵜川の頭が見えた。煙草を吸っている。やはり眼が覚めた口だ。

鵜川は僕に気付くと、階段を下りてきた。

「あいつが来たようやな」鵜川が煙草をくわえたまま、顔をしかめた。

「ああ。明石さんが心配や」僕は短くなった煙草を廊下に捨て、足で踏んで消した。「この前もひどかったからな」

「気の毒で見てられんかったからな」鵜川がふーっと大きな煙を吐いた。

明石は後藤にべた惚れだ。そのことを知っているから、後藤は明石を弄《もてあそ》ぶ。明石は泣いたり笑ったり、おかしくなってしまう。

後藤は明石がすがれば突き放す。明石が泣いていても無視だ。しばらく放置する。しかし、ふいに花を抱えてやってくる。部屋中に花をばらまき、明石を抱く。明石は泣いて喜ぶ。

――あの人はね、かわいそうな人やの。いつも寂しがってる。

昔、こんなことがあった。中庭のベンチで明石と後藤が並んでいた。後藤は明石の膝枕で眠っていた。明石は本当に幸せそうだった。

――あの人はね、片眼しかないから半分しか見えへんねん。あとの半分は真っ暗。ずっとね、崖のギリギリを歩いているようなものやの。片側は断崖絶壁。落ちたら死んでしまう暗くて深い谷やねん。ね、考えたらかわいそうやろ？

その言葉を聞いて、僕は返事ができなかった。後藤を「崖のギリギリを歩く男」とは言い得て妙だ。僕は後藤のガラス玉の眼を羨ましく思ったものだ。

午前三時の映画音楽を聴きながら、僕と鵜川は煙草を吸っていた。だが、しだいにばかばかしくなってきた。こんなところで明石と後藤のことを想像していてもしかたない。

「しゃあないな。部屋戻って寝よか」

「そうやな」

部屋に戻ろうとしたとき、なにか割れる音がした。僕たちは最上階を見上げ、耳を澄ました。だが、それきり音は途絶えた。

気になった僕たちは四階まで上った。

しばらくすると、明石の部屋から後藤が出て来た。その後を追いかけて、明石が出て来る。明石は全裸だった。

「ねえ、待ってや」

後藤が振り向いて、笑った。

「おまえ、私が死ねと言ったら死ぬか？」

「ええ。死ぬ」

明石が躊躇《ちゅうちょ》せずに答えた。すると、後藤は舌打ちした。

「私が死ぬと言ったら一緒に死ぬか？」

「ええ。もちろん」明石は大きくうなずいた。

「じゃあ、先に死ね。私は後から行く」

「わかった」

明石がいきなり欄干を乗り越えようとした。後藤は慌てて引き留め、明石を廊下に引きずり下ろした。

「阿呆《あほう》」

後藤が明石の頬を叩いた。明石はじっと後藤を見上げ、言った。

「心配せんでいいよ。死ぬときは一緒やから」

後藤はなにも言えず、怯えたような顔で明石を見下ろしていた。

「大丈夫。あなた一人やないから」

大きな舌打ちをし、後藤は顔を背けた。明石を置き去りにして大股で歩き出す。明石が立ち上がって後を追った。後藤は振り向かない。階段の手前で追いついた明石は後ろから抱きつこうとした。

次の瞬間、明石の姿が消えた。物が転がる嫌な音がする。僕と鵜川は階段に走った。すると、四階と五階の間の踊り場に明石が倒れていた。階段の上では後藤が呆然と立ち尽くしている。普段の落ち着き払って人を小馬鹿にした様子はどこにもない。信じられないほど狼狽《ろうばい》していた。

僕は驚きながらも、なんだか勝ったような気がした。ざまあみろ、と思った。

「明石さん、大丈夫ですか？」

僕は明石を起こそうとした。すると、明石が甲高い悲鳴を上げた。

「どこか怪我したんですか？」

「……足が……」

暗がりではよくわからないが、かなり痛むようだ。自分で起き上がることもできない。もしかしたら、骨が折れているのかもしれなかった。

鵜川も明石の横に膝を突き、心配そうに身をかがめた。

「頭は？　頭、打ってへんか？」

「ええ、頭は大丈夫……」

明石がかすれ声で言う。誘っているようだ、と僕は思った。鵜川は立ち上がると、階段の上をにらんで言った。

「あんたがやったんか？」

後藤は返事をしない。だが、僕の腕の中で明石が声を絞った。

「違う。私が勝手に落ちてん」

「明石さん、あんなやつを庇《かば》わんでええから」

「本当。私が足を踏み外しただけやから」

明石が懸命に言う。ここで言い合っても仕方ない。とりあえず部屋まで運ぼうとすると、階段を下りてきた後藤に乱暴に払いのけられた。後藤が明石を抱き上げる。瞬間、明石が悲鳴なのか歓喜なのかわからない叫び声を上げた。そして、しっかりと後藤にしがみついた。

「救急車を呼んだ方がええんと違うか？」

鵜川が言うと、後藤がじろりとにらんだ。僕らはなにも言い返せなかった。後藤は明石を抱きかかえ、階段を上っていった。僕と鵜川は無言で見送った。自分たちがとんでもない間抜けに思えた。

その頃になって、ようやく山崎が顔を出した。

「……なんかあったんか？」寝ぼけた顔で言う。

事情を説明すると、山崎は顔をしかめた。はだけたパジャマの胸をぼりぼり掻きながら、しばらく考えている。

「足、折れてたら難儀やな。早めに病院行ったほうがええやろ」

ちょっと様子見てくる、と山崎が明石の部屋に向かった。後藤とは店で懇意《こんい》だから、山崎の言うことなら聞くかもしれない。

僕は廊下から階下を見下ろした。関ちゃんの部屋の明かりは消えたままだ。すっかり寝ているようだ。朝の早い仕事だから、起こさないようにしなければと思った。

しばらくすると、交渉に行った山崎が戻ってきた。

「足が折れとるようやから救急病院に連れて行く。後藤は飲んでるから私の車で行くことにした」

山崎は手早く着替え、近所の駐車場に置いてある車をビルの前まで回した。後藤が明石を抱いて運んだ。明石は痛みをこらえながらも、とろけるような表情だった。僕は一瞬、吐き気がした。

夜更けの街は静まりかえっていた。ブルーバードのエンジン音が唯一の音だ。生きている人間は自分たちだけのような気がした。ガラス義眼の惨めな男と愚かで恥知らずな女、それにお節介な牢名主、そして間抜けな見物人の僕と鵜川だ。

明石と後藤を後部座席に乗せたブルーバードが行ってしまうと、僕と鵜川はどっと疲れを感じた。

「明石さん、幸せそうやったな」

これは僕の心からの言葉だった。もう負け惜しみを言う気力もなかった。

「ああ」鵜川が中途半端なあくびをした。「眠たいけど、眠れそうにない」

ビルに戻ると、中庭に白墨がいた。冷たい雨の中、つくねんとベンチに座っている。

「……かわいそうに」

鵜川が呟いた。僕もうなずいた。

なぜ、かわいそうなのか？　母親が怪我をして病院に運ばれたことではない。母親がいなくなって独り残されたからでもない。明石が母親だからだった。

「眼、覚めたんか？」

白墨がうなずいた。

「そんなとこおったら風邪引く。さ、もう一回寝よか」

僕は白墨の手を引き、立ち上がらせた。白墨は黙って従った。三人でゆっくりと階段を上った。最上階にたどり着いた頃には、すこしだけ空が明るくなったような気がした。


ケンカのそもそもの原因はお手伝いの吉竹に関することだった。

この前の雨の夜、後藤は明石の家にきた際、寝室に財布を忘れていった。数日して取りに来たら、なくなっていたのだという。後藤が疑ったのは吉竹だった。盗むとしたら彼女しかない、と言うのだ。僕らは最初から除外された。なぜか後藤は僕らを信用していた。舐められていたというのが正しいのかもしれない。

明石は吉竹を辞めさせることに反対した。

「ちょっとくらい手癖が悪くても、慣れた人が楽でいいやん。新しい人に一から説明するのは面倒やし」

さすがに呆れた後藤と言い合いになり、とうとうあんな騒ぎになったというわけだ。

階段から落ちた明石の足は折れていた。当分はギプスと松葉杖の生活になった。その間の一ヶ月ほどが、明石にとっては生涯で最高の日々だった。

後藤はあんな男でも一応は責任を感じたようだ。ずっと明石の部屋に泊まり続けた。明石の看病をするわけでも面倒を見るわけでもなかったが、ただただ明石のそばにいた。

僕は付ききりで看病したかったが、後藤がいるので近づけない。明石にとっての最良の一ヶ月は、僕にとっては最悪の一ヶ月だった。

「くそ、さっさと帰れや。明石さんの面倒を見るわけでなし、かえって厄介《やっかい》掛けてる。ただの居候のヒモやないか」

結局、吉竹はクビになった。明石はしかたなしに松葉杖を突いて家事をした。食事はほとんど出前だった。最低限の買い物は白墨と僕らがした。

ある雨の夜、後藤と明石は傘を差して平然と中庭のベンチに座っていた。後藤の背中も明石の背中も、ベンチに立て掛けた松葉杖もずいぶん濡れていたが、二人は一本の傘の中で動かなかった。僕は激しい嫉妬を覚えた。

あの男がしたのは傘を差すこととレコードを掛けることだけだった。他にはなにもしなかった。松葉杖を突いて明石が家事をするのを黙って見ていた。それでも、明石は本当に幸せそうだった。

だが、明石の幸せは普通とは少々かけ離れていた。

閑ちゃんが売れ残りのパンを持って行ったときのことだ。後藤は居間のソファに腰掛け、煙草を吸っていた。明石は台所の床に突っ伏して、しくしく泣いていた。どちらもずいぶん酔っていた。一体明石になにをしたんだ、と思わず閑ちゃんが気色《けしき》ばんだとき、後藤がガラスの眼をぎらぎら光らせてこう言ったという。

——あの女は私の仇《かたき》を取ろうとしてくれたんですよ。

閑ちゃんはぞっとして、パンをテーブルの上に置くと逃げ出したという。仇を取るとは一体なんだろう。だが、そんな詮索《せんさく》ができるような雰囲気ではなかった。だが、そう言ったときの後藤は、まるで泣き笑いをしているように見えたという。

後藤がビルに居続けた一ヶ月、いいこともあった。僕たちはずいぶん白墨と仲よくなった。明石と後藤が部屋で過ごすので、白墨は中庭のベンチでカスタネットを叩くしかなかったからだ。

春のはじまりを僕らは中庭で過ごした。鵜川は新しいベンチとテーブルを作った。僕らにも座るところができた。閑ちゃんの持って帰ってきたパンを食べながら、白墨のカスタネットを聴いた。

白墨は僕らといるときは、ときどき笑った。相変わらず無口だったが、それでもすこしは話をした。白墨の好きなものは、花、チョーク、カスタネット、万博パンだ。

山崎牢名主が白墨にヒュミドールをやった。内側にスペイン杉を使った高級品だという。白墨は葉巻の代わりにチョークをしまい、大切に抱えていた。

僕らは明石と寝る代わりに、白墨に贈り物をする。だが、それは対価ではなく罪滅ぼしだ。罪悪感をごまかすために、せっせと白墨の喜ぶことをした。だが、決して打算だけではない。僕らは純粋に白墨のことを気遣い、憐《あわ》れみ、かわいがっていた。あの子の幸せを祈っていた。

だからこそ、責任を取ったのだ。

やがて明石の足は完治した。僕たちはお祝いに贈り物をした。

山崎は甕《かめ》入りの紹興酒、鵜川は写真集、僕は『ひまわり』のサントラLPをそれぞれ買ってきた。閑ちゃんは金欠で、申し訳ないと言いながら店で焼いたパンとサンドイッチを差入れしてくれた。

「あらあら、ありがとう」

明石は今日もにこやかだった。足が折れている間、後藤が優しくしてくれたせいで、今でも上機嫌が続いている。

「源田サブちゃん、早速掛けてくれる？」

早速聴いてくれるのか。僕は嬉しくなって、新しいレコードをターンテーブルに載せた。『ひまわり』のテーマ曲が流れ出す。明石のレコードはこれで二枚になった。

鵜川のプレゼントした写真集はスペインの邸宅を集めたものだった。様々な中庭が綺麗なカラー写真で載っていた。明石はじっと見て、こう言った。

「向こうの中庭はすごいんやね。ここで一生暮らせそう」

鮮やかな陽射しの下、花やら噴水やらがあり、明石ビルの中庭とは違って開放的だった。たしかに天気さえよければ、一日中過ごせそうだった。

白墨は明石の横で黙ってパンを食べていた。しまった、と思った。白墨にもなにか買ってくればよかった。そのとき、みなと眼が合った。山崎も鵜川も己の失態に気付いたようで、苦笑いをしている。山崎は白墨に語りかけた。

「今度、新しいチョークを買ってきたる」

白墨がうなずいて、すこしだけ笑った。みな、ほっとした。

インターミッション（1）

三人の男たちが語り終わった。

ミモザは薄ら寒いものを感じた。今から五十年前、明石ビルでの日常は、あまりにも普通とはかけ離れていた。異常としか言い様のないものだった。山崎も源田も鵜川も明石についで語る。その言葉には五十年経っても欲情と嫌悪が入り混じっていた。

眼の前の男たちをじっと見る。男たちはそれぞれ白墨に贈り物をした。山崎はヒュミドールを与え、源田はカスタネットを与え、鵜川は黒板を与えた。そして父、和久井閑が万博パンを与えた。

だが、わからないことは多い。なぜ、ここが「王国」で、父はあれほど激しく動揺し、ミモザを行かせまいとしたのだろう。

「ミモザ君、大丈夫か？」

山崎が訊ねた。心配そうな顔だ。

「ええ、大丈夫です」なんとか返事をした。

冷たい汗が流れた。気が付くと、春の夜気《やき》は身を切るほど冷たくなっている。思わず身震いした。五十年前、一体、このビルでなにがあったのだろう。そして、白墨はどうなったのだろう。

「すみません。お代わり、もらえますか？」

ミモザは籐椅子から立ち上がって、クーラーボックスに近づいた。

「ああ、何杯でも勝手にやってくれ」

紹興酒を注ぎ、氷を一つ足した。ボックスの中には果物ナイフの代わりに、折りたたみ式のいわゆる肥後守《ひごのかみ》が入っていた。

ミモザは肥後守を取りだし、刃を月に向けてみた。ぎらりと光る。柄《え》は黒ずんで、ずいぶん使い込まれているのがわかった。

父は夜、よくナイフを研いでいた。長い波刃《なみば》、小型のペティナイフ、そして、パンにクープという切れ目を入れるための剃刀《かみそり》などだ。

――父さん、僕もやりたい。

――あかん。ナイフは危ない。

父はミモザが刃物に近づくことを嫌った。そばで見ることも禁止された。ミモザがパン屋を継ぐと決めたとき、父はパン作りの基礎を教えてくれた。だが仕事をはじめても、刃物の手入れの仕方は教えてくれないままだった。

お代わりを持って椅子に戻る。この男たちが真実を話している保証はない。ミモザはグラスに口を付けた。すこしむせる。濃く作りすぎた。

山崎が源田に訊ねた。

「で、結局、あんたは明石さんのためにレモンを買《こ》うてたんか？」

源田はすこし考え、それから答えた。

「まあな。たまたまレモンを買うたんや。それを見つけた明石さんが勝手に持ってった。後で聞いたら、酒に入れたらすごく美味しかったらしい。で、僕は明石さんのためにレモンを常備することにした。……正直言うと、僕は明石さんに恩を着せたかったんや」

「そんなん明石さんに期待しても無駄や」鵜川が言う。

「ああ。無駄やった」

源田は懐かしそうに壁際のオーディオセットを見た。

「もう五十年も経つんか。でも、はっきり思い出せる。白墨はカスタネットを叩いてた」その言葉を聞き、鵜川がうなずく。

「あの子は絵を描くか、カスタネットを叩くか、どっちかやったな」

「そうや。で、どっちも欠けてる」黙って聞いていた山崎が口を開いた。

「山崎さん、欠けてるってどういうことや？」

「あの子は絵も音楽も好きやった。でも、絵は白いチョークでしか描かへん。色がない。音楽はリズムだけや。メロディがない。絵も音楽も半分欠けてる」

　その言葉を聞いて、源田と鵜川が黙り込んだ。二人とも辛そうな表情だ。

「そうやな」最初に口を開いたのは源田だった。「あの子はいつでも欠けてた。常になにかが足らなくてな」

「永久に完成しない、未完成の子供や。たぶん、大人になっても、そうやったんかもしれへんな。そして、あの子をそんなふうにしたのは私らや」山崎がぼそりと言った。

「山崎さん、それは違うやろ。もちろん僕らにも責任はあるが、一番悪いのは明石さんや。あの人がちゃんとしてたら……」源田が言い返した。

「明石さんがちゃんとでけへんことを知ってて、白墨が傷つくことを知ってて、その上で私らは明石さんをいいようにした。どんな言い訳もでけへん」

　きっぱりと山崎が言う。みな黙り込んだ。

　ぶつん、とレコード針が撥《は》ねた。今、流れているのは「酒とバラの日々」だ。昔、父がこの映画を観て泣いたのを、ミモザは憶えている。

「ああ、そうやな。僕らは明石さんをいいようにしたのかもしれへん。でも、無理強《むりじ》いをしたことはない。あの人が嫌がることをしたことは一度もない」

　源田がムキになって言い返した。だが、山崎は表情一つ変えずに答えた。

「だから、私らはタチが悪いんや」

ちょうど「酒とバラの日々」が緩やかに盛り上がりのメロディを奏《かな》でた。鵜川は小さなうめき声を上げ、酒に溺れるジャック・レモンのように顔を覆った。

源田は大きな舌打ちをし、それからレコードプレーヤーに歩み寄った。曲の途中で、乱暴に針を上げる。

「うるさくて苛々する。我慢でけへん」

一瞬で音が消え、部屋の中の空気が不安定になった。

「あの子は僕のやったカスタネットを叩いてた。その横で、明石さんがヘンリー・マンシーニを掛けてる。甘ったるいメロディが流れて、そこに異物みたいにカスタネットの音がかぶさる。気持ち悪くなるときがあった」

源田が強い調子で言うと、鵜川が静かに話を引き取った。

「リズムとテンポは合うてたんやけどな。でも、『酒とバラの日々』とか『ムーン・リバー』みたいな曲には、カスタネットの音そのものが違和感があった。それでも、俺は嫌いやなかった」

「私は好きやった」山崎がきっぱりと言う。「明石ビルらしくていいと思てた」

「明石ビルらしい、か。たしかに、こんなビル、余所《よそ》にはない」源田が肩をすくめた。

ミモザは三人の男の言い合いを黙って聞いていた。三人の思考は明石ビルの中で完結し、外へは一切向かない。それは思い出がビルの中に限定されているというよりは、この男たちの人生が限定されているようだった。

「それから、白墨はどうなったんですか？」

ミモザが訊ねた。三人の男たちがミモザを見る。

「明石さんが母親失格だということはわかりました。そんな母親に育てられて、白墨はどうなったんですか？」

「たしかに明石さんは母親失格だが、あの人ばかりを責めるのは違う」

「なぜ？　後藤ですか？」

「後藤もそうだが、そもそも明石さんの父親に問題があった」

山崎が言うと、源田が後を引き取った。

「そうや。僕たちは明石さんがそのことに気付いてなかったと思ってたんや」

再び男たちは語りはじめた。

山崎和昭、再び語る

明石が足を折って一年経った。ある春の日のことだった。その日は朝から静かだった。いつもなら明石の部屋からなにかしらの音楽が聞こえてくるはずなのに、ビルの中には静《せい》寂《じゃく》が満ちていた。

私は部屋を出て中庭を見下ろしながら煙草に火を点けた。空を見上げる。いつものように四角い空が見えた。青一色だ。よく晴れている。音楽が聞こえないということは、明石はまだ眠っているのだろう。

私は明日の段取りを考えていた。早めに出て、散髪をしよう。それから、道場を二軒掛け持ちで教え、昇段試験の免状を申請しに行かなければならない。なかなか忙しい。

合気道は上部団体が普及に力を入れたおかげで、ちょっとしたブームだ。カルチャーセンターや大学の部活動でも人気がある。女性の社会進出も要因だ。仕事で帰りが遅くなる女性のための護身術というやつだった。小さな女の子も習いに来ている。彼女らははきはきと返事をし、大声で楽しそうに笑った。白墨とはまるで違う。私はそのたびに胸が痛んだ。明石の家にはテレビもラジオもない。だから、起きている間はいつもレコードを掛けている。扉を開け放しなので、廊下に出れば上から音が降ってきた。吹き抜けの中庭が煙突のようになって、音が奇妙に反響して聞こえたりする。

不思議なものだ。垂れ流される音楽をうっとうしいと感じたことも多いが、なければないで物足りない。私はゆっくりと煙を吐きながら、時計を確かめた。十時を回っている。

今日一日、なにもやることがない。私は二本目の煙草に火を点けた。相変わらずビルは静かだ。物音一つ聞こえない。

夢見が悪かったせいか、煙草が不味《まず》い。紙巻きでは吸った気がしない。今日は後藤の店に顔を出そうかと思う。私は煙草を廊下に投げ捨て、踏みつけた。

いつもの夢だ。兄と並んで空を見ている。空は青い。飛行機雲が一筋、山のほうへ伸びている。兄はその雲を指さし、私に言う。

――今度こそ、俺は。

――今度こそやね、兄ちゃん。

私は兄に笑いかける。だが、兄の顔を見た瞬間、私は凍り付く。兄が凄まじい表情で私をにらんでいるからだ。

――今度こそ、俺に死ねと言うのか？

兄の髪は逆立《さかだ》ち、眼が真っ赤だ。まさに鬼だった。歯を剝《む》き出し、私につかみかかる。

――違う、兄ちゃん。そんなつもりで言うたんやない。

――貴様になにがわかる？　俺のなにがわかる？

兄の手には日本刀が握られている。兄は刀を振りかざし、私に迫った。

――貴様に俺の気持ちがわかるものか。

兄が刀を振り下ろした。私は両手で懸命に顔を庇った。助けて、やめて、兄ちゃん――。

酷《ひど》い夢だ。私は不味いのを承知で紙巻きに火を点けた。

兄は特攻隊の生き残りだ。だが、厳密に言うと生き残ったのではない。逃げたのだ。

出撃の前夜、兄は熱湯をかぶった。兄は病院のベッドで出撃する友を見送った。友は誰も帰らなかった。翌週、戦争が終わった。兄は一人生き残った。

故郷に帰ってきた兄を母は泣いて迎えた。火傷《やけど》でただれた顔を撫で、生きていてよかった、帰ってきてくれてよかった、と泣いた。兄は黙ってされるがままになっていた。父はなにも言わなかった。

兄はすっかり人が変わっていた。顔の火傷のせいで道で会う人が眼を逸らした。兄は家にこもるようになった。そして、酒を飲むようになった。酔うと、必ず嫌な酒になった。村の人は陰で兄のことを赤鬼と呼んだ。

私は幼い頃、兄が大好きだった。兄はいつも私の面倒を見てくれた。兄は合気道が強く、泣き虫だった私を道場に誘ってくれた。私は強くて優しい兄を尊敬していた。兄のようになりたいと思っていた。

だから、兄の変貌《へんぼう》が許せなかった。私は兄を避けた。言葉には出さなかったが、兄のことを、仲間を見捨てて逃げた卑怯者だと思っていた。兄にもそれが伝わったのだろう。私に話しかけることはなくなった。

ある夜、兄は酒を過ごして酔っていた。突然、床の間の日本刀をつかむと、鞘《さや》を払った。兄は泣き叫びながら、刀を振り回した。鴨居《かもい》にも床柱にも傷が付いた。私は恐ろしくて、震えていた。父親が木刀で容赦なく兄を打ち据えた。兄は倒れ、泣きじゃくった。

――俺は卑怯者や。のうのうと一人だけ生きて……。

翌日、兄は山で首を吊った。見つけたのは私だ。ひっそりと葬式を出した。父はなにも言わず、母は一人で泣いていた。私はどうすればいいのかわからなかった。

廊下の壁は一部、塗りたてだ。先週、鵜川が塗り直したのだ。雨で仕事が休みになると、ビルの補修をする。近頃は、一階から順番に廊下の壁を塗り直している。白墨が絵を描きやすいように、と。この前、ようやく私の階までやってきた。

職人というと荒っぽい気質が多いが、鵜川はこのビルの住人で一番上品な男だ。物静かで、独りで黙ってコテを動かしている。

「おはようございます」

下から声がした。廻廊の欄干から頭を突き出して下を見ると、閑ちゃんの顔が見えた。

「あれ、閑ちゃん、今日はお休みか？　明け方、誰か出て行く音がしたが」

「僕は休みです。鵜川さんが仕事に行ったんでしょ。現場が遠いんじゃないですか」

「なるほど。源田さんはどうせまだ寝てるんやろ」

「たぶん。でも、僕も久しぶりに朝寝をしました」よく寝たせいか、閑ちゃんの声はやたら元気だ。「山崎さん、パン、食べませんか？　店の残り物ですが」

「そら助かる」

「じゃ、今から持って行きます」

私は煙草を廻廊の欄干に押しつけて消し、足許に捨てた。どうせ掃除をするのは自分だ。すこしすると、ビニール袋を二つ提げて閑ちゃんが上がってきた。近くに来ると、全身から甘い匂いがした。毎日パンを焼いているせいだ。

「山崎さん、食パン、どうぞ」

ビニール袋を一つ差し出した。もう一つには、菓子パンが何個も詰まっている。

「いつもありがとう。菓子パンは明石さんとこか」

「ええ。あの子に」最上階を見上げ、閑ちゃんは不思議そうな顔をした。「なんかおかしいと思ったら、今日はレコードが聞こえない」

「明石さん、まだ寝てるんやろな。昨日、後藤が来てたみたいやし」

「ああ、そうか。あいつ、まだいてるやろな」閑ちゃんは頭を掻いた。「今、持っていったらマズいな。でも、あの子、お腹を空かせてるかもしれへんし」

「そっと置いてきたらどうや？　どうせ明石さんと後藤は寝室や」

「でもなあ、もしあいつに見つかったらなあ」

うーん、と閑ちゃんは困った顔をした。私は閑ちゃんの考えていることが手に取るようにわかった。

そっと置いてくることは簡単だ。でも、明石に会えなければ意味がない。顔を見て話をして、できればついでに……というところだろう。悪い男ではないが、少々いじましいところがある。

「後で私が持っていこか？　私も届け物があるし」

「いや、いいですよ。僕が持って行きますから」探るような眼で閑ちゃんが言う。「山崎さんの届け物ってなんですか？」

「チョークや。昨日、梅田《うめだ》に出たから買《こ》うてきた」

「あの子、喜びますよ」

私は廻廊の欄干にもたれ、最上階を見上げた。明石の部屋の壁には一面、絵が描かれている。白墨の絵はさらに上手くなりたどたどしい線はなくなっていた。暗い灰色の壁に白墨が白のチョークで描いた。星、月、花などや、奇妙な幾何学《きかがく》模様、それに、ただどこまでも続く線などだ。人物、動物などは一つもない。

「あの子、絵、上手いですよね」

「ああ、あの歳にしたら達者なもんや」

閑ちゃんは上階をちらと見上げ、それから後ろめたそうに眼を伏せた。

そうだ、私たちはみなであの子を傷つけている。明石と関わることで、白墨を傷つけている。

「……静かですね」

「ああ、なんか落ち着かんな」

今頃、明石と後藤は抱き合って眠っている。そして、白墨は白いチョークを握り、一人で絵を描いているだろう。

「仕方ない。あいつが帰ってからにします」

閑ちゃんがパンを届けるのを諦め、部屋に戻ろうとしたときだ。ふいに、悲鳴が聞こえた。明石の声だ。私も閑ちゃんも手すりに近寄り、最上階を見上げた。

明石の絶叫が聞こえてくる。尋常ではない。私たちは階段を駆け上がり、明石の部屋へ急いだ。明石の部屋の扉はいつものように開いていた。

居間に入ってみると、ガウン姿の明石が泣き叫んでいた。足許には後藤が全裸で仰向《あおむ》けに倒れている。下半身が血の海だ。眼を開けたまま後藤は死んでいた。ガラスの眼は相変わらず輝いていた。

「明石さん……これは」

明石は興奮してわけがわからなくなっているようだが、見たところ怪我はなかった。

居間から台所へかけての床は、血痕と大小二つの血の足跡が入り乱れていた。血で汚れた小さな子供の足跡を見たとき、どきりと心臓が跳ね上がった。

「山崎さん……」

閑ちゃんの声が聞こえた。振り向くと、閑ちゃんが部屋の隅を凝視している。見ると、小さな血の足跡の続く先に白墨がうずくまっていた。胸も顔もパジャマも血まみれだった。

「お、おい、無事やったんか」

白墨の姿を見た途端、急に落ち着いた。しっかりしなければ。この子を守らなければ。私は床の上を這って白墨に近寄った。

「大丈夫か、怪我はないか？」

声を掛けると、白墨がゆっくりと顔を上げた。私は息を呑んだ。白墨が抱え込むようにして強く握り締めているのは、血に汚れた包丁だった。

私は愕然《がくぜん》とした。まさか、白墨がやったのか？　いや、こんな子供に人が殺せるわけはない。絶対になにかの間違いだ。白墨には怪我はなさそうだった。私は包丁を受け取ろうと、白墨に手を伸ばした。

「そんな危ないもん持ってたらあかん」

だが、白墨はしっかりと握り締めたままだ。私は包丁を握る白墨の指を一本ずつそっと剝がしていった。白墨の指は冷たく強張《こわば》っていた。血が固まって指が貼り付いて、剝がすとべりべりと音がした。時間を掛けて包丁を取り上げると、私は白墨の頭を撫でてやった。

「もう大丈夫や、怖かったやろ?」

白墨はじっと私を見た。その眼には光がなく、ただただ真っ黒だった。私はぞっとした。後藤の死体を見たときよりも恐ろしかった。

「大丈夫や」

そう語りかけたとき、白墨から漂うチョコレートの匂いに気付いた。居間のテーブルの上を見ると、クレーム・ド・カカオの瓶が眼に入った。その横には白墨がいつも使うグラスもあった。

そこには茶色の液体がすこしだけ残っていた。匂いをかぐと、チョコレートとブランデーの香りだ。間違いなくアレキサンダーだ。

「まさか、あれを飲んだんか?」

いや、一人で飲むわけがない。飲まされたのだ。こんな小さな子に、と怒りを覚えた瞬間、はっとした。後藤は全裸で死んでいる。白墨に酒を飲ませ、一体なにをしようとした?

まさか、と私は青ざめた。白墨が身を守るために刺したのだとしたら?

「後藤」

そのとき、明石の声がした。振り向くと、明石が呆然と立ち尽くしていた。

「後藤は？　後藤は死んでるの？」

「明石さん、落ち着いて」

閑ちゃんが懸命に落ち着かせようとするが、明石は完全に我を失っていた。後藤の死体に駆け寄ろうとする。

「ねえ、後藤は死んだの？」

「明石さん」

閑ちゃんが暴れる明石を居間で取り押さえた。

私は後藤を見た。もう血は固まっていた。死んでから時間が経っているようだった。

「本当に死んでるの？　ねえ、本当に？」

「明石さん、お気の毒やが、後藤はもう……」

その言葉を聞くと、明石はへたへたと座り込んでしまった。そのまま動かない。

「山崎さん、警察に電話しないと……」

私は閑ちゃんに返事ができなかった。警察に通報しなければならない。そのとおりだ。わかっているのに、身体が動かない。閑ちゃんも同じだ。電話しないと、と言いながらもその場所から動かない。

「一体、なんでこんなことに……」

閑ちゃんと二人、途方に暮れた。

すると、閑ちゃんの手から明石がするりと抜けて立ち上がった。ふらふらと壁際の棚に近づくと、レコードプレーヤーの前に立つ。電源は入ったままだ。針を落とすと、すぐに音楽が流れた。ヘンリー・マンシーニの「ムーン・リバー」だ。

私はぎょっとした。閑ちゃんと顔を見合わせる。閑ちゃんの顔は青ざめひきつっていた。

明石が中国風の刺繍入りのガウンの裾を揺らし、部屋を出て行った。

「……明石さん？」

声を掛けたが返事がない。慌てて後を追う。明石は廊下に出ると、欄干から無造作に身を乗り出した。私が最後に見たのは明石のガウンだった。

ばん、と大きな音がした。私は慌てて中庭を見下ろした。明石が奇妙にねじれて倒れていた。

後を追ってきた閑ちゃんが、私の横で悲鳴を上げた。

「ムーン・リバー」が終わった。次に流れるのは「酒とバラの日々」だ。

私は後藤の言葉を思い出していた。ある夜、珍しく酔った後藤がこんなことを言った。

――私はあれを救い出したいと思っただけなんですよ。でも、このザマだ。

そう言って、顔を歪めて笑った。明石も後藤も互いに、相手を救いたいと思っていた。だが、どちらもうまく行かなかった。
一九七三年四月二十日。春の陽射しが降ってくる。暖かな気持ちの良い朝だった。

鵜川繁守、再び語る

仕事を終えて部屋に戻ったのは、夜の七時過ぎだ。現場が遠くて今日は朝が早かったので、もうくたくただった。帰りに軽く食べて来たが、もう小腹が空いていた。なにかないかと冷蔵庫を開けたとき、閑ちゃんが来た。

「鵜川さん、ちょっと話があるんで、明石さんの部屋に来て欲しいんです。みんな集まってます」

閑ちゃんの顔には血の気がなかった。深刻な話のようだった。俺はその日、疲れていたし、腹も減っていたので遠慮したかったが、明石の招集かと思うと欠席はできなかった。

明石の部屋に行くと、居間に山崎と源田、閑ちゃんがいた。明石と白墨の姿は見えなかった。三人は所在なげに突っ立っていた。寝室へ続く扉は閉まっていた。

「明石さんは？」

誰も返事をしない。三人とも疲れ切った顔をしている。なんだか油粘土《あぶらねんど》で造ったように、ぬらぬらと不気味な感じがした。その顔を見ていると、自分も汗が出てきた。

「……まあ、とにかく一旦、座ろか」

山崎が言い出して、俺たちは手近の椅子やらソファに腰を下ろした。そのまましばらくまた黙っている。

居間はひどく散らかっていた。紹興酒にウキルキンソン、レモン、ブランデーにクレーム・ド・カカオの瓶がある。入口とソファの前に敷いてあった絨毯がなくなっていた。

「とりあえず僕らもなんか飲もうや」

源田が立ち上がって台所に向かった。手伝います、とその後を閑ちゃんが追った。

俺はまた汗が出て来たのを感じた。山崎の顔は相変わらず作り物のようだ。迂闊《うかつ》に話しかけることができないような気がした。

源田と閑ちゃんが戻ってきた。氷の入ったグラスと酒を持っている。紹興酒と炭酸水とウォッカだ。みな、紹興酒のソーダ割りにした。さすがにウォッカを混ぜる者はいなかった。

「山崎さん、仰々《ぎょうぎょう》しいな。一体なにがあったんや？」源田が言った。

「まあ、とりあえず一杯やらせてくれ。なにもかもそれからや」山崎はグラスを握り締めたまま、かすれた声で言った。

疲れ切った声に、源田も黙った。俺はじっと閉ざされた扉を見ていた。明石は寝室にいるのか？　それともいないのか？

グラスが空くと、ようやく山崎が立ち上がった。

「まずは見てもらおか。それが一番早い」

山崎が寝室に続く扉を開けた。むっとする。生臭い臭いが押し寄せてきた。

ベッドの上と床にはそれぞれシーツが掛けられた大きなものがある。シーツの膨《ふく》らみは明らかに人間の形をしていて、大きな黒い染みができていた。部屋の隅には丸めた絨毯、タオル、雑布が放り出してある。どれも黒く汚れていた。

俺は思わずグラスを落としそうになった。驚きのあまり声が出ない。源田も同じだ。呆然と立ち尽くしている。俺たちを連れて来た山崎と閑ちゃんは無言でベッドを凝視していた。

「まさか、これ……明石さんなんか」源田が震える声で言った。

山崎が無言でベッドのシーツを剝いだ。下にいたのは明石だった。顔は鬱血《うっけつ》して腫《は》れ上がり、割れた頭に血がこびりついて固まっていた。

寝台の生温かいバラの花々の下で
死人たちが順番を待ちながら呻いている。

ふっとロルカの一節が浮かんだ。俺は冷たいグラスを頰に押しつけた。しっかりしろ。これは現実だ。詩でも夢想でもない。

源田は扉のところに立ち尽くしたまま、すすり泣いている。この売れない音楽家は本気で明石に惚れていた。

俺はふらふらと明石に近づいた。そして、手を伸ばして顔に触れてみた。すると、冷たかった。柔らかだった頬は固く強張っていた。最後にこの女と寝たのは十日ほど前だった。夜中に突然訪れた俺を、この女は嫌な顔一つせず受け入れてくれたのだった。

山崎が床の上のシーツをめくった。そこには裸の後藤が死んでいた。下半身が血まみれだった。後藤は眼を開けたままだった。ガラスの義眼が光って、俺は思わずぞくりとした。

「一体、なにがあった？」

「今朝、明石さんの悲鳴を聞いて部屋に行ったら、居間で後藤が死んでた。台所から血の痕が続いててな、太腿《ふともも》を包丁で刺されてた。太腿の動脈はやばいからな。あっという間に出血多量で死んだんやろ。明石さんは後藤が死んだことを知ったら、いきなり中庭に身を投げた。止める間もなかった。慌てて助けに行ったが、もう死んでた。閑ちゃんと二人で、明石さんと後藤をここまで運んだ」

山崎は後藤のことを答えるときは淡々としていたが、さすがに明石の死を伝えるときには苦しげな顔になった。

「後追い自殺か。明石さん、こんな男のために……」

あの二人が上手く行くことなどありえないと思っていた。いつか、なにか起きるのではないかと思っていた。やりきれなさと怒りと哀しみで俺は混乱していた。こんな男のために死んだのか？　あの子を置いて？　残された白墨はどうなる？　そこではっとした。

「あの子は？　無事か？」

「自分の部屋にいとる」山崎は眉間に深い皺を刻んでいる。

「警察には？」

「まだ言うてない」

「なんでや？」

すると、山崎は黙り込んだ。しばらくして、沈鬱な声で言った。

「実は……後藤を刺したんは……あの子なんや」

「なに？」

俺は反射的にあの子の部屋のほうを振り返った。だが、閉じた扉が見えただけだった。

「大きい声を立てんように。あの子には聞かせたない」

「でも、まさか……」

「あの子がやったんや。見つけたときは包丁を握り締めてた」

「でも、まさか、あんな小さな子が……ありえない」

「私もそう思た。何度も訊ねたが、自分がやったと繰り返してる」

山崎は二つの死体にもう一度シーツをかぶせると、居間に戻った。俺も後に続いた。それから酒のお代わりを作った。一口飲む。空き腹に二杯目の酒が痛い。

閑ちゃんは無言で震えている。源田はまだ泣いていた。茫然自失の態《てい》だった。

俺はグラスを置き、居間から出て白墨の部屋に向かった。

白墨は床にうずくまっていた。俺はひざをつき、白墨の顔をのぞき込んだ。白墨は平静なのか、それとも放心状態なのか、どちらかわからなかった。俺は白墨の眼をじっと見た。白墨は眼を逸らさなかった。

「おまえが殺したんか？」

白墨はうなずいた。俺はたまらなくなった。

「そうか。かわいそうに」

俺はなんとか白墨の頭を撫でた。不自然に思われないよう、懸命に微笑みを浮かべた。うなずく白墨を恐ろしいと感じた。だが、後藤は殺されても仕方のない男だった。後藤は紛《まご》う方なきクズだった。

白墨を部屋に残し、居間に戻った。俺の顔を見た途端、閑ちゃんが眼を逸らしたのがわかった。きっと凄まじい形相《ぎょうそう》だったのだろう。俺は再びグラスを手に取った。残りを一息に飲み干す。

山崎がみなを見渡した。

「今のところ、わかってることはこれだけや。で、問題はこれからどうするか、や」

「どうする、とは？」源田が鼻を啜《すす》りながら言った。「まだ、警察には言うてないんやろ？」

「俺はあの子を警察には渡したくない。なんとかして守ってやりたいと思う」山崎がきっぱりと言った。

驚いた人間はいなかった。だが、すぐに賛成する人間もいなかった。源田はやはり落ち着かない様子だった。ちらちらと周囲に目を走らせ、足を組み替える。閑ちゃんはじっとしていた。喉仏《のどぼとけ》だけがやけに上下していた。

みな黙っている。山崎に賛成するのが怖いのだろう。仕方ない。俺から言うしかないのか。俺の心は最初から決まっている。だが、その決定は間違いだということもわかっている。

「俺もそう思う。あの子は悪くない」

言った瞬間、俺は安堵《あんど》した。これでもう怯えなくて済む。なぜなら、もう俺は間違ってしまったのだから。

「鵜川さんもそうか」山崎がほっとしたようにうなずいた。それから、今度は源田と閑ちゃんを見た。「あんたらはどうや？」

「もちろん、僕も同じや。あの子は、なにが悪いのかもわかってへんのに」

源田はやけくそのように吐き捨てた。だが、閑ちゃんは黙っている。山崎はもう一度閑ちゃんに返事を促《うなが》した。

「閑ちゃんはどう思うんや？」

「そりゃ、僕だってあの子がかわいそうだと思う。でも……」閑ちゃんの声が震えた。

「でも、なんや？」山崎は容赦しない。

「あの子を守るって具体的にどうするんですか？」

閑ちゃんが今にも泣き出しそうな顔で言った。たしかに、閑ちゃんの心配はもっともだった。

「それはこれから考える」山崎が言った。

「警察にバレたら？　僕らが疑われるようなことになったら？」

「だから、それはみんなの知恵を絞ってやな」

すこし山崎の言葉の歯切れが悪くなったのがわかると、横から源田が口を出した。

「でも、この部屋は僕らの指紋だらけや。ただの大家と借家人やないことはすぐにバレる。明石さんとの関係を訊かれたら、僕らはどう答えるんや？」

源田は早口でまくしたてると、後ろで結んだ長い髪をいじった。

たしかに明石の部屋には俺たちの指紋がベタベタ付いている。台所も居間も寝室もだ。今から拭いて回るのか？　それに、明石との関係も訊かれるだろう。嘘をつき通せるか？　いや、そもそも白墨が喋ったらおしまいだ。あの子はまだ八つの子供だ。いくら口止めをしても、話してしまう可能性がある。そもそも、あの子には「死」が理解できているのか？　後藤と明石が死んだこと、自分が人を殺したことを理解できているのか？　いや、そもそも、人殺しが悪いことだと理解できているのか？

「山崎さん、やっぱり無理ですよ、二人も人が死んでるんです。隠し通すことなんてできません」閑ちゃんが顔を歪め、悲痛な声で言う。

「閑ちゃん。じゃあ、あんたはあの子が警察に捕まってもいいんか？」

気色ばんだ源田に詰め寄られ、閑ちゃんが思わず後退《あとずさ》った。源田の激情、閑ちゃんの弱腰、そのどちらも理解できる。とにかく、俺はあの子を絶対に警察に渡したくない。あの子を守る方法を考えなければいけない。そのためには四人が結束する必要がある。一人でも意見の違う者がいては秘密を守れない。俺は閑ちゃんに向かって、静かに語りかけた。

「なあ、閑ちゃん。警察に通報したとして、そもそも俺たちの言い分を信じてもらえるやろうか？　あの子が殺しました。自分で言うてます。てなことになったとしても、はいそうですか、て警察が納得するるんか？」

「たしかに。僕らが無理矢理に言わせたと思われるかも……」閑ちゃんの顔がひきつった。

俺はうなずいた。あと一押しだ。感情的な判断ではなく、あくまでも安全な道であると閑ちゃんに思わせなければならない。

「そうや。それどころか、こんな小さな子に濡れ衣《ぎぬ》を着せたとして俺らが疑われるということや。そうなったら俺たちは終わりや」

「ああ。どうしたらいいんですか。僕ら、みんな警察に捕まったら……」閑ちゃんが頭を抱え、絶望的な悲鳴を上げた。

「落ち着くんや、閑ちゃん」

山崎が鋭い太刀筋《たちすじ》のような声で言った。途端に、閑ちゃんがびくりと震えた。

山崎は合気道の師範だ。明石ビルの他の住人には陰で牢名主と呼ばれている。頑固で融通が利かず少々高圧的なところはあるが、基本的には面倒見のいい常識人だ。最古参の住人で、なにかあったときにはまとめ役になる。

「とりあえず、なんか食べようや。あの子も空腹やろうし」

山崎が言った。死体を見たばかりでまるで食欲はなかった。だが、白墨に夕飯を食べさせなければいけない。それに、俺自身もほとんど食べずに飲んでいるので、いつもより早く酔いが回ってきたようだ。

明石の家の冷蔵庫にはチーズとハムとトマトがあった。

「閑ちゃん、サンドイッチでも作ってもらえるか」山崎が閑ちゃんに言った。

「わかりました」

閑ちゃんがなんとかうなずく。俺は自分の部屋の冷蔵庫の中を思い出した。ちょうど卵を買ったところだ。

「俺のところに卵がある。持ってこよか？」

「お願いします」

俺は自分の部屋から卵を持ってきた。閑ちゃんはその卵を焼いて手早くオムレツを作った。十分もすると、オムレツのサンドイッチと、チーズとハムのサンドイッチができた。源田が白墨を連れて来た。山崎がテーブルにサンドイッチを置いた。白墨は自分の皿を取ると、いつものように黙って床の上で食べた。

俺は黙ってサンドイッチを食べた。ほとんど味はわからなかったが、胃はすこし楽になった。閑ちゃんは一口も食べなかった。源田はすこし食べたが、そのままトイレに駆け込んだ。吐いているようだった。山崎はただ義務的にパンを口に押し込んでいた。

食べ終わると、再び白墨を自分の部屋に連れて行った。俺たちだけになると、山崎がみなを見渡した。

源田も閑ちゃんも先程よりは落ち着いたように見えた。俺は手許《てもと》の酒を飲んだ。搾ったばかりのレモンがきゅうっと喉に浸みた。

「閑ちゃん。あの子のことを考えてやってくれ」山崎が名指しで話しはじめた。「明石さんが死んだ以上、あの子は独りぼっちになる。警察が来たら、どこか施設に放り込んでそれでしまいや。あの子の気持ちなんか、誰も考えへん」

「それはそうやけど……」

閑ちゃんはまだ渋っている。山崎は根気よく話を続けた。

「あの子は異常な環境で育ってきた。それは明石さんのせいもあるが、それに付け込んだ私らも同罪や。私らはあの子を守る責任がある。だから、この子は警察になんか渡さへん。その方法を考えたい。閑ちゃんも協力してくれ」

「でも……」

閑ちゃんの眼に涙が浮かんだ。唇が震えていた。みなが閑ちゃんを見ていた。

「……わかった」閑ちゃんがぼそりと呟いた。

「ありがとう」

山崎が頭を下げた。源田も俺も頭を下げた。

閑ちゃん以外の男が全員ほっとした顔をした。俺はグラスを傾けた。胃が熱い。だが、身体は冷えてきた。頭も冷えてきた。

俺はみなの顔を見渡した。

「なにもかもなかったことにするしかないと俺は思う」

すこし舌がもつれた。落ち着け、と自分に言い聞かせながら、言葉を続けた。

「明石さんと後藤の死体をなんとかしよう。そして、俺たちはなにも知らんということにするんや。幸い、明石さんは人付き合いなんてないし、後藤はあの通り胡散臭い男や。突然行方不明になってもおかしくない」

「そうやな。私もそうするしかないと思う」山崎がうなずいた。

「僕も基本的には賛成や」源田が俺の顔をじっと見た。「でも、具体的にはどうするんや？

明石さんと後藤の遺体をどう処理するんや？　僕としては後藤は海に捨てようが山に埋めようが平気や。でも、明石さんは別や。ちゃんと埋葬してやりたい。明石さんが魚の餌《えさ》になったり、掘り返されて獣に食われたりするなんて……僕は堪えられへん」

源田が顔を覆ってすすり泣きはじめた。

「ああ、そやな。俺も明石さんはきちんと弔《とむら》ってやりたい」

泣き崩れる源田を見て、俺も思わず胸が詰まった。

「二人の意見に私も賛成や。あの人はたしかにいろいろとあったけど、悪い人ではなかったし、かわいそうな人やった」

そう言う山崎もすこし眼を赤くしていた。

奇妙な修羅場《しゅらば》だった。隣の部屋には血まみれの死体が二つ転がっていて、いい歳の男たちが酒を飲んで泣いている。そして、その更《さら》に隣の部屋では、人を殺した子供が眠っている。普通ではない。異常だ。このビルにいる人間はみなおかしい。

白墨の眼を思い出した。あの子には自分の犯した罪がわからない。そう、光のない眼には血の色などわからないのだろう。

ふいにたまらなくなって、グラスにお代わりを注ぎ一息に飲んだ。喉も胃も焼けた。口からあふれた酒を手で拭《ぬぐ》おうとして、気付いた。俺も知らないうちに泣いていた。

俺はレコードプレーヤーに近づいた。ＬＰがセットされたままになっている。白墨も子守歌代わりの音楽があったほうが眠りやすいだろう。針を落とすと、「ムーン・リバー」が流れてきた。俺は音量を絞った。

「なにもなかったことにするために、あの子の前では一切、今夜の話はせえへんようにしよう」山崎が厳しい声で言った。「見たところ、あの子は自分がなにをしたかもわかってへんようや。だから、私らが黙ってたら今夜のことも忘れてしまうやろう」

「でも、そんな上手くいくでしょうか？」閑ちゃんが不安そうな顔をした。

「俺ら全員で嘘を言い続けるしかないと思う」俺は回り続けるレコードを見た。「明石さんと後藤は駆け落ちしたことにすればいい。もし、あの子が自分が殺した、と言ったら、夢でも見たのか、と笑い飛ばすことにする」

「ああ、それしかないな。あの子は母親に捨てられたということになるが、殺したという記憶が残るよりましや」源田はずいぶん落ち着いていた。

そうだ、と俺は思った。親に捨てられるくらいなんだ。親がいない子などいくらでもいる。それに、親に殺された子は大勢いても親を殺した子は滅多にいない。

「ムーン・リバー」が終わり「酒とバラの日々」が流れている。黒板にはあの子の描いた薔薇の絵があった。

「もう後戻りはでけへん」

山崎が呟いた。そのとおりだった。

源田三郎、再び語る

僕たちは話し合いを続けた。一番の問題は遺体の処理だった。冷たくなった明石と後藤をどうするか、ということについて長い議論をした。

様々な案が出された。僕はどうしても明石をきちんと埋葬してやりたかった。みな、その意見には賛成だった。後藤はどうでもいいが、明石の遺体をコンクリ詰めにしたり、バラバラにして海に捨てたり、などというのは嫌だった。

だが、ではどうすればいいのか、を考えなくてはいけなかった。

「奈良か和歌山あたりの山奥はどうや？」

山に埋めるにしても、遺体をどうやって運ぶかも問題だった。自動車の運転免許を持っているのは山崎と鵜川だけだ。山崎は古いブルーバードを、鵜川は仕事用の軽トラを持っていた。

「明石さんはブルーバードのトランクに入ってもらって、後藤は軽トラの荷台か」

山崎が言う。僕は遺体を積んで、暗い山を走る車を想像した。月は雲に隠れて、あたりは闇だ。ヘッドライトの届く範囲しか見えない。延々《えんえん》と険しい山道が続く。片側は深い谷だが、ガードレールなどない。落ちれば命はない。

「途中で検問《けんもん》でもあったら一発で終わりやな」鵜川がぼそりと言った。「そうなったら、疑われるのは俺らや。子供がやったなんて信じてもらえるわけがない」

「たしかに」閑ちゃんが後を引き取った。「それに、埋めるのに適当な場所がそう簡単に見つかるとは思えません。山で迷ったりしたら怪しまれる」

みな黙って、考え込んだ。

山に埋めるという案には不安しかなかった。土地勘のある人間は誰もいない。行き当たりばったりで、どこか適当な山奥に埋めるしかなかった。だが、それがあまりにいい加減で危険だというのは、誰の目にも明らかだった。

「かといって明石さんを放り捨てるなんて絶対に無理や」僕はきっぱりと反対した。「ちゃんと埋葬してやりたいんや」

「誰にも見られず、安全に埋葬するには……」鵜川がため息をついた。「このビルから運び出すのが最初の難関か」

また、みなが黙った。そのとき、僕はふと思いついた。

「運び出そうと思うから大変なんや。ここに埋葬したらええんと違うか」

みなが驚いたように僕の顔を見た。僕はすこし早口で言った。

「中庭や。ここの中庭やったら誰も入ってけえへん。絶対にばれへん」

「なるほど。中庭に埋めたら遺体を外に運び出す危険がなくなる」山崎が大きくうなずいた。

「中庭……」関ちゃんが呆気にとられた顔をした。「あそこに埋めるって本気ですか?」

「僕は本気や。中庭に埋めよう。そして、入口をふさげば誰にも気付かれへん」

「俺は賛成や」鵜川がうなずいた。「ブロックを積んで入口をふさいで、上からセメント塗ればいい。外からは出入りできへんようになる」

「そう、このビル自体が明石さんの墓と言うわけや」

我ながらいい考えだと思った。明石はこのビルそのものだ。ここに埋めるのは当然だ。

「よし、じゃあ、決まりや。明石さんと後藤は中庭に埋葬する。そして、入口をふさぐ。このことは絶対に白墨に知られへんようにするんや」

山崎が言うと、みな、うなずいた。

鵜川が立ち上がった。レコードがいつの間にか終わっていた。裏返してB面をセットし、針を落とした。鵜川はわずかに眉を寄せ、眼を伏せて言った。

「嘘をつくのは心苦しいが、あの子には何回も言い聞かせるしかない。明石さんと後藤は二人で出て行った。行き先はわからへん、と。あの子がそれが真実やと思い込むまで、何度も何度も」

「そうやな、それしかないな」

僕がうなずくと、山崎もうなずいた。そうだ、それしかない。あの子に嘘の記憶を刷り込むのだ。それしか方法はない。

「……明石さんは後藤と出て行った、てあの子に言うんですね」自分に言い聞かせるように閑ちゃんが言った。「かわいそうに、あの子は捨てられたということだ」

「そう。あの子は人殺しやない。母親に捨てられたかわいそうな子や」

山崎が言うと、みな、うなずいた。

白墨に気付かれないように注意しながら、一晩で作業を完了させる必要があった。どうしようかと考え、僕の持っている睡眠薬を使うことにした。子供に使うのは危険かもしれないが、量を加減すれば大丈夫だろう。

僕は自分の部屋に戻り、睡眠薬を取ってきた。錠剤をポケットに突っ込み、最上階まで階段を上る。子供に薬を飲ませるのか。仕方ないとはいえ気が重い。

睡眠薬を持って明石の部屋に戻ると、みなが神妙な顔で待っていた。これからはじめることに恐怖を感じているのは僕だけではない。みな、同じだ。

「半分くらいでどうやろ？」僕は山崎に訊ねた。

「体重考えたら三分の一やな」

僕たちはなにもかも四人できちんと分担することにした。僕は皿の上に錠剤を並べ、スプーンの背で砕いた。閑ちゃんがレモンと蜂蜜と炭酸水でジュースを作り、薬を溶かした。そして、山崎が自分の部屋で寝ていた白墨を起こして飲ませた。鵜川は白墨が再び眠るのを見届けた。

明石の遺体は新しいシーツでくるんで、階段で一階まで運んだ。頭を僕、足を鵜川が持っていた。途中で、何度か交代した。固くなった遺体を運ぶのはかなりの重労働だった。明石を運ぶと、もう僕たちは疲れ切ってしまった。後藤は重たかったので、廻廊の手すり越しに投げ落とすことにした。硬直して棒のようになった後藤は中庭の敷石に激突して、ぼきりと折れた。

近くの駐車場に駐めてあった紺色のブルーバードをビルの前まで運んできた。ゲートを開け、中庭の入口をふさぐように頭を突っ込んで止める。これで、もし道路から無理矢理中をのぞいても、なにも見えない。

いざ、穴を掘るというときになって、僕はどうしても気になった。

「明石さんと後藤を一緒に埋葬するのは嫌や。別々に穴、掘ろうや」

すると、鵜川が冷静な声で言った。

「無理や。二つも穴を掘るのは大変や。時間がかかる。諦めるんや」

「でも、後藤なんかと一緒なんて、僕は許されへん」

理屈はわかるが、感情が収まらない。すると、山崎が冷たい声で言った。

「明石さんは喜ぶやろ。あの人は後藤に惚れてたんやから」

「たしかに、あの人は喜ぶやろ」鵜川が真面目くさった口調で同意した。「壁屋として現場を見てきた者から言うと、穴を掘るのは想像よりもずっと重労働や。二つは絶対にキツイ」

僕は言い返せず、うつむいた。そうだ。明石は本当に後藤に惚れていた。僕ではない。

「源田さん、仕方ない。今夜中に作業を済ませないといけないから」閑ちゃんが気の毒そうな顔をした。

「そやな……」

舌打ちをして、僕はシャベルを握った。それから、みなで黙って作業にかかった。ツルハシで敷石を剥がし、穴を掘り続けた。ときどき、疲れて空を見上げた。四角い夜空が見えた。

「思ったより土が軟《やわ》らかいな」

鵜川が言う。だったら、穴を二つ掘ってもよかったではないか、と思ったが口には出さなかった。

白墨が気になって、交代で様子を見に行った。僕が見に行ったとき、白墨は薬のおかげでぐっすり眠っていた。僕は寝息を立てる子供を見下ろした。こんな小さな子が人を殺したなど、今になっても信じられなかった。

川のそばのせいか本当に土は硬くなく、作業ははかどり穴は順調に深くなっていった。一・五メートルほどの深さまで掘り進んだとき、山崎が突然シャベルを止めた。

「なんや、これ」

山崎が土を手で掻き分けた。僕たちも手を止め、のぞき込んだ。すると、土の中に薄くて黒い板の破片のようなものがある。山崎がいぶかしげな顔で破片を掘り出し、みなに示した。あ、と思った。

「それ、レコードと違うか？　割れたレコード」

僕は破片を受け取り、土を拭いた。すると、細かい溝が見えた。やはりレコード、ＳＰ盤だった。

「これだけか？」

山崎は顔をしかめ、さらに土を掘った。すると、おびただしい数のレコードが埋まっていた。ＳＰ盤もＬＰ盤もある。だが、一枚として完全なものはない。みな、割れていた。

「すごいな。貝塚やなくてレコード塚や」ぼそりと鵜川が言う。

「なんでこんなとこにレコードが埋まってるんですか？」

関ちゃんの声はすこし震えていた。その横で山崎がすこしためらってから答えた。

「明石さんの父親のレコードコレクションやろうな」

僕は明石の部屋の空っぽのレコード棚を思った。昔、あそこにはぎっしりとレコードが並んでいた。でも、誰かが叩き割ってここに埋めた。誰が？　なぜ？

みな、しばらく黙っていた。今、僕たちは死体を埋めようとしていた。非道を行っている最中だ。なのに、自分たちの鬼畜さは棚に上げて、悪い予感に怯えていた。この中庭の底には地獄が埋まっているような気がした。

「邪魔なレコードや」

山崎がうっとうしそうに言い、少々乱暴にシャベルを突き刺し、土を掻き分けた。すると、破片の下にボロボロに腐った靴が見えた。

僕たちはみな息を呑んだ。またしばらく誰もなにも言わなかった。

「今度は靴か」

鵜川の声が珍しく震えていた。こんなところに靴が埋まっている理由は一つしか考えられない。

「まさか……」

閑ちゃんが顔をひきつらせた。僕は生唾を呑み込んだ。山崎が再びシャベルを握った。靴の周囲をさらに掘る。今度はやはりボロボロの布と、茶色い棒きれのようなものが出てきた。

「……人の骨やな」山崎が絞り出すような声で言った。

僕たちは無言で掘り続けた。脚の骨、腿の骨、骨盤、背骨、肋骨《ろっこつ》など、骨の大きさから見て、大人の男のようだった。

頭蓋骨を掘り出したとき、僕たちは息を呑んだ。左の眼窩《がんか》には錆びたナイフが突き立っていた。埋められた男の壮絶な苦しみと、ナイフを眼に突き立てた犯人の凄絶《せいぜつ》な憎悪が伝わってきた。

「昔、俺らと同じことを考えた奴がいてたようやな」鵜川が言う。「土が軟らかかったんは、一度掘り返した場所やったからか」

僕たちはしばらく地中からのぞいた骨を見ていた。衣服はボロボロに腐っていたが、腕には金時計が巻かれたまま残っていた。

「物盗りってわけやなさそうやな」

一体、これは誰なのか？　そして、誰が埋めたのか？　みなが同じことを考えていた。

「山崎さん。あんた、一番古いんやろ？　なんか知ってるか？」

鵜川が訊ねた。山崎は金時計の泥を拭き、懐中電灯で照らして裏蓋をじっと見た。眉を寄せ、険しい顔をしている。

「名前でも入ってるんか？」

僕が訊ねると、山崎は僕に無言で腕時計を渡した。懐中電灯の明かりで見る。イニシャルかなにかが刻まれているのかと思ったら、日本語だった。

お父様へ　A
僕は息を呑んだ。なんと言っていいかわからない。鵜川がのぞき込んだ。僕は鵜川に腕時計を渡した。

「……お父様へ、Aってことは……」鵜川もそこで絶句した。

閑ちゃんはすこし離れたところにいた。だが、鵜川の言葉を聞き、顔色を変えた。みなで山崎を見る。山崎はためらった末、口を開いた。

「たぶん、この骨は明石さんの父親やと思う。海で死んだと聞いてたが、まさかこんなところに埋まってるとは」

「誰が埋めたんですか？」

閑ちゃんが泣きそうな顔で訊ねた。だが、誰も返事をしない。

「……まさか、ね」

閑ちゃんが泣き笑いの顔になる。まだ誰も返事をしない。山崎も鵜川もなにかを堪えるように歯を食いしばっていた。

「なんか言ってくださいよ」

閑ちゃんが悲鳴のような声を上げた。すると、山崎が口を開いた。

「あの人一人でこんなことができるわけがない。たぶん、あの人はなにもせえへんかった。横で見ていただけ……いや、レコードを割っただけやろ」

「じゃあ、この大量のレコードは明石さんが割ったんですか？」

「たぶん。昔、あの人が言うてたことがある。レコードは簡単に割れる。欄干越しにかわらけ投げみたいにするんやと」

僕はそこで明石を思い浮かべた。酔った明石がふわふわと笑い、すこし呂律《ろれつ》の怪しい口調で言う。こんな感じだ。

——ねえ、源田サブちゃん知ってる？　レコードって簡単に割れるんやよ。欄干越しにね、ぽいぽい放り投げるねん。かわらけ投げみたいに。

瞬間、また涙が出そうになった。愚かで哀れな明石はもういない。死んで冷たくなった。これからは土の中で腐るだけだ。

山崎が頭蓋骨の眼窩からナイフを引き抜いた。

「……ゾーリンゲンや。明石さんの台所にあるやつや」

「じゃあ、明石さんが？」

みな黙りこくった。そのとき、閑ちゃんがまた口を開いた。

「昔、明石さんが足を折ったとき、たしか後藤が言うてたんですね」

——あの女は私の仇を取ろうとしてくれたんですよ。

「だから、たぶん、後藤の左眼を潰したのは明石さんのお父さんなんでしょう。それで、明石さんが台所の包丁でその仇を取った、と」閑ちゃんの声は震えていた。

山崎は手の中のナイフを見下ろし、しわがれた声を絞った。

「……後藤は、自分は明石さんに愛されてないと思い込んでた。でも、明石さんはちゃんと後藤のことを思てたやないか。なんで、それがわからんかったんや」

僕はナイフを握る明石を想像した。自分の父親の眼に突き立てる。とどめを刺したのは後藤だろう。そして、明石さんは父親のレコードを割り、後藤が死体を埋めた。

「これがあの二人の秘密や。あの二人が離れられへんかった理由や」鵜川がやけくそのように言った。

僕たちはまたしばらく黙り込んでいた。かつてこのビルであったことを想像すると、改めて背筋が冷たくなった。このビルは呪《のろ》われている。このビルに住む者全部が呪われている。当然、僕たちもだ。

「先客のことを気にしてる暇はない。さっさと仕事を済ませるんや」

山崎の声に、僕たちは仕事を再開した。割れたレコードと明石の父親の骨はいったん取りだし、ひとまとめにした。さらに僕たちは掘り続けた。

やがて、深さ二メートルほどの穴が完成した。まずレコードと明石の父親の骨を投げ込んだ。その上に後藤を放った。明石と後藤が密着するのは嫌だったので、覆う程度に土をかぶせた。それから、シーツにくるんだ明石をそっと落とした。それから残った土を掛けていった。僕たちは泥だらけになりながら、無言で働き続けた。だれも口をきかなかった。

穴を埋め戻すと、足で踏み固めた。元通りに石を敷き、セメントで目地を埋めた。だが、そこだけ色が違って不自然だった。ごまかすために、上にベンチを置いてみた。だが、完全に隠すことはできなかった。

僕は全身の汗が冷えて、身体が大きく震えた。ベンチなどはねのけて、今にも穴の底から死人が這い出て来そうな気がした。ばかばかしい、と顔を上げてみなを見た。すると、やっぱり怯えた顔をしていた。同じことを考えていたようだ。

「……なんか……出てきそうですね」閑ちゃんが言う。

「たしかに三人も埋まってると、ベンチくらいでは重石《おもし》にもならへんな」鵜川が汗を拭った。余計に顔が泥だらけになる。

僕は穴の埋め痕から眼が離せない。今にも明石が出て来そうだ。中国風のガウンを泥だらけにし、僕にこう言う。

――あらあら、私、泥だらけやよねえ。ねえ、源田サブちゃん、どうしよ？

ひいっと悲鳴を上げそうになり、そんな自分を叱る。なにを怖がる必要がある？　明石さんが出て来てくれたら本望ではないか。

「しゃあない。この上に車を置くか」山崎が振り返ってブルーバードを見る。「そうしたら大丈夫やろ」

「でも、中庭はふさぐんと違うんか？」僕は驚いた。

「ふさぐ。車を置いてからな」

「山崎さん、いいんか？　ブロックで塀を立ててふさいだら、もう車は出されへんぞ」鵜川も困惑したふうだ。

「かまへん。車は諦める」山崎がきっぱりと言い切った。

みな顔を見合わせた。車を一台諦めるのは思い切った決断だ。だが、ほっとしたのも事実だ。

「明石さんは結構この車を気に入ってくれてたからな。まあ、いいやろ。明石さんの墓石代わりや」

二人を埋めた場所に車を駐めた。穴は車体の下に隠れ、見えなくなった。

「山崎さん、じゃあ、ほんまにふさぐぞ。いいんやな？」鵜川が念押しした。

「ああ。かまわん。明石さんの墓標はダットサンブルーバード１２００デラックスや」

もうすっかり夜は明けていた。僕たちは疲れ切って部屋に戻った。このまま眠りたかった。閑ちゃんは大急ぎで湯を浴びて出勤していった。

昼過ぎ、鵜川が塀を積む作業をはじめた。ブロック、鉄筋、セメントを練るトロ船などが置いてあった。

夕方、山崎が車の横の敷石を剝がし、また穴を掘っていた。今度は小さい。まさか、と血の気が引いた。

「その穴は？　まさか……」

次の言葉が怖くて言えない。すると、山崎は慌てる僕の顔を不思議そうに見て、答えた。

「明石さんは花が好きやったからな。せめて花の咲く木でも植えよか、と」

山崎が傍らを指さした。根を丸く巻いた苗木が見えた。

「ああ、そうか。そうやな。それがいい。で、なんの木なんや？」

「アカシアや、ギンヨウアカシア。ミモザとも言う。春になったら、綺麗な黄色い花が咲く」

「ああ、あの黄色い花、アカシアって言うんか。明石さんやからアカシアか。なるほど」

僕は最上階を見上げた。

「あの子は？」

「さっきまでカスタネットを叩いてた。落ち着いてる」

山崎が穴に苗木を入れた。土をかけて、足で踏み固める。僕が水を遣った。僕は奇妙な高揚感に震えていた。それはもしかしたら恐怖かもしれなかった。

僕は母のことを考えていた。結局、墓参りも一度もせぬままだ。今でも自分に言い訳をしている。あのときはクスリのせいでどうかしていた、と。

母を見捨てた僕が、母に捨てられた子供を救おうとしている。とんだ茶番だ、と思った。

インターミッション（2）

明石ビルの中庭には三体の死体が埋まっている。

男たちは五十年前の出来事をまるで昨日のように、だが恐ろしく無感動に語った。内容の凄惨さ、語りの詳しさと口調がまったく釣り合っていなかった。

ミモザは呆然として、男たちの顔を順番に見た。だが、三人とも動揺する様子はない。グラスを手に落ち着き払っていた。

「まさか、まさか、白墨が後藤を殺したんですか？」

「ああ、そうや」山崎がうなずいた。

「信じられません。そんな小さな子が人を殺すなんて……」

今度は鵜川の顔を見る。長い告白を終え、今はうんざりしているようにも見えた。

「あんな小さな子が殺せるわけがない。私たちもそう思った。だが、白墨は自分がやったと言った」

口を閉ざした鵜川の代わりに、山崎が答えた。

「でも、どうやって？　後藤は大人の男だ。無理ですよ」

「ベッドの横のミニテーブルにはウォッカと紹興酒の瓶があって、どっちもほとんど空になってた。それから、グラスが二つと搾った後のレモンが転がってた。明石さんはウォッカと紹興酒を混ぜ、そこにレモンを搾って飲むのが好きやった。えぐい飲みもんや」源田がうんざりした表情で口にした。

「後藤は相当酔ってたということですか？」

「たぶん」そこで山崎がわずかに言い淀んだ。

「でも……でも、なぜ？　なぜ、白墨は後藤を殺したんですか？」

「殺すつもりはなかったのかもしれん。無我夢中で刺しただけかもしれん。それがたまたま太腿の太い血管を傷つけた、というのが正解やと思う」

「でも、なぜ刺したんです？」

「さあ、そこまではわからん」山崎はため息をついた。

「白墨はなにも言わなかったんですか？」

ミモザが食い下がると、源田が面倒臭そうに返事をした。

「あの子は理由はなにも言わへんかった。ただ、後藤は裸やった。酔ってあの子に悪さをしようとしたのかもしれん……」

「そんな……」

「あくまでも想像や。あの子自身はなにも言わんかったから。でも、可能性はある」

ミモザは絶句した。幼い白墨の凄惨な過去を知り、言葉が出ない。それどころかなにをどう感じていいのかわからない。

「後藤は殺されて当然や。あの子を責められへん」

源田が歯と歯の間から染み出るような声で言った。どこかで氷が鳴った。ミモザはグラスを握り締めたまま、動けなかった。

そのとき、鵜川が静かな声で言った。

「あの二人がいたら、たぶん、あの子は生きていかれへんかった。あのままやったら、たぶん、あの子はそう遠くないうちに死んだ」

「じゃあ、やっぱり白墨はひどいことをされてたんですか？」

「それはわからん。でも、なにをしなくても、自然と死んだと思う」

「どういうことですか？」

鵜川はそれには答えず、うつむいた。すると、山崎が会話を引き取り、口を開いた。

「口では上手く言えないんやが、あの子はいつ死んでもおかしくないように見えた。病弱だったとかやない。でも、ふっと気がついたら死んでるような子供やったんや」

「そのとおりや」源田が落ち着きなく、髪を撫でつけた。「あの子の叩くカスタネットの音が聞こえてきたら、僕はほっとした。ああ、ちゃんとまだ生きてる、ってわかったからな」

たんたんたん。

ミモザはビルに響くカスタネットの音を想像した。ただの音ではない。自分は生きている、という白墨の悲痛な叫び声だ。

みな重苦しい顔で黙り込んだ。

「やっぱり音楽が要るな」

源田がすこし悔しそうに言って、再びレコードを掛けた。また「ムーン・リバー」だ。

「明石さんと後藤はなぜ、明石さんの父親を殺したんですか？」

ミモザが訊ねると、山崎がううん、と呻いた。しばらく口ごもっていたが、歯切れの悪い口調で語り出した。

「本当のところはわからんが、明石さんの父親は明石さんを溺愛《できあい》してたらしい。掌中の珠《たま》、眼に入れても痛くない、ってやつや。でも、ただかわいがるだけやなくて、常に眼の届くところに置いておきたがったそうや。明石さんに聞いた話やが、友人も作らせず、外で遊ぶことも許さへんかった。だから、明石さんはこのビルに閉じ込められて育ったようなもんや。父親は明石さんのことを『私のかわいい仔犬』て言うてたらしい。要するに、父親にペット扱いされてたってことやろな」

「……気持ちの悪い話や。変態や」源田が顔を歪めた。

鵜川は居心地の悪そうな顔だ。ずっとグラスを回していた。

「明石さんに恋人ができたとき、父親は激怒したらしい。無理矢理に別れさせられた、と明石さんは言うてた。そのとき、駆け落ちでもしてたら、なにもかも変わったやろな」

初恋の人と別れさせられた明石が次に惚れたのが後藤というわけか。だが、それもまともな関係ではなかった。

源田が大きなため息をつき、話し出した。

「明石さんと後藤が大喧嘩して、明石さんが階段から落ちて足を折ったとき、後藤は泣きそうな顔をしてたんや。ほら、あれや。子供がいたずらして、そのことの大きさに怖くなった、て感じやった。ちょっとマッチで遊んでたら火事になってもうたとか、なんの気なしに線路に石置いたら電車が脱線してもうたとか」

「落としたのは後藤のいたずらやったんですか？」

「いや、あれは明石さんが勝手に落ちたんや。でも、最初に挑発《ちょうはつ》したんは後藤や。まさか明石さんが怪我するとは思えへんかったんやろうな」

源田の後を受けて、鵜川が言う。

「あんとき、俺は思った。明石さんが後藤の言いなりなんやない。後藤が明石さんの言いなりなんや、て」

「たしかに。明石さんは『お父様』の始末を後藤にさせたわけや。もちろん、後藤はさせられたつもりはないかもしれんが」源田がうなずいた。

明石とその父親の関係は異常なものだった。そして、明石とその娘、白墨の関係もやはり普通ではなかった。

「白墨は後藤の娘なんですか？」ミモザは訊ねた。

「後藤は違うと言うてた、明石の初恋の人の子供やと」山崎が答えた。

「じゃあ、明石さんは初恋の人の子を妊娠したけど別れさせられ、その後で後藤と親しくなった、ということですか？」

「そういうことやろな。私は最古参の住人やが、私がこのビルに来たときすでに明石さんは赤ん坊を抱いてた」

ミモザは腹と胸に一杯に冷たい泥を詰め込まれたような気がした。身体の中から冷えて、全身が重い。湿った風にカーテンが揺れ、黒板の薔薇がにじんで見えた。

「この歳になってわかる。惻隠の情というやつや」山崎がぼそりと言った。

「ソクインってなんですか？」

「人を哀れむ心や。小さな子供が井戸に落ちそうになっていたら、ごく自然に哀れみの気持ちが湧き起こる。あの子は井戸に落ちかかっている子供やったんや」

「そう、それや。白墨はいつもずっと、井戸に落ちかかってた」源田が大きくうなずいた。

ミモザの眼の前にありありと幼い子供が浮かんだ。床に座り込み、無表情でカスタネットを叩き、チョークで色のない絵を描く。一日中、傷だらけのレコードが音楽を垂れ流している。退廃と悲惨だ。

俺だったらどうするだろうか、とミモザは自問した。だが、出た答えは問いからは外れたものだった。

――俺も井戸に落ちかかっていた。俺も助けてほしかった。でも、誰も助けてくれなかった。

ミモザには幼い頃の記憶がない。そのせいか、どこにいても疎外感があった。小学校でも中学校でも高校でもそうだ。集団に馴染めず、学校には自分の居場所はないと感じていた。タチの悪い連中とつるむようになったときもそうだ。ミモザなどよりもずっと陰惨な境遇の者もいた。貧困やら親の虐待《ぎゃくたい》やらが当たり前だった。金に困らず、帰る家があって、暴力をふるわない親がいるというのは、それだけで贅沢な幸せだった。

なのに、ミモザは満足出来なかった。ここではないどこかへ行きたくてたまらなかった。

――誰か、俺の手を引いて一緒に逃げてくれ。頼む。どこか遠いところへ逃げてくれ。

それが、子供の頃からのミモザの願いだった。

妻は、荒れていた時期に知り合った女だ。彼女は家で親にしょっちゅう暴力をふるわれていて、家出を繰り返していた。

――ねえ、どこか遠いところへ行かない？

――ああ、いいよ。

そんなふうに付き合いがはじまった。

やがて、ミモザはまっとうな道に戻ると決め、父の許で修業をはじめた。女も荒んだ生活をやめ、真面目に働きはじめた。

そして、結婚して娘が生まれた。これでなにもかも上手く行くはずだったのに、なぜダメになったのだろう。

――わかってる。あなたが真面目に働いてることはわかってる。あなたは二度と悪さなんかしない。私と娘のために懸命に働いてくれるでしょう。でも、あなたは私たちのそばにはいない。あなたは遠いの。果てしなく遠いの。

あなたは遠い。それが別居の理由だった。ミモザには妻の言う意味がよくわかった。だが、それを解決する方法がわからなかった。

ミモザはぼんやりと眼の前の薔薇を眺めた。この薔薇も遠い、と思った。この薔薇を描いた女はどこへ行ったのだろう。

「山崎さん、それはただの綺麗事や」鵜川が淡々と言った。大きな声ではないが、なぜかよく通った。「俺らは結局、あの子を助けられへんかった」

山崎も源田も黙り込んだ。しばらく迷ってから、源田が口を開いた。

「でも、ここを出て、あの子は幸せになったかもしれへんやないか」

山崎も鵜川も返事をしない。源田がムキになって言葉を続けた。

「ここを出ていったんが十八のときや。そのあと、どこかで幸せになって、元気で暮らしてるかもしれへんやろ？」

「ああ、そうやな。それやったら私らも本望や」

山崎の相槌《あいづち》がひどく虚《むな》しく聞こえた。鵜川は眼を伏せ、グラスをゆっくりと回していた。

この男たちは白墨のその後をなにも知らないのか。ミモザは回り続けるターンテーブルを眺めた。ぬるま湯のようなスクリーンミュージックが響いている。先程から聞いたことがある曲ばかりだ。だが、なんの映画のテーマだったかは知らない。

「明石と後藤が死んで、それからどうなったんですか？」

男三人が顔を見合わせた。口を開いたのは、やはり山崎だった。

山崎和昭、三度《みたび》語る

白墨が眠っている間に、私たちはすべてを片付けた。血まみれのシーツを取り替え、血痕と足跡で汚れた床を拭いた。二人の遺体は埋めた。私たちは一睡もせずに働き続けた。

閑ちゃんは後で怪しまれないよう、普段通りに仕事に行った。鵜川は中庭をふさぐ用意をした。私と源田は部屋に戻って死んだように眠った。

気が付くと昼を回っていた。鵜川は着々と塀を積んでいた。白墨の様子が気になったので見に行った。すると、白墨は廊下で絵を描いていた。薔薇だった。

「上手に描けてるな」

白墨はうなずいてヒュミドールを指さす。なるほど、と思った。白墨にやったヒュミドールの箱の側面には赤い薔薇が一輪描かれている。白墨は丁寧に模写していた。子供の絵とは思えないほど、よく描けていた。

昨夜のことは憶えていないのか？　確かめてみることにした。

「明石さんはもう起きてるか？」

「寝てる」白墨は首を横に振った。

明石がいなくなったことにまだ気付いていないらしい。私は少々わざとらしい、呆れた口調を作った。

「まだ寝てるんか。あの人にも困ったもんやな。それより、朝御飯、食べたか？」

「うん。閑ちゃんのパン」

「そうか、よかったな」

再び白墨はうつむいた。絵を描きはじめる。今のところ心配ないようだ。このままだと、明石がいないことに気付くのは夜になるだろう。そのときに、私たちは心配するふりをすればいい。じゃあ、と立ち去ろうとしたとき、白墨がぼそりと言った。

「中庭に車がある」廊下の床にしゃがみこみ、じっと私を見上げている。「あれ、ロウナヌシの車？」

ぎくりとして白墨を見る。気付かれたか、と私は緊張した。平静を装い、なんでもないことのように答える。

「ああ、私のや。これからはあそこに置くことにする」

納得したのかしないのか、白墨は黙っている。しばらく、じっと私を見ていたが、諦めたように眼を伏せた。

「あの車、もうどこにも行かれへんね」

「ああ、そうやな。でも、行く必要ないんや」

「ふうん」

白墨はうつむいてチョークを動かしはじめた。私は足早に立ち去った。本当に私たちの計画は上手く行くのだろうか。不安でたまらなかった。


翌日、私たちは白墨の今後について話し合った。そして、結論を出した。それは、白墨を明石のようにしない、ということだった。

「あの子が自分の力で生きていけるようにせなあかん。このビルを出ても生きていけるように、普通の人間として、社会でちゃんと生きていけるように」

私は決意をこめて言った。

だが、それは簡単ではなかった。白墨には、生きて行く上でのモデルがなかった。明石も後藤も、そして私たちも非常識な形でしか、あの子と関わっていなかった。明石と後藤が死んだ今、その責任はみな私たちが負わなければならなかった。

「ちゃんと、ってなんやろうな」源田が言った。「ちゃんと学校に行って、勉強して、友達を作って、ってことか」

「なかなか難しそうやな」

鵜川が呟くと、みなの顔がいっそう険しくなった。

「あの子は同世代の子と遊んだことがないんです。集団生活の経験がない」

閑ちゃんの言葉にみな黙り込んだ。かくれんぼや鬼ごっこも知らないかもしれない。それがどれだけ酷《むご》いことか、今さらながらに思い当たったからだ。

「胡散臭いおっさんとの集団生活なら、今、やってるがな」

源田が茶々を入れた。冗談でも言わなければ、やっていられないのだろう。その気持ちは私にもよくわかった。

みなで相談した結果、私たちは家族ごっこをはじめることにした。明石の代わりに、みなで白墨を育てるのだ。

私たちはまず白墨に常識を教えなければならなかった。明石は娘に一般的な躾をしていなかった。明石の家には明石のルールしかなかった。そのルールには一貫性がなく、ただ「明石が心地よいと感じるかどうか」で判断された。

たとえば、白墨は好きなところで食事をした。テーブルで食べるときもあったが、ソファで食べていることもあった。また、床に座り込んで食べているときも多かったし、天気がよければ中庭のベンチだったりした。なのに、白墨は箸もフォークもナイフも使えた。明石が「食べ物をこぼしたりする行儀の悪さ」に堪えられなかったからだ。

もちろん、俺たちも気付いていたが、強く口出しすることはなかった。そのツケを払わねばならなかった。

白墨を普通の子にする。普通という言葉に私たちはこだわった。きちんと学校に行き、勉強し、どこかちゃんとした会社に勤め、まともな男と結婚し、子供を産み、きちんと育てる。そんな人生を送らせる、と私たちは誓った。

私たちは曜日を決めて白墨の面倒を見ることにした。月曜と金曜は私で、火曜と木曜は源田、水曜は閑ちゃん、土曜は鵜川、日曜日は基本全員だ。ただ、ふだん朝の早い閑ちゃんのため、水曜の朝食だけは私が世話をした。

当番の曜日のスケジュールはこうだ。

朝起きると、顔を洗ってきちんと着替え、白墨のところに行く。そして、白墨を起こし、朝の身支度をさせる。顔を洗って歯を磨いて、服を着替えるという当たり前のことを、明石はさせていなかった。気が向いたときに着替えればいいやん、という生活だった。

だが、それではいけない。普通の子供になるためには規則正しい生活を送らなければならない。

白墨を着替えさせると、白墨に朝食の準備を手伝わせる。御飯を炊く時間まではないので、朝はパンだ。閑ちゃんが焼いた六枚切りの食パンをトーストする。卵は目玉焼きにする。フライパンに油を引き、卵を割り入れる。焼けたら、フライ返しで皿に載せた。

最初は上手くいかなかった。油を引き忘れてフライパンに卵がくっついたり、火が強すぎて焦げ付いたり、皿に載せるときに床に落としたりなど、いろいろの失敗があった。

だが、私たちは文句を言わずに見守った。手伝うのはいいが、こちらが全部やってしまってはいけない。私たちの目的は、白墨を「普通の子供」にすることだ。世間並みの常識を持って、まっとうに社会で生きていくことができるようにすることだった。

私と白墨はパンと目玉焼き、牛乳を食卓に運んだ。白墨は食パンにはバターかイチゴジャムを塗った。目玉焼きは塩と胡椒《こしょう》を振った。明石と同じだった。

白墨は陽だまりの床で食べたがったが、食卓に着かせた。どんなに気持ちのいい日でも床の上で食べることは禁じた。白墨は最初不満そうだった。

朝食が終わると、小学校へ行かせた。やはり不満そうだったが、休ませることはしなかった。

ある夜、私と白墨が向かい合って夕食を食べていると、白墨がこんなことを言った。

「なんで、みんな、あたしが食べてるところを見るん？」

白墨は不思議そうだった。そのとき、私は気付いた。この子は人に見られながら食事をしたことがないのだ。いつも、好きなところで、好きな物を、独りで食べていたのだ。

「見られてると食べにくいか？」

「変な感じ」

「私は楽しいけどな。独りで食べるよりパンも目玉焼きもずっと美味しくなる」

白墨の顔を見ながら力説したが、まだ納得できないようだった。

私はみなを集め、話し合った。そして、今まで以上に留意することにした。白墨と食事をするときは、白墨の顔を見て、おしゃべりをすること。他人と食事をするのは楽しいことだと理解させること、だ。私はそのときどきのニュース、源田は音楽、鵜川は文学、特にロルカ、閑ちゃんはパンや料理一般について語った。

私たちはただ一方的に話したのではない。白墨の意見を求め、返事をさせるようにした。最初は黙り込むばかりだった白墨だが、すこしずつ自分の言葉で話すようになってきた。

「白墨、私らもトイレットペーパーを買い込むべきやと思うか？　源田さんと閑ちゃんは買え買え、うるさいが」

「いらないと思う」白墨はすこし迷って答える。「アホらしいから」

私たちはオイルショックも、トイレットペーパーの買い占め騒動も、こんなふうに大真面目に語り合った。他の男たちに聞くと、やはり同じようなものだった。だが、しばらくすると白墨は他人と食事を取ることに慣れ、すこしずつ会話がスムーズになってきた。

「おしゃべりしながら御飯を食べるのって、最初は難しいと思たけど、だいぶできるようになってきた」

白墨は真正面にいる私に話しかけた。その表情は戸惑いながらも嬉しそうに見えた。私は驚いた。これほど長い言葉を喋ったのは、はじめてではないだろうか。

「どうや？　喋りながら食べたら楽しいやろ？」

「うん、楽しい」

白墨がうなずいた。私はじわりと胸が熱くなった。よかった。上手く行っている。白墨はどんどん普通の子供に近づいている。

すこしずつ白墨は「見られる」ことに慣れていった。それどころか、他人に「見られる」「見てもらえる」ことが幸せなことだと気付いた。無視されるのではなく愛されることに喜ぶ、ということを白墨は学んだ。普通の子供に近づいている。私たちはほっとした。

「なあ、合気道やってみるか？」

「あたしが？」

「そうや。合気道はええぞ。女の人が身を守るにはもってこいの武術や」

私は白墨に合気道を教えることにした。無論、このビルの中庭で個人指導することもできたが、それでは白墨に社会性が育たない。一般の生徒と同じように外の教室に通わせることにした。白墨を普通にするためには必要なことだ。

週に二度、私が指導する合気道教室に白墨は通った。最初の半年、白墨は誰とも口を利かなかった。子供が話しかけても、大人が話しかけても無視だ。これぱかりは時間がかかる。私は気長にやることにした。

道着を来て身体を動かす訓練を続けると、白墨は見違えるように生き生きしてきた。まだ他人と上手く話すことはできないが、稽古だけは熱心にするようになった。

大げさな言い方だが、あの子が「生きている」というのをありありと感じられる。涙が出そうになるほど、嬉しかった。

白墨を育てる上で、一番の問題は金のことだった。

私たちはなんとかして明石の財産を白墨に移したかった。だが、明石の死亡届が出せない以上、どうすることもできなかった。

税金やらビルの維持費、それに白墨が暮らすための金が必要だった。私たちは明石の部屋を捜索し、何通もの通帳と印鑑を見つけた。そこには羨ましいほどの額の現金が無造作に入っていた。

「このお金は白墨に相続させ、二十歳になったら渡そうと思う。それまでは、できるだけ手をつけないようにしたい」

私の提案にみな、賛成してくれた。私は一冊の通帳を開いた。

「これまで、固定資産税やら電気代やら水道代やらは、この通帳から払っとる。怪しまれんよう、今後もこの口座から払うことにする」

「それでええやろ」源田がうなずいた。

鵜川がテーブルの上の通帳をすべて確かめ、首をひねった。

「俺たちの払《はろ》た家賃が入金された記載がない。あれはどこの口座に入ってたんや？」

「それが見つからへんのや。もしかしたら、入れてなかったんかもしれへん。明石さんは、あちこち抽斗に突っ込んでたからな」

私は振り返って中国風の箪笥を見た。印鑑を探して、次から次へと抽斗を開けていく明石を思い出し、胸が痛んだ。

みな、同じだったようだ。源田はまた眼に涙を浮かべ、鵜川は眼を逸らした。

「まあ、まだどこかに別の通帳があるかしらんが、だとしたらそのうちに出て来るやろ」

「白墨の名義の通帳も作ろうと思う。明石さんの口座からすこしずつ移して行くんや」

当分、ビルの名義は動かせない。私たちにできることは、白墨名義の現金を作ることだけだった。

「そうやな。相続税も洒落にならんらしいからな。税務署に怪しまれん程度にやらなあかん」

源田が明るく言って、黒板を見た。白墨の描いた薔薇が一面に咲いていた。みなで絵を見つめていると、鵜川がぼそりと口を開いた。

「なあ、最近、あの子の絵が明るくなってきたような気がせえへんか？」

「ああ。僕も思う。色はまだ白一色やけど、なんとなく楽しい絵が増えてきた」

これまでのように、一輪だけの寂しそうな花を描くのではなく、たくさんの満開の花を描くようになった。

「そろそろカラーのチョークも用意してやろうかな」

私が言うとみな、嬉しそうにうなずいた。なにもかもうまくいっている、と思った。

次の日曜、みな集まって中庭で食事をした。おにぎりもソーセージも玉子焼きも、白墨と一緒にみなで作った。中庭はちょっとしたピクニックのようになった。

私はふと思い出して言ってみた。

「なあ、白墨、色チョークはいらんか？　赤い花とか黄色の花も描けるぞ」

すると、白墨はすこしも迷わず答えた。

「いい。絵がごちゃごちゃになるから、色はいらない」

大真面目にきっぱりと言い切る。その様子がなんだかおかしくて、私たちは思わず笑ってしまった。

「色はいらない、か。おとぎ話の我が儘な王様みたいや。――我が王国に色はいらぬ、てな」

私が言うと、鵜川と源田も噴き出した。閑ちゃんはすこし遅れて微笑んだ。

「じゃあ、ここは真っ白の王国やな」源田は嬉しそうに身体を揺すった。

「ああ、真っ白けの白墨の王国や」鵜川はすこしうつむいて笑いを堪えようとしていた。

すると、白墨がやっぱり大真面目な顔で言った。

「違う。みんなの王国」

私は一瞬どきりとし、それからじんと身体が痺《しび》れるほど感動した。たった独りで絵を描いていた子供が「みんな」と言うようになった。

こっそりみなの顔を見る。源田はうっすらと涙を浮かべていたし、閑ちゃんは恥ずかしそうにうつむいた。鵜川は嬉しさのあまり動揺して苦しそうな顔をしていた。

「みんなの王国」

白墨が繰り返した。みな、黙ってうなずいた。

そうだ、ここは色のいらない王国。白墨と私たちの王国なのだ。

鵜川繁守、三度語る

白墨はすでに八歳だったが、明石のきまぐれのせいで、ほとんど学校には行っていなかった。たまに担任が来ても明石は相手にせず、家にはランドセルすらなく、勉強机もなかった。

俺たちは白墨をきちんと学校に行かせることにした。山崎が、合気道の関係で知っていた教育関係者に話を通し、白墨は三年生のクラスに通うことになった。読み書きは問題なかったが、計算はあまりできなかった。手分けして勉強を教えることになった。

学校に通わせることになり、はじめて俺たちは白墨の本名を知った。だが、その名は俺たちにとっては馴染みのないものだった。あの子の姓も名も偽物臭かった。俺たちにとってあの子は「白墨」でしかなく、その母親は「明石」でしかなかった。

参観日には誰が行くかを話し合った。山崎は古武士のような外見が目立ちすぎた。閑ちゃんは少々若すぎた。源田は長髪にヒゲのヒッピースタイルだった。結局、いかにも職人ふうの俺が行くことになった。俺は白墨の伯父ということになった。

参観の後、担任に呼ばれた。白墨がなにかやらかしたのか、と身構えた。吉崎君恵《よしざききみえ》という若い女の担任は、俺を見てすこし緊張した顔で言った。

「自分の物とお友達の物の区別がついていないときがあります。人の鉛筆を勝手に使ったりするんです。でも、自分の物をお友達に気前よくあげることも多いんです」

明石と同じだ。俺は頭を下げた。

「すみません。気を付けるように言い聞かせます」

「あの、ご両親は？」

「母親がいるんですが、去年から事情があって連絡がつかず……今、私が面倒を見ています」

「そうですか」

担任は気の毒そうな顔をしただけで、それ以上は追及してこなかった。きっと、複雑な事情のある子など珍しくはないのだろう。

「あの子が言ったんです。内緒の話って」吉崎君恵がためらいがちに言った。「誰にも言わないで、って」

俺はぞくりとした。まさか、明石と後藤の一件ではないだろうか。いや、でも、あれから一言も口にしていない。

「なんです？　内緒の話って」

すると、吉崎君恵は口ごもった。俺は怯えを勘づかれないよう、軽い調子で訊ねた。

「あの子、夢でお母さんと後藤を殺した、って」

「殺した？」

「ええ。包丁で刺した、って」


——先生、誰にも内緒やよ。あたしね、夢の中で、男の人を殺してん。

冗談だと思ったので、私は笑っていました。

——物騒な夢やねえ。

——台所の包丁で刺してん。手が血でベタベタになった。包丁が手の平にはりついて、取れへんようになってん。


そのときのことを思い出したのか、吉崎君恵がびくりと震えたのがわかった。

「あの子の言い方が、ただの夢にしてはあんまり生々しくて、現実的だったので怖くなったんです」

「子供は夢と現実の区別が付かないことがよくありますね。特にあの子は空想好きのようで、しょっちゅうで」俺は軽く笑い飛ばした。「でも、人殺しの夢とは物騒や。やっぱり母親に捨てられて傷ついてるんやろうなあ」

「あの子の母親は出て行って連絡がつけへんままなんですよね」

吉崎君恵が探るように俺を見た。まるで信用していないのがわかった。俺は動揺を隠し、今度は深刻そうな顔を作った。

「そうです。こっちも困ってるんです。そのうち帰ってくるとは思うんですが、女の子一人残して出て行くなんて、なにを考えてるんやろ」

「警察に相談は？」

「特に届けは出してません。お恥ずかしい話ですが、はじめてやないので。あの子は小さくて憶えてへんやろうけど、こういうことは何度もあったんで……」

「そうですか」納得出来ないという顔で吉崎君恵が俺を見ている。

「じゃあ、これで」

俺は話を切り上げ、教室を出た。背中が汗でべっとり濡れていた。嫌な予感がした。

大丈夫だ、と自分に言い聞かせた。あの子自身はあくまでも夢のことだと思っている。本当に自分が殺したのだとは思っていない。

その後も、吉崎君恵は何度も俺を呼び出した。彼女は純粋に白墨のことを心配していた。そのたび俺は精一杯誠実な保護者を演じた。学校から帰るときは、いつも冷や汗でびっしょりだった。

吉崎君恵をなんとかしなくてはならない。それが俺たちの出した結論だった。なんとかするなら早いうちがいい。吉崎君恵が他の人間に話したりするかもしれないからだ。その「なんとか」がなになのか、俺たちは悩んだ。

殺す、というのが唯一の正解のように思えた。俺たちは三人の死体の埋まったビルに暮らすうち、おかしくなっていた。人を殺すということが大したことではないような気がしていた。

だが、実際には人を一人殺すというのは難しかった。死体をどう処理する？　また埋めるのか？　吉崎君恵は小学校教師だ。行方がわからなくなれば、みなが心配する。明石や後藤を埋めたときのようにはいかない。

みなで悩んでいると、源田が恐る恐るというふうに口を開いた。

「なあ、僕の知り合いに口の上手い……ほとんど結婚詐欺《さぎ》みたいな女たらしがいるんやが」

源田が力説するには、吉崎君恵のようなタイプは男に免疫《めんえき》がないから、簡単に騙せる、と。

源田が連れて来た男は萩原健一《はぎわらけんいち》似のハンサムだった。俺は相談があると言って吉崎君恵を誘い出した。すると、山崎扮《ふん》する暴漢が襲ってきた。俺は吉崎君恵を捨てて逃げた。

そこへ、偶然通りかかったのが萩原健一似の男だ。あっという間に山崎を退け、吉崎君恵を救い出した。吉崎君恵はその男に夢中になり、言われるままに金を貢いだ。白墨のことなどもう興味はなくなった。

半年ほどで金が尽きた吉崎君恵はＰＴＡの積立金に手を付けた。横領が発覚すると大問題になった。吉崎君恵は学校を辞めて田舎に帰った。白墨は優しい担任がいなくなり、寂しそうだった。

　閑ちゃんは辛そうだった。

「だって、あの人は純粋にあの子のことを心配してくれてたんでしょ？　すごく良心的な教師だったわけでしょ？　なのに僕たちは……」

「言うても仕方ない。このビルのことを詮索されたらどうするんや。気の毒やけど、ああするしかなかったんや」

　閑ちゃんの言うとおり、吉崎君恵にはなんの非もない。だが、そんな人間の一生を俺たちは平気で壊した。白墨を「普通」にするためにだ。

　中庭には車とミモザの木とベンチがある。俺たちは死体の上で、白墨と食事をし、白墨に勉強を教えた。なにも知らない白墨はカスタネットを叩き、絵を描いた。

　次第に白墨は笑うようになった。それを見て、俺たちも死体が埋まっていることを知りながら笑った。

　一番「普通」でないのは俺たちかもしれなかった。

源田三郎、三度語る

五月晴れの空から凄まじい音量で音楽が降ってきた。僕はうんざりして、ため息をついた。

白墨は中学校三年生になった。来年は高校受験の大事な時期だというのに、勉強もせず乱れた生活をしている。最近、白墨は男友達を部屋に連れ込むようになった。連中は昼夜関係なしに大きな音で、持ち込んだレコードをかける。明石も一日中ヘンリー・マンシーニを流していたが、今から思えば甘ったるい映画音楽で、まだ品のいいものだった。今、最上階の部屋から聞こえてくるのは、がなり立ててるだけの下品なロックだ。とても堪えられない。僕も山崎も鵜川も顔をしかめて聞いている。

白墨の男友達はみな年上だ。高校生だか大学生だか、ときどきはもっと年上に見える男もいる。男たちは酒を飲み、煙草を吸い、大きな声で笑う。僕たちには白墨がなぜあんなクズどもとつきあうようになったかわからない。

「なあ、なんであんなとこに車があるんや?」若い男の声がした。

呂律が回っていない。僕は廊下に出て最上階を見上げた。すると、はじめて見る若い男が廊下の欄干越しに中庭を見下ろしていた。横には白墨がいる。つまらなそうな顔でなにか答えた。だが、僕には聞こえなかった。

「は？　なんやそれ」

男はその答えに満足しなかったようだ。千鳥足《ちどりあし》で歩き出した。階段へ向かう。

「やめてや」

白墨が止めたが、男は階段を降りていった。一体なにをする気だ？　あの車を調べる気か？　そんなことをされては大変だ。だが、下手に僕が出しゃばって勘ぐられても困る。どうしよう、と迷っているうちに男が二階の廊下に現れた。その後ろに白墨の姿も見える。

「あの車、どうやって入れたんや？」ふらふらと男が欄干にもたれかかった。「なあ？」

「何回も言うたやん。あそこは行かれへんの。もういいから上に戻ろ」白墨は冷めた口調で男に言った。

「うるさい、おまえは黙ってろや」

男が白墨を怒鳴りつけた。白墨はひるまず言い返した。

「行くな、て言うてるでしょ。あそこは他の人は入ったらあかんの」

「やかましい」

男が白墨の頬を叩いた。白墨がよろめいて欄干にぶつかった。僕は慌てて駆け寄った。

「おい、なにしてるんや」

あの後藤ですら明石に手は上げなかった。この男は後藤以下だ。最低のクズだ。

「その子に手を出すな。さっさと出て行け」

「なんや、おっさん」

煙草と酒の臭いのする息で怒鳴る。だが、僕は男を無視して白墨の腕をつかんだ。

「そんな奴と付き合うな。さあ、部屋に戻るんや」

だが、白墨は僕の腕を振り払った。

「ほっといて。この人、あたしの大事な友達や」白墨も酒と煙草の臭いがした。

「そうそう。大事な友達や」男が白墨の腰に手を回し引き寄せた。そして、僕の顔を見て嘲《あざけ》るように笑った。「おっさんこそ自分の部屋に帰れや。親でもないのに偉そうにすんな」

なんて品性下劣な顔だ。相手にしても仕方ない。僕は怒りを堪えながら、白墨に言った。

「いい加減にするんや。こんな奴とは今すぐ手を切るんや」

「あんたには関係ない」

あんた、と呼ばれたのははじめてだ。一瞬、呆然としていると、男がぎゃははと笑い出した。

「おっさん、惨めー」

白墨と男は僕に背を向けた。ぴったりと身を寄せ合いながら、階段を上っていった。

中庭を探られなかったのは幸運だった。だが、白墨の変容に僕はショックを受けた。二階の欄干にもたれかかり、思わず頭を抱えた。ぎゃはは、と上から笑い声が聞こえた。顔を上げると、最上階の廊下から男が僕を見下ろし笑っていた。僕は慌てて顔を伏せた。その拍子に涙が落ちた。

白墨はもう昔の白墨ではない。カスタネットを叩いて笑っていた子供ではない。僕たちはあの子を「普通」にしたいと思っていた。ちゃんと生きていけるようにしたいと思っていた。だが、白墨は僕たちのそんな気持ちなど知らず、最低の女になろうとしている。

クソ、クソ。なんで、こんなことになったんや。

僕は欄干につかまり、泣いた。眼の前でミモザの木が揺れていた。新緑の梢《こずえ》が初夏の陽光にきらきら輝いていた。なぜこんなことになってしまったのか。なんのために僕らは死体を埋めたのか。なんのために毎晩うなされるのか？　あの子を普通にしてやりたいと願ったからではないか。

だが、なにもかも無駄だった。僕は泣きながら部屋に戻った。まだ日は高かったが、ヤケ酒を飲んだ。紹興酒と炭酸水とレモン。さすがにウォッカは遠慮した。

僕は何を望んでいるのだろう。僕は明石が好きだった。最低の女だったが、彼女の持つなにか不安定なものに魅力を感じた。たしかに明石は「運命の女」だった。

白墨は明石の娘だが、僕はあの子に明石のようにはなってほしくなかった。「運命の女」

などにならなくていい。ごく普通に生きていってほしいと、それだけを願っていた。山崎が言うように、僕だってあの子を我が子のように思っていた。結婚には縁のない人間が言うのはおこがましいが、懸命に子育てをしたつもりだ。

最近、白墨はカスタネットを叩かなくなった。その代わり、下品な男を連れ込み遊ぶようになった。たしかに、カスタネットを叩く姿は痛ましかった。だが、いじらしかった。カスタネットはあの子の存在証明だった。たんたん、という音で「今、ここに生きている」と懸命に主張していた。だが、今、あの子の存在証明は下品な音楽と男と酒と煙草だ。

なあ、僕たちは何を間違えた？　どうしてあの子はあんなふうになってしまったのだろう。耳障《みみざわ》りなロックが聞こえてくる。延々とギターのソロが続いていた。いい加減にしろ、とちびちびと酒を飲みながら悪態をついていると、閑ちゃんが来た。

「源田さん、パンが余ったんやけど。ちょっと焦げてて悪いんやが」

僕の顔を見てはっとした。泣いていたことに気付くと、気まずそうになる。

「ああ、ありがとう。助かるわ」

パンを受け取り、僕は思わず閑ちゃんに酒瓶を差し出していた。

「一杯どうや？」

閑ちゃんはすこし迷って、僕の横に腰を下ろした。僕は閑ちゃんに酒を作ってやった。

「あの子のとこ、また誰か来てるんですね」ちらと上を見て、閑ちゃんが言う。

「はじめて見る男が来てる。どうしようもないクズや」

そう言った途端、なぜかまた涙が出た。慌てて拭う。

「源田さん、なにかあったんですか？」

「さっき、そのクズ男が中庭の車のとこに行こうとして」

「行ったんですか？」閑ちゃんが顔色を変えた。

「いや。あの子が止めた。そうしたら、その男があの子を殴ったんや」

「殴った？　ホントですか？」さらに閑ちゃんの顔が険しくなった。

「ああ。で、慌てて止めたんや。で、その男を追い出そうとしたら、あの子が男を庇ったんや。殴られたのに。で、僕にこう言うた。――ほっといて、あんたには関係ない、って。僕はショックで……」

閑ちゃんもショックを受けたようで、愕然とした顔をしている。

「ああ、なんてことや……」眼を伏せ、うめくようなため息をついた。「なんてことを……」

「そうやろ？　なんてことを言うんや、と僕は思った。僕らがあの子のためにどれだけの犠牲を払ったか」

閑ちゃんは返事をしない。どうしたんだ、と顔を見るとぼろぼろ泣いていた。僕は一瞬呆気にとられた。

「おい、閑ちゃん、大丈夫か？」

「すみません」涙を拭きながら言う。「どうしていいのかわからないんです。だって……」

「疲れてるんやな、閑ちゃん。睡眠薬、やろか?」

「いえ。いいです。癖になったら困る」閑ちゃんはしゃくり上げながら言った。「眠れないのは、あのうるさいロックのせいかもしれない」

うるさいレコードを持ち込む白墨の友人を僕たちは憎んでいた。ただ一つの救いは、白墨自身が決してレコードを買わなかったことだ。あの部屋にあるレコードは今だに二枚きりで「ヘンリー・マンシーニ全集」と「ひまわり」のサントラ盤だ。

「たしかになあ。今から考えたら、明石さんはまだ上品やった。ヘンリー・マンシーニだけやったからな」

うるさいギターソロが腹に響くドラムソロに変わった。閑ちゃんは顔を覆ったまま動かなかった。


白墨はなんとか高校には受かったが、いっそう遊び回るようになった。真夜中、聞くに堪えない嬌声が響くこともあった。白墨のやっていることは明石と同じだった。だが、明石なら許せたことが白墨では許せなかった。僕たちは身勝手と知りつつ、怒り、傷ついた。

十八歳の時、白墨は突然ビルを出て行った。僕たちは懸命に探した。ミナミもキタも、心当たりの遊び場所はすべて回った。警察に相談したかったが、身内でもない人間には捜索願は出せない。それに、これまでのいきさつを詮索されても困る。家出人捜索も諦めるほかなかった。

万策尽きた。盛り場での捜索を続けながら、僕たちはビルであの子の帰りを待つことにした。あの子が持ち出した荷物は身の回りの物すこしと、チョークの入ったヒュミドール、ロルカの詩集、それにカスタネットだけだった。

それに、あの子の名義の通帳がなくなっていた。あんな大金を持って出て大丈夫だろうか。悪いやつらに騙されたりしないだろうか。僕たちは不安でたまらなかった。

それでも、僕たちは信じていた。あの子はきっと帰ってくる、と。山崎はミモザの木に水を遣り、鵜川は黙りこくって廊下の壁を塗り直していた。閑ちゃんは毎日パンを持ち帰った。僕は白墨に届くよう、大音量でレコードを掛けた。ヘンリー・マンシーニだ。

正面玄関の鍵は二本ある。年代物の真鍮製の大きな鍵だ。一本は僕たちが共同管理し、もう一本は白墨が持っていた。白墨の部屋を探したが鍵は見つからなかった。あの子は鍵を持って行ったということだ。

「あの子はきちんと鍵を掛けて出ていった。鍵を持っている以上、いつか自分で鍵を開けて帰ってくるはずや」

牢名主もたまにはいいことを言うと思った。

僕も山崎も鵜川もあの子を待ち続けた。でも、あの子はとうとう帰ってこなかった。

インターミッション（3）

　源田の話が終わった。ミモザは震えが止まらなかった。全身の汗は冷えて、ぞくぞくする。冷や汗なのか、脂汗《あぶらあせ》なのか。とにかく居心地が悪い。さっきから何度も胃液が上がってくる。酒のせいだけではない。

　男たちの話で語られた父の姿は到底信じられない。ミモザの知っている父は真面目で仕事熱心な市井の一職人だったからだ。だが、男たちの話を聞いて納得する気持ちもある。父が時折見せる絶望や「普通」への執着《しゅうちゃく》は、明石ビルでの出来事が原因なのか。

「後藤と明石さんが失踪して、誰も怪しまなかったんですか？」

「後藤はもともと胡散臭いことをしていた。消えても誰も不思議には思わんかった。店はいつの間にか荒らされ、めぼしい物はすべて持ち去られていた。明石さんも同じや。このビルの中だけで生きていた人なので、彼女がいなくなってもすぐに気付く人はほとんどいなかった」

　鵜川の口振りは落ち着き払っていた。ミモザは空恐ろしい物を感じた。いくら時効が成立しているとはいえ、この男たちは平気すぎる。罪の意識がないのか？

「だとしても……」

「死体を埋めたことを非難したいならすればいい。私たちが開き直っているように見えるかもしれんが、これだけは言っておく。私たちは平気で埋めたわけやない。自分たちを正当化するつもりもない」山崎が淡々と言った。

「じゃあ、どうして……」

どうして、に続く言葉が出てこなかった。ミモザは立ち上がりかけ、それからまた腰を下ろした。なにをやっているのか自分でもわからなかった。

「白墨はそれきり帰ってこなかったんですね。一度くらい連絡はなかったんですか？」

「なかった」

山崎が首を横に振った。そして、丸テーブルの上の電話を指さした。この部屋の中で唯一新しい電化製品だ。

「昔は黒電話やったけどな。あの子から連絡があったときのために、新しい電話を付けたんや。留守番電話もナンバーディスプレイも設定してある。それから、念のため、私の携帯にも転送されるようにしてある。もし、あの子から掛かってきたら夜でも出られるようにな」

山崎が満足げに眼を細めた。ほんのすこし得意そうに見えた。

「じゃあ、あなた方は今でも白墨の帰りを待ってるんですね」

「ああ、待ってる」三人が揃ってうなずいた。

「そもそも、なぜ、白墨はこのビルを出て行ったんですか？　たしかに反抗期はある。不良に憧れる時期もある。俺もそうでした。でも、白墨には味方がいた。あなた方は白墨を懸命に守ってた。白墨はちゃんとした人生を送ることができたはずです。なのに、どうして？」

「わからん」鵜川が首を振った。「でも、とにかく俺たちではダメやったということや」

男たちが黙り込んだ。重いため息をついて酒を飲む。みな、やりきれないと言った表情だ。

「悪い想像ばっかりでもない。あの子は、このビルを出てどこかで真面目に働いているのかもしれん。子供を産んで母親になって、今頃幸せに暮らしてるかもしれんやないか。私はそう思う」

山崎が自分自身を慰めるように言う。ああ、とうなずき鵜川は眉を寄せ目頭《めがしら》を指で揉んだ。源田は黙ったままだ。

「源田さん、あんたは納得してないようやな」山崎が少々咎《とが》めるような口振りで言った。

「ああ、納得してない。あの子はまっとうに育ってた。なのに、突然荒れて不良になった。僕には自暴自棄《じぼうじき》に見えた。きっとなにか原因がある」

すると、鵜川が今度はこめかみを揉みながら、源田の顔を見た。

「あんた、昔も同じことを言うてたな。あの頃、俺らは何度もあの子に言うたやないか」

——もし、困ったことがあったら僕らになんでも言うてくれ。力になるから。

——そうや。遠慮はいらん。俺にできることならなんでもする。

——私もみんなと同じ気持ちや。みんな、おまえのことを心配してるんや。


「そうや。みんな、あの子のことを心配してた。でも、あの子はなにも言わずに出て行ってそれきりや。僕らの気持ちはすこしも通じてへんかった」源田は吐き捨てるように言った。「白墨が出て行って、一番ショックを受けたんが閑ちゃんやった。げっそり痩せて、まるで幽霊みたいになって、ベンチで頭を抱えて泣いてた。正直、ちょっと意外やった。そこまであの子のことを思てるとは想像してへんかった。そもそも事件を隠蔽することにも乗り気やなかったからな。でも、なんやかんや言うて、閑ちゃんは優しかったんや。それで落ち込んでもうた。ここを出ていったんは、あの子がいなくなったからやろうな」

「父はいつここを出ていったんですか？」

「あの子が消えて半年くらいした頃かな。ある日、黙っていなくなった。勤め先のパン屋に行ったが閉店してた。店主と一緒に丸亀に行ってそれきりや」鵜川がソファでのろのろと足を組み替えた。疲れた仕草だった。

「以来、一切連絡はなかった。私たちからも連絡は取らんかった。閑ちゃんは真面目やったからな。半ば無理矢理巻き込んだようなものや。これ以上付き合わせたら悪いような気がした」山崎が鋭い眼を伏せた。

「でも、閑ちゃんは自分だけ逃げたんや。僕らはみんなこのビルに残って秘密を守ったのに」

「やめろ。源田さん」鵜川が吐き捨てるように言った。「俺らが閑ちゃんを巻き込んだんや。閑ちゃんを責める資格なんてない」

男たちは死体遺棄の罪を犯してまで、白墨を守ろうとした。だが、その思いを白墨は踏みにじった。男たちは彼らなりの善行を否定され深く傷ついた。そして、今でも傷ついている。

レコードが終わった。ぽつぽつぽつと部屋に雨垂れのような音が響く。鵜川が立ち上がって、もう一枚のレコードに取り換えた。「ひまわり」のサントラだ。

鵜川がミモザの顔を見た。

「ミモザ君、閑ちゃんは白墨についてなにか言わへんかったんか？」

「特になにも」

三人の男の話を聞き、白墨が明石ビルを出て行くまでのことはわかった。だが、なぜ、いきなり荒れたのか、ビルを出て行く決意をしたのかはわからないままだ。

「白墨はどうなったか、知っている人はいないんですか？」

「誰も知らん」三人を代表して山崎が答えた。

「じゃあ、白墨がこのビルを出て行ってから四十年近く、まったく音信不通ということですね」

山崎は返事をしなかった。じっとミモザの顔を見つめる。ミモザはふいに不安になった。俺も秘密を知ってしまった。まさか殺されるのでは。思わずあたりを見回した。扉に近いところには鵜川が立っている。逃げ口をふさいでいるのか？

「ミモザ君」

山崎が厳しい声で言った。ミモザはどきりとした。返事ができず、みなの顔を見渡した。すると、山崎が濁った口調で切り出した。

「なんでそこまであの子のことを気にするんや？　なにか理由があるんか？」

淡々とした言い方だったが、重石《おもし》のように胸に応えた。ミモザが答えられないでいると、鵜川はさらに言葉を続けた。

「悪いが、やっぱり君のことを信用でけへん」

鵜川が言い終わると、今度は源田が続けた。

「僕も同じ意見や。君は閑ちゃんの息子やというが、それは君の自己申告に過ぎん。初対面の人間を信用しろと言われても無理や」

「俺は和久井ミモザです。これが免許証です」

ミモザは財布から免許証を取り出し、みなに見せた。だが、三人の反応は冷たかった。

「これでも信用してくれないんですか？　じゃあ、どうやったら信用してくれるんですか?」

ミモザが声を荒らげると、山崎がため息をついた。

「君が和久井ミモザ本人やったとしても、初対面の人間やということに変わりはない。君という人間を信じるだけの材料がないんや」

「そんなことを言われても……」

ミモザは言葉に詰まった。初対面だから信じられないというのは、人間として当然の感情だ。人を信頼するためには長年の蓄積が必要だ。

「この手紙のことやが、実は君が送りつけてきたんやないかと疑ってる」鵜川が手にした手紙をミモザに示した。「俺ら三人はすべてを抱えてこのビルで死んでいくつもりやった。掘り返すつもりなどなかった。忘れることができない、でも思い出したくない過去なんや。正直言って、この手紙を送りつけた人間を怨む」

山崎と源田もその言葉を聞いてうなずいた。三人の老人がじっとミモザを見た。値踏みどころではない。完全に不審の目だった。

ミモザは黒板に眼をやった。白いチョークで描かれた薔薇は黙りこくっている。

ふわりとカーテンが揺れた。雲が切れたのか、月が明るくなる。一瞬、部屋の中が光で満ちた。

そのとき、源田が声を上げた。

「……あんた、まさか」

はっと振り向くと、源田が驚愕の表情を浮かべていた。

「なんで気付かんかったんやろ。あんた、もしかしたら……あの子の息子と違うか？」

「えっ？」

ミモザは一瞬わけがわからなかった。

「閑ちゃんの息子や言うから、閑ちゃんに似てるような気がすると思い込んでた。でも、よう見たら、あんた、あの子の面影がある」

山崎と鵜川が息を呑んだ。男たちはミモザの顔を凝視した。

「たしかに。あの子の面影がある。明石さんにも似てる」山崎が唸った。

「言われてみればそうや」鵜川が呻くように声を絞った。

ミモザは混乱し絶句した。男たちの視線はひどく激しく熱かった。今さらながらにミモザは理解した。この男たちはこれほどまでに白墨を欲していた。彼らの人生の意味の中心に白墨がいるのだ。

「ミモザ君、答えてくれ。君は白墨の息子なのか？」山崎が震える声で訊ねた。

「俺は十歳のとき和久井家に預けられ、閑の養子になりました。それしかわかりません」

「養子か？　実子やないのか？」源田が勢い込んで訊ねた。唾があたりに飛び散った。

「どういういきさつで君は閑ちゃんに預けられたんや？　そのあたり詳しく話してくれ」山

崎の声も興奮している。眼がぎらぎらと輝いていた。

「父の知り合いが預けた、と聞いています。俺の記憶は曖昧なんです。子供の頃、階段から落ちて頭を打ったんです。それ以前の記憶は断片的で、ほとんどぼやけてます。でも、ここに来て気になることがあって……」

「なにがや？」山崎が鋭い声で訊ねた。

「あの薔薇です。どこかで見たことがある。でも、思い出せない」ミモザは振り返って黒板を見た。

「この薔薇はヒュミドールの側面に描いてあった薔薇や」

「ヒュミドール？　チョーク入れの？」

ミモザは懸命に記憶をたどった。昔、どこかで見たような気がする。飴色の木箱だ。誰かが蓋を開けた。中にチョークが入っている。すべて真っ白のチョークだ。そして、誰かがチョークを取りだし、絵を描いた。白い絵だ。そう、薔薇の絵も描いていた。描き終わると、その誰かは丁寧に箱にチョークを戻し、そっと蓋を閉めた。

あれは誰だ？　俺の横で絵を描いていたのは誰だ？

――遠くへ行きましょう。遠くへ。ずっとずっと遠いどこかへ。

そのとき、ふいに声が聞こえた。ミモザは驚いてあたりを見回した。無論、そばに誰もいない。

——ねえ、ミモザ。二人でどこか遠くへ行きたいね。

また、声が聞こえた。厳密に言うと、頭の中で聞こえた。ミモザは混乱した。あまりはっきり聞こえるので、それが記憶の底から響いてくるのだとわからなかった。

——遠くへ行きましょう。

夕陽が見えた。

水平線に血の色みたいな夕陽が沈んで、地獄のような光景だった。ミモザは得体の知れない恐怖に震えていた。俺に語りかけたのは誰だ？　俺の横にいた女は誰だ？　ミモザ、と俺を呼んだ女は誰だ？

次の瞬間、ミモザはすべてを思い出した。

夕陽を見たとき、隣に母がいた。カスタネットを鳴らしていた母だ。薔薇の絵を描いた母だ。遠くへ、遠くへ、と言った母だ。

ミモザは呆然と立ち尽くしていた。眼に映る物すべてが赤い血の色に染まっていた。

——ミモザ、寒いの？　ほっぺたが血の色みたいに真っ赤。

そうだ、赤は血の色だ。血の色みたいに綺麗、と母が言ったのだ。ミモザはそのとき横にいて、母と手を繋《つな》いでいた。

ミモザは叫んだ。うおお、と腹の底から絞り出すように、胸の中が空っぽになるまで叫んだ。

そうだ、俺には母がいた。母はカスタネットを叩き、チョークで絵を描いた。母と俺は日本中をあてどなく旅をしていた。どんな町に住んでも母は安心できなかった。そして、いつもいつも、ずっと遠くへ行きたがっていた。

――さあ、ミモザ、そろそろ次の町へ行きましょう。

そうだ。思い出した。母はいつも哀しそうに微笑んでいたのだった。

なぜ、今の今まで気付かなかったのだろう。男たちの話を聞いて、なぜ、白墨が自分の母親である可能性に思い当たらなかったのだろう。なぜ、ほんのすこしも考えなかったのだろう。

ミモザはまだ叫んでいた。どこから声が出ているのかわからない。身体のどこか深い奥の奥から、今まで閉じ込められていたものが噴出してくる。綺麗なものも汚いものも全部だ。

そうだ。これまで俺はずっと避けていた。母のことを考えないようにしていた。頭を打って母の記憶を失ったんじゃない。母の記憶を自分で消したんだ。俺が望んで母の記憶を捨てたんだ。

「おい、おい、大丈夫か、ミモザ君」

山崎の呼びかけでミモザは我に返った。

「……思い出したんです。俺の母親は……白墨です。あなた方が白墨と呼んでいる女の人に間違いない」

男たちが一斉にミモザを見た。愕然とした顔で動かない。誰もなにも言わない。ただ「ひまわり」のサントラだけが流れている。

「ほんまにそうなんか」山崎が一歩前に出てミモザに近づいた。「君があの子の息子か……」

鵜川も源田もとてつもない感動にぶるぶると全身を震わせていた。

「ええ」ミモザはうなずいた。

母を思い出したが、晴れやかな喜びなどなかった。それどころか、次から次へと浮かぶ記憶が、すべてこのビルで起きた殺人に結びつくことがわかって衝撃を受けていた。

母が人殺しだなどと信じたくない。嘘だ、なにかの間違いだ、濡れ衣だ、と言って欲しい。なのに、ミモザは気付いてしまった。自分は心の奥深くで納得している。母に対する長年の疑問が解けたような気がしている。

――ねえ、ミモザ。二人でどこか遠くへ行きたいね。

母の口癖だった。母が各地をさまよった理由がわかった。母はあの血まみれのビルから逃げ出したかったのだ。母はミモザの手を引き、日本中をさまよった。だが、人を殺した母に安息の時間はなく、安住の地もなかった。

そうだ、あのとき、海鳥がぎゃあぎゃあとやかましく鳴いていた。冬の海を眺めながら、母はこう言った。

――ミモザ、寒いの？　ほっぺたが血の色みたいに真っ赤。

あのとき、母が見ていたのは俺の頬か？　それとも、包丁を握り締めたまま震えている自分の手か？

母は、白墨は、とミモザは思った。ずっとずっと血の色を見ていたのか？　トマトを見ても、すべり台を見ても、夕焼けを見ても、ずっとずっと幼い頃の罪を思い出していたのか？

「こんなことを言うのはなんやが、君があの子の息子というのに間違いはないんか？」

「証拠はなにもありません。でも、俺は子供の頃、母と旅をしていた。母はカスタネットを叩き、チョークで絵を描いた」

「君の母親はチョーク入れを持っていたか？　古い飴色の木箱や」

「持ってました。俺はあの箱が欲しかった。カッコいいと思ってた。でも、横に花の絵が描いてあるのが、ちょっとだけ女の子っぽいと思ってた」

「間違いない。私があの子にやったヒュミドールや。そうか、あの子はずっと大事にしてたんやな」

ああ、と三人が揃って悲鳴のような声を上げた。失望のようにも、安堵のようにも聞こえた。

「君はあの子の息子か。あの子の……」山崎が感極まった声で繰り返した。

「じゃあ、あの子は今、どうしてる？　元気にしてるんか？」源田が勢い込んで訊ねた。

月明かりでも、男たちの眼と頬が輝いているのがわかる。まるでみな十も若返ったように見えた。

「わかりません。俺も父も白墨の行方を知りません」

それを訊くと、男たちの顔が一瞬で萎《しぼ》んだ。それぞれ大きな失望のため息をつく。

「……じゃあ、結局、あの子はどうなったんや？」山崎が疲れ切った声で言い、顔の汗を拭った。「幸せになれたんか、なられへんかったんか……」

「結局、明石さんと同じ道をたどったいうことか。子供は産んだがきちんと育てられず……」源田が涙ぐんだ。「かわいそうに……普通に生きられへんかったんか……」

かわいそうに、か。ミモザはもう一度黒板の薔薇に眼をやった。そうか、俺はやっぱり普通に育てられなかった子供か。それは正しいに違いない。妻が言っていたのはきっと同じことだ。

母と暮らしていた頃、いつまでもこんな日々が続けばいいと思っていた。永遠を願うほど幸福だった。それと同時にとろ火で炙《あぶ》られるような焦燥《しょうそう》と堪えがたい怒りも感じていた。

俺は母をどう思えばいい？　どう感じればいい？　あの頃、俺は泣きたくなるほど幸せだったのか？　それとも泣きたくなるほど苦しかったのか？

――ねえ、ミモザ。二人でどこか遠くへ行きたいね。

あのまま二人でいたら、行き着く先はどこだったのだろう？　人が生きるこの世に、母と俺の居場所はあったのだろうか？

「閑ちゃんは君にあの子のことをなにか話したか？」鵜川が鋭い眼でミモザを見た。

「いえ、なにも」

「手がかりになるようなことは言ってなかったか？」

「いえ、まったく」

はあ、とまた男たちが落胆の息を吐いた。歓喜の後の絶望はよほど応えたらしい。しばらく黙り込んでいた。鵜川が酒のお代わりをすると、山崎、源田も続いた。

ミモザは居心地の悪さを感じた。自分はいままで、このビルのことを何ひとつ知らなかったのだ。男三人のいる時間と、自分のいる時間は明らかに違っている。男たちの時間は「あの子がここを出ていったとき」で止まっていた。

このビルへ来るまでの道のりを「幽霊船のようだ」と感じたのは間違っていなかった。ここにはたしかに間違った時間を生きている幽霊がいる。問題は、幽霊なのは三人の男たちなのか、それとも自分なのか、だ。

廃墟の時間は止まっている。つまり、ここでは男たちの時間が正しく、ミモザの時間が間違っている。幽霊はミモザのほうだ。

このビルで白墨と呼ばれていた女の子が、ミモザの母親に間違いないだろう。その白墨は十八歳のときにここを出て行った。以降の消息はわからない。わかるのは、どこかでミモザを産み、日本中をさまよったこと。十歳になったミモザを和久井閑の元に捨てていったことだけだ。その後、ミモザは和久井閑を父と信じ、大きくなった。

ミモザは三人の男たちを眺めた。なぜ、父は他の三人に言わなかったのだろう。三人はみな、白墨の行方を案じていた。心の底から心配していた。白墨の消息を知らせてやれば、きっと喜んだに違いない。なのに、なぜ、父は秘密にしていたのだろう。

それに、ミモザの母親が白墨だとしたら、本当の父は誰なのだろう。戸籍を見たことがあるが、空欄のままだった。父の和久井閑に訊いても、わからない、の一点張りだった。

ミモザは母が持っていた古い船員手帳を思い出した。

――これはお母さんのお母さんが初恋の人からもらったものなの。クジラさん、っていうの。ナガスクジラのクジラさん。

明石の初恋の人が「クジラさん」で、父親に無理矢理引き裂かれてしまったが、明石はその人の子を産んだ。つまり「クジラさん」が白墨の父で、ミモザの祖父だ。

ミモザは窓の外を見た。まだまだ夜は深い。母の声をまた思い出す。

――どこか遠くへ行きたい。ずっとずっと遠いどこかへ。

俺も母と同じだ。どこにも馴染めない。居場所がない。いまだに、どこかへ行きたいと思っている。

「閑ちゃんは早くにこのビルを出て行った。その後、白墨と交流があったということやな。その経緯はわかるか？」山崎が訊ねた。

「わかりません」

ミモザの記憶が一貫するのは、階段から落ちて入院したときからだ。父は毎日見舞いに来てくれた。病院の食事は味気ないだろう、と店で焼いたパンを持ってきてくれた。ミモザのお気に入りは万博パンだった。

「父は母のことはなにも話しませんでした。おまえは知り合いの息子だ、とそれだけでした。このミモザというおかしな名前についても、なにも話してくれませんでした。ここにきて、ようやく自分の名前の由来がわかったんです。ミモザは廃墟ビルの中庭にあった。しかも、死体の上に花を咲かせてた……はは。すごいな」

なんて惨めで滑稽なのか。ミモザは思わず笑った。だが、男三人はすこしも笑わなかった。ミモザもすぐに笑えなくなった。

山崎が痛ましそうな表情でミモザを見た。この白髪の老人が痛ましく思ったのは「ミモザ」なのか「白墨」なのか「閑ちゃん」なのか、それともすべてなのかわからなかった。

「私たちを集めたのは本当に君やないんか？」山崎が言った。

「違います。その手紙を出したのは俺じゃない」

「でも、みんなを集める動機があるのは、あんただけや」源田が信じられないという顔をする。

「違います」

「じゃあ、一体誰なんや」

「まさか、あの子が？」源田が恐る恐る言った。

「いや、あの子は鍵を持っとる。堂々と戻ってくればいいだけや。こんな思わせぶりなことはせえへんやろう」山崎がきっぱりと言った。

みな途方に暮れた。時計を見る。午前二時。丑三つ時、たしかに亡者の時間だ。

「ミモザ君。君とあの子のことをもうすこし話してくれんか？　なんでもいい。憶えてることを全部」

山崎が言うと、他の男たちも俺の顔を見た。

「あの子のこと、話してくれ」源田が身を乗り出した。眼がすこし輝いている。

「頼む」鵜川がわずかだが頭を下げた。

この男たちは、と今さらながらにミモザは思った。白墨と明石に取り憑かれている。やはり、この男たちも幽霊だ。でも、ふわふわと漂う幽霊ではなく、どこにも行けないこのビルの地縛霊だ。

ミモザはみなの顔を見渡した。それからひとつ息をする。ゆっくりと話しはじめた。

「俺は子供の頃、カスタネットが好きだった。母が教えてくれたんです。母はとても上手にカスタネットを叩きました。両手にひとつずつ持って、踊るように叩くんです。俺はいつも見とれてました」

老人たちの眼が浅ましいほどに輝く。こんなにも「白墨」を欲していたのか。その痛々しさに胸が詰まった。

「俺は下手なりに懸命に叩きました。母は俺が上手に叩けたときは誉めてくれました。ほんのすこし唇を上げて微笑み、そして、俺の頭を撫でてくれたんです」

――ミモザ、上手ね。

「それだけだったんですが、俺は本当に嬉しかったんです。でも、いつの間にか俺はカスタネットを忘れてしまいました。それだけじゃない。いろいろなことを忘れてしまったんです」

和久井ミモザ、語る

新しい町に着くと、母は必ず俺を散髪に連れて行く。

電車、またはバスを降りると母はまず床屋を探す。くるくる回る三色のポールを求めて、町を歩く。きっとこれは儀式のようなものだ。髪を切ることで、身体に残っていた前の町の名残を綺麗さっぱり捨ててしまう。古い町の記憶を処分してしまうのだ。

十一月の終わり、俺は母と、三年生になって三つ目の町に来た。

二両編成の列車を降りると、そこは小さな港町だった。早速、母と俺は床屋を探すことにした。駅前から海に向かって下って五分ほど歩くと、寂《さび》れた商店街があった。床屋はその真ん中あたりにあった。隣は美容室で、その隣は電器屋だった。道路を挟んで向かいにはスーパーと整骨院があった。

「なんでもあるね。住みやすそうな便利な町」

母が言う。嫌みではない。本気で言っている。

床屋のガラスドアを押すと、からんころんとベルが鳴った。店主が俺と母の顔を見て、露骨にいぶかしそうな顔をする。でも、俺はなんとも思わなかった。田舎町ではよくあることだ。店内に客はいない。すぐに椅子に案内された。

「どうしましょうか？」

「短くしてください」

別に髪型にこだわりなどない。適当に切ってもらうだけだ。俺は鏡の中を見ていた。どんどん髪が短くなっていく。自分がどんどん別人になっていくのは変身しているようで面白い。母は雑誌を読みながら、後ろで待っている。ときどき雑誌から眼を上げ、俺を見る。俺は安心しながらも恥ずかしくなる。

伸びすぎた髪を綺麗さっぱり刈ってもらった。眼も耳もすっきりしている。後ろで待っていた母が俺を見て、ほんのすこし微笑んだ。俺は照れくさくて母にすこし拗《す》ねた口調で言う。

「短くしすぎだよ。なんか戦争中の子供みたいだ」

この前、テレビでアニメ映画を観た。『火垂《ほた》るの墓』というやつだ。見終わった後、なんとも言えない気持ちになった。母はぽそっと呟くように言った。

――この子たちは偉いね。誰にも迷惑掛けずに死んでいった。

え？　この兄妹は偉いのか？　俺には母の言葉がよく理解できなかった。だが、俺自身、兄妹をかわいそうと思う気もしなかった。自分でもどう思っていいのかわからないまま、母の言葉が心の底に積もった。

「そんなことないよ、ミモザ。よく似合ってるよ」

母が扉を開けた。店の外に出た途端、首筋に潮の匂いのする強い風がまともに当たって震え上がった。

昨日までは四国の山に囲まれた小さな町にいた。古い芝居小屋のある静かな町だった。今は山陰《さんいん》の港町にいる。空気の匂いがまるで違った。

俺は首をすくめ、あたりを見回した。色褪せたカニの看板があちこちに立っている。人の姿はない。動いているのはぐるんぐるんと回る床屋のポールだけだった。

俺はふっと思った。この髪型なら母は俺のことを偉いと思ってくれるだろうか？　だが、それを訊ねるのはみっともないと思った。俺は黙って首をすくめたまま、歩いた。

「マフラー、買わなきゃね」

「いいよ、別に」

道を渡ると、小さなスーパーがあった。一階が食料品と日用品、二階が衣料品になっている。母はスーパーに入ると真っ直ぐ二階へ上がった。そして、俺に手袋とマフラーを買ってくれた。手袋は青、マフラーは黄色だった。

「お母さんは？」

「お母さんは次の町で買う」

「なんで？」

「次の町に行く楽しみができるから」

「楽しみか。それいいな」

「でしょ？」

今、母の言っていることはすんなり理解できた。この港町だっていつまでいるかわからない。遅かれ早かれ次の町に行く。次の町に行くときは、いつも「追い出された」ような気がする。別に誰かに石を投げられたわけではない。苛《いじ》められたわけでもない。ただ、母がこう言うだけだ。

——ミモザ、どこか遠くへ行かない？

——うん。いいよ。

俺は必ずそう答えた。母が自分の意志で町を出て行くのに、なぜか俺は「追い出された」ように感じた。俺は町を出るとき、決して振り返らなかった。もし振り向いて、町の人が安堵しているのを見てしまったらどうしよう、と思ったからだ。

母はいつも哀しげだった。ひとつところに落ち着くことができず、さまよってばかりいた。半年も住めば長いほうだ。短いときは一ヶ月で町を出た。母はなにかから逃げているようにも見えた。でも、俺はそんな根無し草のような生活に疑問を持たなかった。それが普通だと信じていたからだ。

母はどうやってお金を得ているのか、不思議だった。普通なら大人は働くのに、母はずっと俺と一緒にいた。なのに、お金には困らなかった。

母と俺は町で一軒の宿屋に落ち着き、住むところを探しはじめた。保証人のない子連れの女はどこでも舐められるし、嫌がられる。不動産屋を訪ねても木で鼻をくくったような対応をされることが多い。どうしても部屋が見つからないときは、ウィークリーマンションに住んだ。母は居心地悪そうで、すこしも落ち着かなかった。

今回も、半年分の家賃を先払いする、と言って、ようやくいくつか部屋を見せてもらえた。

母が好きなのはとにかく広い部屋だった。どれだけボロボロでも構わない。傾きかけた一軒家だろうが、スラムのような雑居ビルだろうが構わない。俺との二人暮らしで、家具なんか一つもない。荷物は互いのカバン一つずつだけなのに、部屋が三つも四つもある家を借りたがった。

「ここなんかどうですかね。平屋で庭もあって、とにかく広い。元は農家だから土間もある。ただ、何年も人が住んでないから雨漏りもするし、あちこち傷《いた》んでるけどね」

高台にある一軒の古屋《ふるや》だった。

「港は見えますか？」

「ああ、見えるよ。眺めはいい。ただ、風が強い」

「じゃあ、そこで」

「え？　現地を見ないの？」

「ええ。これでいい。決めます」

はあ、そうかい、と不動産屋は呆れた顔だった。俺はいつものことだから気にしなかった。どうせ、すぐに次の町へ移るのだ。どんな家だって構わないというような顔をして、母はすぐに契約書を書いて金を払った。

その後、不動産屋の案内で新しい家に入った。急な細い坂道を登ったところにあって、今にも崩れそうな石垣に囲まれていた。

「危ないからね、登らないでよ」不動産屋が俺に釘を刺した。

家は想像よりもずっと荒れていた。だが、母はなにも言わず満足そうだった。

屋根はすこし傾いて青い瓦《かわら》が波打っていたし、玄関の引き戸は建て付けが悪くて開け閉めに苦労した。家の中に一歩入ると、湿った土間と埃と黴《かび》の臭いが混ざり合ったものが押し寄せてきた。顔をしかめながら靴を脱いで家に上がると、床板がいきなりぎしぎし鳴った。

うわあ、と思って母を見たが、平気な顔だ。不動産屋が呆れているのがわかった。

俺は恐る恐る家の中を見回った。これまで住んだ家の中でも結構なひどさだ。どの畳もささくれて陽に焼け、障子も襖《ふすま》も破れている。あちこちになにか動物の糞が落ちていた。

「それ、ムササビだよ」不動産屋がつまらなそうに言う。

「ムササビ？」

「天井裏から入るんだ。結構、多いよ」

へえ、と俺は感心した。

不動産屋が帰ると、母は縁側に座った。俺も隣に座った。どうしようもない家だったが、縁側からの景色は最高だった。すぐ下には港、その先には海がどこまでも広がっていた。

「すごいな、お母さん。ずっと遠くまで見える」

「ええ。本当に遠くまで見える」

縁側に腰掛け、母と二人で海を見ていた。ずっと遠く、そのまたずっと遠く、と俺は眼を凝らした。海と空が一つになってぼやけているのが水平線で、でも、そのずっとずっと先まで海は続いている。

「ねえ、お母さん。遠く、ってきりがないんだね」

何気なしに言った言葉だ。だが、母はぎくりと俺の顔を見た。そして、しばらく黙っていたが、やがていつものように唇の端をほんのすこし持ち上げ微笑んだ。

「そうね、きりがないね」

さあ、と母が立ち上がった。中央の和室の襖を外した。これは母の習慣だ。母はとにかく広い部屋が好きだ。だから、いつも、部屋の仕切りをすべて外して部屋を一続きにする。洋室ならドアを開け放したままにした。

襖がなくなって広々とした部屋になると、母はほっと安堵の息を吐いた。

「ミモザ、お買い物に行こっか」

新しい町に着いたときの手順だ。一、散髪に行くこと。二、家を借りること。三、買い物に行くこと、だ。

「お布団とお鍋があれば、なんとかなるから」

母はいつもそう言う。俺と母は坂を下った。電器屋でテレビを注文し、町外れの寝具店で布団一式を買って配達を頼んだ。最後に、スーパーで身の回りの物を揃えることにした。

母は観もしないのに、テレビが好きだ。何度引っ越しをしても、母は必ずテレビを買った。おかげで僕はテレビが大好きになった。

「子供の頃、お母さんの家にはテレビがなかったから」母は寂しそうに言った。「だからね、学校へ行っても友達と話が合わなくてね」

「お母さん、学校へ行ってたの？」

母が学校へ行っていたというのは驚きだった。母が他の子供たちと一緒にいるところなど、想像できなかった。

「まあね」母は微笑んだ。「明日、学校の手続きに行かないとね」

「学校なんか面倒くさいなあ」

「ちゃんと行かなきゃダメよ」

今度は三年何組になるのだろう。でも、どうせすぐ転校する。三ヶ月もいればいいほうだ。

クラスの子の顔を憶えた頃には、また引っ越しだ。授業の進み方もやり方も学校によってバラバラで、いつも俺はただ座っているだけだった。

学校なんか行かないほうがいい。すぐにいなくなるんだから、友達なんか作っても仕方ない。お別れ会も大嫌いだ。

「ミモザ、すごくお魚が安いね。港が近いから」

母は鍋と魚の焼き網、それにパン、卵など細々したものを買った。買い物にはほとんど時間が掛からなかった。母は迷わない。ただ手を伸ばしたところにある物を買うだけだ。どうせ、次の町に行くときには処分する。なんだっていい。

重い荷物を提げ、母と二人で坂を登った。細い道で左右は石垣と果樹園の残骸だ。前を見れば、母の背中と空だけが見える。そのとき、ふっと気付いた。

「ねえ、お母さんは高いところに住むのが好きだね」

「そう？」

「うん。マンションなら一番上の階を借りるし、一戸建てなら坂とか階段の上にあるのを借りる」

母が一瞬足を止めたので、俺はぶつかりそうになった。だが、母はすぐまた歩き出した。

「そう？」

遅れて返事がある。俺はそれ以上は言わなかった。母がそれ以上話したくないことがわかったからだ。

家に着いて荷物を片付けると、暇になった。母は畳に座り込んで、小さな黒板とチョークを取り出した。なにか絵を描くらしい。こうなると、母は返事もしてくれなくなる。俺は庭を探検することにした。

雑草だらけの庭を突き進み、家の裏手に回った。石垣があって、その先には雑木の茂る山が続いている。蛇が出そうだ。俺はあたりを見回し、手近の棒切れを拾った。草むらを払いながら進んでいく。ふいに、耳元でぶんぶんいう蜂《はち》に飛び上がりそうになった。

俺は突き当たりの斜面を登り、海が見える石垣の上に腰を下ろした。石垣に登るなと言った不動産屋の言葉を思い出したが、登ったわけではない。腰を下ろしただけだ、と俺は勝手に思った。

蜂の羽音が消えると、あたりは静かだった。港には小さな漁船が何隻《せき》か見えたが、動いている船は一隻もなかった。

ここは母の言うずっと遠くではない。だから、じきにここを離れてどこかへ行く。どこか遠く、ずっとずっと遠くだ。でも、そんな場所が存在しないことは俺にもわかっている。きっと母にもわかっている。だから、俺は母がかわいそうだ。

たん、たたん、たん。

家から短く硬い音が響いてきた。母がカスタネットを叩いている。俺は聞くともなしに聞いていた。母は両の手でカスタネットを叩く。腕をくねらせ、苦しげな表情で叩く。聞いているとと不安になる。居ても立ってもいられなくなって、どこかへ駆け出したくなる。どこか遠く、遠くへだ。俺も母と同じ「遠くへ行きたい」病気にかかってしまったようだ。

たん、たんたん、たたたん。

母のカスタネットが複雑なリズムを刻む。苦しくてたまらないのに、気持ちいい。俺の胸の中でも鳴っている。あばら骨に響いている。

ふいにカスタネットが止んだ。俺はほうっと息を吐いた。途端にお腹がぐうっと鳴った。今日の晩御飯はなんだろう。俺は石垣から飛び降り、新しい家に向かって歩き出した。

俺は学校へ通いはじめた。転校生は初日、遠巻きにされる。二日目、話しかけてくるやつがいた。

「おまえ、お母さんと坂の上に住んでるんだって？」

「うん」

「なんであんな家に住んでるの？　ボロ家だろ？」

「広いから」

「お父さん、いないの？」

「いないよ」

「お母さん、仕事はなにしてるの？」

「別に。ときどき絵を描いてる」

田舎町に引っ越すと、一日でなにもかも筒抜けになる。母一人子一人で、わざわざボロ家を選んで住んで、母の仕事がよくわからなくて、とにかく胡散臭い、と。

「ミモザって変な名前」

「そう？」

俺が相手にしないので、みな去って行った。今回はどうだろう、と俺は思った。俺の素っ気ない態度を見て、放って置いてくれるやつらと苛めてくるやつらと二種類いるからだ。

今回は次の日から苛められた。港町には気の荒いやつらが多かった。俺は早速帰り道で追い回された。ケンカをする気はないので相手にせずにいると、買ってもらったばかりの黄色のマフラーを奪われた。

「返せ」

叫んだが、マフラーを持って逃げていった。俺は必死で追った。マフラーをせずに帰ったら、母はどう思うだろう。なくしたなどと言っても、きっと信用しない。苛められたのか、と心配するに決まっている。

奪ったマフラーを見せびらかすよう振り回しながら、やつらは俺を挑発した。甲高い笑い声を上げながら、港町の入り組んだ細い路地を逃げ回る。土地勘のない俺はついて行くのがやっとだ。水路や石段を越えながら、やつらは海に向かっている。俺ははっとした。海にマフラーを捨てる気か？　それまでに奪い返さないと。

　草むらを突っ切ると、堤防で行き止まりだった。やつらの姿はない。堤防の上を見ると、マフラーの黄色が見えた。俺はあたりを見回した。階段は見当たらない。仕方なしに、俺は堤防をよじ登った。上に立つと、やつらが見えた。堤防の外の砂浜を逃げていく。だが、その手にはマフラーはない。一体どこへやったのだろう。やつらを捕まえて訊ねよう、と砂浜へ降りようとして、足を滑らせ落ちた。

　落ちた瞬間、嫌な音がして激痛が走った。俺は足を抱えて呻いた。逃げ回っていた連中は近寄ってきて俺をのぞいていたが、やばい、と言いながらまた逃げた。動けない俺を見つけてくれたのは、夕方、犬を散歩させに来た爺さんだった。俺は町の病院に担ぎ込まれた。

　連絡を受けた母が駆けつけた。母は真っ青だった。医者は俺を見て、言った。

「何年生？」

「三年生」

「ミモザか。変わった名前だな。ハーフ？」

「いえ」

　俺はなんとか答える。無神経な質問に腹が立った。

「偉いな。この子は」医者は今度は母に向かって言う。「このくらいの歳の子供なら、普通、骨が折れたら泣いて泣いて大変ですよ」

「しっかりした子で」母が青い顔で言う。

「今度から堤防で遊ぶんじゃないぞ、危ないからな」

松葉杖を突いて、病院を出た。すると、サッカーボールを蹴りながら歩く子供の一団に出くわした。車が来ようが人が来ようがおかまいなしで、道路でボールを蹴っている。そのうちの一人が俺を見つけた。

「あ、転校生」

俺を指さす。みな、立ち止まって俺をしげしげ見た。転校してまだ三日の子供が松葉杖を突いているので、興味津々といった顔だ。だが、声は掛けてこない。こちらを見て、ぼそぼそとなにか言っている。

「お母さん、行こう」

母は無言でうなずき、歩き出した。俺は慣れない松葉杖で懸命に歩いた。子供たちの視線を感じた。

「ねえ、お母さん、次の町に行こうか？」

「足が治ったらね」

早く足が治ればいい、と思った。さっさとこの町を出て行きたい。どこか遠くへ行きたい。ずっとずっと遠くへ行きたい。

「お母さん、マフラーなくしたんだ。僕も次の町での楽しみにしていい？」

母はちらと俺を見てなにか言いたげな顔をした。でも、なにも言わず、微笑んだ。俺と母は海からの風を背中に感じながら歩いた。風は冷たく、出て行け、と背中を押されているような気がした。

ピンポンパンポン、と風に乗って放送が聞こえてきた。音が割れている。

「五時になりました。よい子のみなさんはおうちに帰りましょう」

役場の放送だろうか。俺と母は黙って歩き続けた。松葉杖が上手く使えず、肩に力が入る。手が疲れてきた。よい子のみなさんは、と遠いスピーカーが繰り返す。ピンポンパンポン。俺を追いかけ回したやつらも「よい子のみなさん」なのだろうか？　俺は足を止めた。痺れた手を伸ばし、すこし休む。母も足を止めた。

「ミモザ、痛いの？」

「ううん、松葉杖に疲れただけ」

俺は再び歩き出した。きっとやつらは「よい子」だ。俺よりずっと「よい子」だ。なぜなら、ちゃんと家があって、普通の親がいて、胡散臭くないからだ。

びゅう、っと強い風が吹いた。俺は首をすくめた。寒いけれど我慢だ。マフラーは次の町での楽しみだ。今度は何色にしよう？　やっぱり黄色がいいだろうか？

「お母さんのお母さんがね、階段から落ちて足を折ったことがあるの」

ふいに母が口を開いた。母はコートの襟《えり》を掻き合わせ、俺と同じように首をすくめていた。

「お母さんのお母さんって僕のお祖母ちゃん？」

「そう」

「お祖母ちゃんも骨折したの？　やっぱりギプスした？」

「したした。松葉杖も突いてた」

「僕と同じかあ」それだけでなんとなく嬉しくなったが、母に母がいたというのが不思議な気がした。「お祖母ちゃんは今、どこに住んでるの？」

「お祖母ちゃんはもう死んだの」

母は俺から眼を逸らし、遠くを見た。これ以上話したくないということだ。俺は口を閉じた。

急な坂まで来た。俺は苦労しながら、狭い石垣に挟まれた坂を松葉杖で登った。母は俺に合わせてゆっくり歩いてくれる。振り向けば海が見えるのはわかっていた。でも、今は振り向く余裕がなかった。背中を汗が流れた。この世にいるのは、俺と母、たった二人だけのような気がした。

坂を登りきると、俺は振り返って足許に広がる海を見た。陽が落ちて空も海も真っ赤だった。

「……血の色みたいに綺麗」

母が呟いた。俺はたまらなくなった。母の魂《たましい》はここにはなかった。背中の汗が一瞬で凍りついたような気がした。

「お母さん」俺も負けずに言った。「本当に血の色みたいに綺麗だ、って僕も思う」

「そう」

母が唇の端をほんのすこし上げて微笑んだ。

ギプスが取れたのは二ヶ月後だった。母と俺はすぐに町を出た。


俺と母は日本中をさまよい続けた。

母の言う「どこか遠く」はどこにもなく、俺たちは新しい町に着いた途端、次の町のことを考えていた。

小学校四年生の秋にたどり着いたのは、新幹線の停まる町だった。と言っても、こだまとひかりしか停まらない。駅ビルは立派だったが、人の姿はなくがらんとしていた。

母と俺は早速床屋を探した。すると、駅ビルの一階にあった。母はその床屋はダメだと言った。

「駅を出ないと、新しい町に着いた、って感じがしないから」

たしかにそのとおりだ、と俺は思った。母と二人で駅を出て、だだっ広い駅前広場を抜けた。町はすぐに古びた田舎町になった。俺と母は裏通りの小さな床屋に入った。

俺はいつものように髪を切り、母はいつものように後ろに座って雑誌を読んでいた。俺は鏡の中で髪が短くなっていくのを眺めていた。ふと、年配の理容師が鋏《はさみ》を止めた。驚いた顔で鏡をのぞき込んでいる。なんだろう、切りすぎたのか？　失敗したのか？　と思って僕も鏡を見た。だが、どこもおかしくない。理容師が観ているのは俺ではなかった。鏡に映る母だった。

母は雑誌を膝に置いたまま、ぼろぼろ泣いていた。手で顔を覆い声を殺していたけれど、激しく泣いているのがわかった。俺は驚いて椅子から降りた。ケープのまま駆け寄る。

「お母さん、どうしたの？　どこか痛いの？」

母が泣いているのを見るのは、はじめてだった。俺はすっかり動転していた。すると母は涙を拭きながら、懸命に笑った。

「ごめんごめん、なんともないよ」

母はなんともない、を繰り返した。泣いていた理由は言わなかった。母は涙の跡のついた雑誌を閉じると、俺に笑いかけた。

「ミモザ、なに、その頭。ほら、早く続きを切ってもらって」

俺は釈然としないまま、椅子に戻った。たしかに髪は片側だけ短くてコントのようだった。散髪が終わって店を出るときには、母はもうすっかり落ち着いていた。眼は赤かったが、それ以外は普段と変わらないように見えた。

不動産屋に行き、家を借り、身の回りの物を揃える。いつもと同じことの繰り返しだった。でも、俺はなんとなく落ち着かなかった。泣いていた母が脳裡《のうり》をはなれなかった。なぜ、あのとき母は泣いたのだろう。一体、なにがそんなに哀しかったのだろう。

だが、俺は次第にそのことを忘れて行った。母が泣いたのはそのときだけで、翌日からはいつも通りの日々がはじまったからだ。どこか遠く、遠くを目指す日々だ。俺は母と二人だけの日がいつまでも続くと信じていた。


新幹線で大阪に着いたのは春の午後だった。

もう四月の半ばだったけれど、俺は五年生になってから、まだどこの学校にも通っていなかった。

「お母さん、大阪で学校に通うの？」

「そうね」母は曖昧に微笑む。

大阪の街は騒々しくて、どこを見ても人がいた。そして、誰もが俺と母に無関心だった。田舎町ならすれ違う人たちに、頭の先から足の先までじろじろ見られた。だが、大阪では俺と母を見る者など誰もいなかった。俺はいっぺんにこの街が好きになった。

母は大阪に詳しいようで、迷いもせずに地下街を歩き、地下鉄を乗り継いだ。

「お母さんは前に大阪に来たことがあるの？」

「昔ね」

「二回も同じ町に来るのは珍しいね」

「そうね」

町というのは通過点で、一度去ったら二度と来ないのが普通だと思っていた。だから、二度も来るということは、母は大阪がよほど好きということだ。俺は嬉しくなった。俺も、誰にも見られないこの街が好きだ。母も好きだった。同じだ。

俺は母に連れられ大阪城を見て、道頓堀、心斎橋をぶらぶらし、たこ焼きを食べた。母の声は珍しく弾《はず》んでいた。やはりこの街が好きなのだろう。夕食はステーキだった。母はグラスワインを飲んだ。母はすこし顔が赤くなっていた。俺もワインを飲んでみたかったが、母は許してくれなかった。

その夜、御堂筋沿いのホテルに泊まることになった。これまで泊まった中で、一番豪華なホテルだった。

母がカウンターで手続きをしている間、俺は落ち着かなかった。俺みたいな子供が泊まっていいのか、と思って怖くなったのだ。だが、誰もなにも言わなかった。制服を着たホテルマンは子供の俺にも丁寧に頭を下げた。じっと観察していると、他の客にも同じことをしている。俺はロビーの回転扉を見た。次から次へと人が入ってくる。そうか、と思った。あまり人がたくさん来るから、いちいち気にする余裕がないのか。人が多いというのはなんて楽なんだろう。無関心ってなんて素晴らしいんだろう。俺はいよいよ大阪が好きになった。

部屋は二十階で、窓からは大阪の夜景がよく見えた。明かりの数だけ人が暮らしている。俺も母もそのうちの一つだと思うと、なんだか嬉しくなった。

「お母さん、ここはいい街だね。人が多すぎるから、誰もじろじろ見てこない。僕はずっとこんな街がいいな」

「そうね」

母は微笑んだ。俺は母の次の言葉を待った。――ミモザがそう言うなら、この街にずっといようか？　もう遠くへ行くのは止めようか？

だが、母はなにも言わなかった。やはりこの街も出て行くのか。いつもならそれで諦めるが、今夜はどうしても我慢ができなかった。

「お母さん、この街にずっといようよ。僕はこの街が好きになったから」

母は返事をしない。なんだか俺は急に哀しくなった。つい先程まで幸せでたまらなかった。そのいい気持ちを母にぶち壊されたような気がした。黙っている母を見ていたら、どんどん腹が立ってきた。

「ねえ、お母さん。僕はこの街にずっといたい」

「ミモザ、そういうわけにはいかないから」

「どこか遠く、ずっと遠く、なんてもう飽きた。僕は嫌だ。この街にいたい」

「ミモザ。ごめんね」母が哀しそうな顔で、俺を抱きしめた。「この街はダメなの」

俺は母を突き飛ばした。母は呆然と俺を見ていた。

「もう、嫌なんだ。遠く、ずっと遠く、ってそればっかり。どの町へ行っても間違ってるような気がする。自分から出て行くのに、追い出されるような気がする。すごく惨めだ」

母はなにも言わなかった。眼を伏せ、なにかを堪えるように震えていた。俺は突然後悔に襲われた。言うべきではなかった。母を傷つけてしまった。

「お母さん、ごめん」

俺は慌てて謝った。だが、俺が謝ると同時に、母はまた俺を抱きしめようと手を広げ、でもそこで止めた。

「ごめんね、ミモザ。ごめん……」

母は俺を抱かずに謝り続けた。俺は恐ろしくなった。さっき、母を突き飛ばしたからだ。もう二度と俺は母に抱きしめてもらえないのか？　俺は自分から母に抱きつこうとしたが、できなかった。今度は母が俺を突き飛ばすかもしれない、と思ったら身体が動かなかった。

母は窓際の独り掛けの椅子に腰を下ろし、頭を抱えた。そして、うつむいたまま、しばらく動かなかった。俺はどうしていいかわからず、ベッドの横に立ち尽くした。

母の後ろでは夜景が輝いていた。高速道路が見えた。光が後から後から流れていく。途切れることがない。やっぱりここは通りすぎるだけの街なのか？

やがて、母が顔を上げた。俺は母の眼に涙を探した。だが、見つけられなかった。母は静かに言った。

「ミモザ、ちょっとお散歩しましょう」

「今から？」

「そう、今から」

時計を見た。もうすぐ日付が変わる頃だった。気まぐれな母だが、こんな深夜に俺を連れて出かけることなどなかった。俺はなんだか怖くなった。

「散歩って、どこへ？」

「……王国」

「王国？」

母は返事をせず、俺にデニムのジャケットを手渡した。そして、自分も綺麗な黄色のスプリングコートを羽織った。

エレベーターでロビーに降りた。深夜なのでさすがに人はいなかった。カウンターの中のホテルマンが俺と母を交互に見て、すこしだけ変な顔をした。

「お出かけですか？」

「ええ、散歩です。すぐに戻ります」

「行ってらっしゃいませ」

母はホテル前でタクシーを拾い、運転手に阿波座《あわざ》と告げた。散歩なのに車に乗るのは変だと思ったが、なにも言わなかった。

タクシーは大通りの大きな交差点を曲がり、細い人気《ひとけ》のない道に入った。母は川の手前でタクシーを降りた。

俺は空を見た。頼りなく霞《かす》んだ三日月が出ていた。

母は橋の真ん中で立ち止まり、月を見上げた。ポケットからカスタネットを取り出し、鳴らした。

「ミモザ……」

母は暗い空に向かって叫んだ。俺の名だが、俺ではないなにかに向かって呼びかけたのがわかった。

母は橋の真ん中にじっとしていたが、黙って引き返した。渡らないの？　と訊きたかったが、なにも言えなかった。川の向こうには高い塔のある建物が見えた。なんの建物かはわからなかった。

もう一晩、俺と母は大阪に泊まり、翌朝、大阪を出た。そして、母に連れられて訪ねたのが四国の和久井ベーカリーだった。

母と和久井閑は長い時間、話をしていた。俺は外で待つように言われた。話の内容はわからなかった。

やっと、母が出て来た。そして、俺に言った。

「ミモザ、あんた、今日からここの子になるから」

一瞬わけがわからず、俺は母の顔をぽかんと口を開けて見ていた。すると、母はにこりともせずにこう言った。

「じゃあね、ミモザ」

母は背を向け、ボストンバッグひとつを提げて歩き出した。

「え？　え？」

そのときになっても俺は事態が呑み込めなかった。母が通りを歩いて行くのを見て、ようやく理解した。母が俺を置いて行ってしまう。どこか遠く、ずっと遠くへ行ってしまう。

「お母さん、待って」

俺は懸命に母を追い掛けた。そして、母の前に回り込み、言った。

「お母さん、なに言ってるの？　僕も一緒に行くよ、ねえ」

母が本気であるのはわかった。母は冗談など言う性格ではないからだ。でも、頼めば、また一緒に連れて行ってくれると思った。母は俺を見た。ホテルマンと同じ、赤の他人を見る無感動な眼だった。

「ダメ。あんたはもう連れて行かない」

「なんで？　僕はお母さんと一緒に行くよ」

すると、母は小さなため息をついた。そして、今度は海から吹く風のような声で言った。昔、俺と母を町から追い出した冷たい風だ。

「ミモザ、あんたがいると邪魔なの。私は遠くへ行きたいのに、あんたがいたら足手まといなの」

俺は呆然と母の顔を見上げた。言葉が出なかった。母は歩き出した。俺はまた母を追い掛け、今度はその腕にすがりついた。

「お母さん、置いていかないでよ。邪魔なんかしないから。ねえ、僕も遠くへ行く。ずっとずっと遠くへ行くから。文句なんて言わない。ねえ」

母は乱暴に俺の腕を振り払った。

「しつこい。あんたはもう私の子じゃないの。私はね、あんたを捨てたの。これで私は好きなだけ遠いところへ行ける」母はそこで声を立てて笑った。「ああ、楽しみ」

母の言葉が全身に突き刺さった。堤防から落ちて足を折ったときの痛みなど、今の痛みに比べたらなんともない。どこが痛いのかわからないほどの痛みだ。頭も眼も耳も胸も手も足もどこもかしこも痛い。俺は絶望した。この痛みは一生続くことがわかったからだ。

「じゃあ、どこでも行けばいいよ。お母さん独りで遠くへ行ったらいい」俺は絶叫した。

「好きなだけ独りでずっと遠くへ行けばいい」

ボロボロ涙がこぼれた。母は泣きじゃくる俺をじっと見ていた。なにも言わなかった。俺は腹が立って、悔しくて、哀しくて、どうしていいかわからなかった。

「僕を捨てて勝手に行けばいいんだ。僕は本当は遠くなんて行きたくなかったんだ」

「そう、なら、ちょうどよかった」

母は固く強張った表情で言うと、背を向けた。また歩き出す。

「バカ、お母さんのバカ。どこか遠くへ行って二度と帰って来んな」

月の綺麗な夜だった。はっきり憶えている。母が歩道橋を上っている。月に近づいていく。月に行ってしまう。もう二度と帰ってこない。

俺は母を追い掛け走り出した。和久井閑が捕まえようとしたが、すり抜けて歩道橋を駆け上がった。

「お母さん、行かないで。僕を置いて行かないで。お母さん……」

足がもつれた。俺は階段を踏み外し、転がり落ちた。そこで意識が途切れた。

そして、俺は和久井閑の息子になった。記憶を失ったのは、階段から落ちて頭を打ったせいだとされた。

俺は和久井閑を実の父と信じ、パン屋の手伝いをした。和久井閑は俺をかわいがってくれた。でも、俺はなぜだか満たされなかった。なにをやっても、どこにいても違和感があった。

俺の中心には大きな空洞があった。それは暗く深い、底の見えない穴だった。そこではいつも風が唸りを上げていて、俺は一時も安らぐことができなかった。その遣り場のない焦燥感と苛立ちに追い立てられ、俺は次第に荒れていった。

高校生になった頃、バイクの免許を取ろうとして、自分が養子だということを知った。シヨックだったが、なぜか安堵もした。やはり俺の居場所はここではないのだ、と納得できたからだ。

それから何度も警察の世話になった。学校も友人もみなが俺を見捨てた。だが、父だけは諦めなかった。

父は毎回、警察まで迎えに来てくれた。でも、そのたびに俺は父に八つ当たりした。

「俺なんか赤の他人なんだろ？　いい人ぶんのはやめろ」

「約束したんだ。おまえをきちんと育てると」

「誰と？」

「おまえの母親とだ。私は今度こそ約束を絶対に守る」

「今度こそ？」

「ああ、私は昔、約束を破った。その結果、おまえの母親は苦しんだ」

「どんな約束を破ったんだ？」

「それは言えない。言わないという約束だ」

「なんだよ、結局、わけがわからない」

「とにかく、私はおまえの母親とした約束を守らなければならない。おまえには幸せになって欲しい、普通の人生を送って欲しい、と」

「普通の人生ってなんだよ。俺は母親の顔も憶えていないいんだ。そいつの人生は普通じゃなかったのか？」

「普通ではなかった」

父はきっぱりと言い切った。俺は一瞬息を呑んだ。

「普通だと言えるところはすこしもなかった。おまえの母親はおまえをそんなふうにはしたくないから、私に預けた。それを捨てたと言いたいなら、そう言えばいい。でも、間違えるな。たとえ捨てたのだとおまえが思っても、おまえの母親はおまえのためを思ってやったんだ」

父はぽろぽろと泣いていた。俺はその瞬間、憑きものが落ちたような気がした。ガチガチに強張っていた身体と心が解《ほぐ》れていくのがわかった。ほんのわずかだが、俺の中の空洞が埋まったように感じた。

翌日、俺は髪を短く刈った。父に教わって、一からパン職人としての修業をはじめた。悪い連中とは完全に縁を切った。もう大丈夫だ、と父も俺も思った。

俺は表面上はまともになった。だが、相変わらず大きな空洞を抱えたままだった。空洞の中心にあるのは、俺がまるで憶えていない母というブラックボックスだった。

午前三時

ミモザは語り終えた。

男たちは三人とも大きな息を吐いた。

「母はなぜ父の……和久井閑のところに俺を預けたんでしょう？」

しばらく考え、山崎が口を開いた。

「万博パンのせいやと思う」

「どういうことですか？」

すると、山崎はちょっと待ってろ、と部屋を出て行った。しばらくして、一冊の雑誌を手に戻って来た。

「あったあった。なんでも取っておくもんやな」

さっき、言うてた雑誌や、と山崎は開いてミモザに渡した。ミモザは黴臭い雑誌を受け取り、記事に目を通した。「昭和レトログルメを訪ねて」という連載コラムの二十回目だった。

まだ若い父が窯《かま》の前で真面目な顔をしていた。天板には万博パンが並んでいる。

――いつから万博パンを焼いてらっしゃるんですか？

――大阪万博の頃からです。当時、僕が働いていたパン屋で焼いてました。そこは閉店したんですが、僕が独立するときに復活させたんです。

――復活させたのにはなにか理由が？

――食べてもらいたい子がいるんです。ずっと、その子のために焼いています。

――その子というのは幼馴染みですか？　それとも初恋の彼女とか？

――そういうのではないんですが、とにかく焼き続けます。

――なんだかロマンチックな話ですね。

雑誌の発行年月日を見た。今から二十一年前、ミモザが十歳のときだ。

床屋で雑誌を読んでいた母が突然泣き出したことがあった。たしか、あれも十歳、小学校四年生の秋。

母はこの記事を読んで、和久井閑が今でも自分のことを心配しているのを知った。そして、翌年の春ミモザを連れて和久井ベーカリーを訪れた。そこでどんな話があったのかはわからないが、母はミモザを捨てた。

ミモザは唇を噛んだ。今、ありありと母の声が響いた。

——ミモザ、寒いの？　ほっぺたが血の色みたいに真っ赤。

あの頃、俺は幸せだった。本当に幸せだった。それだけが頭の中をぐるぐる回っている。

源田が新しい酒を配った。

「俺の父親に心当たりはありますか？」

ミモザは三人の男の顔を見渡しながら言った。

「いや」男たちはみな首を横に振った。

「あれから後藤の関係者が現れたことは？」

男たちはやはり首を横に振った。

ミモザは思わず額《ひたい》に手を当てた。どっと疲れを感じた。母はこのビルを出て行って、どこかで俺を産んだ。相手はわからない。ただの行きずりの男かもしれない。

それきり黙って酒を飲んだ。エンドレスでヘンリー・マンシーニが流れる。頭がおかしくなりそうだ、とミモザは思った。だが、他の男たちは平気な顔だ。

ミモザは黒板に近寄ってみた。四十年近く前に描かれた薔薇はところどころかすれていたが、全体的にはまだはっきりしていた。

「チョークの絵なのによく残ってましたね」

「ああ、それ、フィクサチーフ、吹きかけてあるんや」源田が教えてくれた。

「フィクサチーフ？」

「定着液のことや。絵がかすれて消えんようにする薬品や」鵜川が苦しげに眉を寄せた。

「あの子が十八歳でその絵を残して出て行ったとき、俺は心のどこかで最悪の想像をしたんや」

「白墨が死んだかもしれないということですか？」

「そうや。自殺したかもしれん、と思った。考えたくはなかったが、考えずにはいられへんかった。その薔薇の絵が形見になるかもしれん、と思って保存することにした」

ミモザは黒板に触れてみた。すると、チョーク絵の表面はコーティングされて滑《なめ》らかだった。

母の描いた薔薇だ。花弁を一枚ずつ丁寧に描いていた母の姿が浮かぶ。母は決して薔薇に棘を描かなかった。痛いのは嫌だ、と――。

ふいに手が震えて、グラスが落ちた。かがんで拾おうとして、丸テーブルの裏が眼に入った。なにか貼り付けてある。

なんだろう、と剝がしてみると、小型の集音マイクだった。どきりとした。誰かがここでの話を聞いていたのか。一体誰が？

静かに、と言う間もなく源田が気付いて口を開いた。

「なんや、それ」

他の男たちもミモザの手の中をのぞき込んできた。盗聴している者には聞こえているだろう。しかたがない。ミモザは開き直ることにした。

「隠しマイクです。誰かが俺たちの話を聞いていたんです」

「誰が？　どこで？」

「さあ、そこまでは」

ワイヤレスで音を飛ばすタイプだ。近くにいるかもしれない。ミモザは意を決してマイクに向かって語りかけた。

「出て来て下さい。話をしましょう。盗み聞きはフェアじゃない」

しばらくすると、階段を上って来る足音が聞こえた。みな、はっと身構えた。足音は近づいて来る。みな息を詰めて待った。

足音が部屋の中に入ってきた。みなが注視する中、盗聴者が姿を現した。

居間の入口に見知らぬ女が立っていた。まだ二十歳そこそこに見える。肩までの髪は真っ直ぐで、セーターに短いコート、細身のジーンズというラフな恰好だった。

女は入口に佇み、男たちとミモザをじっと見ている。しばらく誰もなにも言わなかった。

「……こんばんは」

口を開いたのは女だった。軽く頭を下げたが、ミモザも男たちも返事をしなかった。

「真打ち登場か」山崎がしゃがれた声で笑うと、白い封筒を女に示した。「あんたが差出人か?」

　女は軽くうなずいた。

「いきなりお手紙を差し上げてすみません。みなさん、全員集まっていただけて、ほっとしています」

　ほっとしています、と言った女の声は震えていた。緊張しているようだ。すると、男たちの強張っていた表情がすこし緩んだ。ミモザも安堵の息をついた。この女が誰だかはわからないが、すくなくとも悪意は感じられない。

「とにかく、入ったらどうや」

　山崎がなんの愛想もない声で言う。女は軽く頭を下げて、部屋の中に入ってきた。だが、男たちからすこし離れた場所で足を止め、そこでまた立ち尽くした。女の顔には相変わらずの緊張がある。だが、それでもどことなく落ち着きが感じられた。腹を決めて開き直ったような、すこし痛々しいふてぶてしさだ。

「あんた、どこにいた?」源田がケンカ腰で訊ねた。

「一階の『女中部屋』に」

　あんなところにか、と男たちは顔を見合わせた。

「私らの話は聞いたんか?」

「ええ、一応」

男たちの顔が一瞬で強張《こわば》った。いくら時効が成立しているとはいえ、平気でいられるわけがない。

「まず、あんたの名前を聞かせてもらおうか？　あんたは私らの名前を知ってるようだが、私らは知らんのでな」

「すみません、自己紹介が遅れました。私、長須《ながす》明石と言います」

「明石？」

男たちが驚いた。ミモザも女の顔を見た。

「あんた、明石と言うのか？」鵜川が早口で訊ねた。

「そうです。長須芳春《よしはる》の孫の長須明石です」

「ナガス？　ナガスヨシハル？」

ミモザは首をひねった。長須という名に聞き覚えがあるような気がする。だが、自分の知り合いにも、父の知り合いにも長須という人間はいない。一体どこで聞いた名だろう。だが、どれだけ考えてもわからない。長須、長須、と心の中で繰り返し、はっとした。

「……クジラさん？　ナガスクジラのクジラさん？　船員手帳の」

ミモザの言葉を聞いた途端、男たち三人が、ああ、と声を上げた。

「そうや。明石さんが大事にしてた船員手帳。クジラさんの手帳やと言うてた。なるほど、長須やからナガスクジラのクジラさんか」

源田が得心したように言うと、鵜川も山崎もうなずく。

「そうです。祖父は若い頃に船に乗っていたそうです。そして、私に明石という名をつけました。昔、好きだった女の人の名だそうです」

ああ、とまた男たちが声を上げた。

「明石さんも本望やろうな。お相手も明石さんのことを忘れてなかったんや」山崎が涙を拭った。「歳取ると涙もろくなってかなわん」

鵜川も感極まった顔をしている。男たちは明石の名を持つ女との出会いに感動していた。

だが、ミモザは別の疑問で頭がいっぱいだった。

「あなたが送ってきた薔薇の絵の写真、あれは一体どうしたんですか？　あなたは薔薇の絵を持っているんですか？　あの絵を描いた人は今、どうしているか知っていますか？　いや、そもそもなぜあんなものを送りつけてきたんですか？」

ミモザの矢継ぎ早の質問に男たちも気を取り直し、長須明石を見つめた。

「あの薔薇の絵は、私の父が持っていたものです。みなさんにお手紙を出したのは……」長須明石は眼を伏せた。すこし迷ってから言う。「それは、昔、ここでなにがあったのか知りたかったからです」

男たちの顔が一瞬で強張った。呆然と長須明石を見つめる。ミモザも愕然とした。

「盗聴器まで仕掛けて卑怯やないか」源田が早口で言った。「それに、あんたのやったことは不法侵入や」

「マイクを仕掛けたことはお詫びします。でも、私だって不安だったんです。あなた方は結束の強い男四人。私は女一人。いきなり乗り込むのは怖かったんです。だから離れたところで情報収集をしようと」

「スパイ映画やあるまいし」鵜川が腕組みして顔をしかめる。

そのまま男たちと長須明石が無言で立ち尽くした。このままでは話が進まない。ミモザは思い切って口を開いた。

「長須明石さん。なぜ、こんなことまでしたんですか？　そんなにこのビルの過去を知りたいんですか？　あなただって隠してることがあるでしょう？」

長須明石はしばらく迷っていたが、やがてミモザを真っ直ぐ見て言った。

「こんな取引をするのは卑怯かも知れませんが、みなさんがなにもかも話して下されば、私からもお伝えすることがあります」

「なに？」

男たちが当惑した。なんと返答していいかわからないようだった。ミモザは男たちの顔を見渡し、牽制《けんせい》した。

「俺はこの人の話が聞きたい。なにがあったか知りたいなら、普通に調べればいいだけだ。なのに、あんな意味ありげな手紙を送りつけてきた。なにか理由があるはずだ。違いますか？」

最後の言葉は長須明石に向けて言った。長須明石はその言葉を聞くと、わずかに顔を歪めた。そのまましばらく黙っていたが、やがて苦しげな声で言った。

「すみません。実は、みなさんを試したんです」

「試した？」源田が不快をあらわにし、大声で言った。「あんた、さっきから後出しばっかりやな」

鵜川は黙って長須明石をにらんだ。山崎は一瞬眼を見開いたものの、すぐに静かな口調で訊ねた。

「あんた、私らを試したと言うが、一体なんのために？」

長須明石はまた黙った。すこしの間逡巡していたが、バッグからなにか取り出した。みなに示す。

それは古い真鍮製の鍵と一組のカスタネットだった。

「なんでこれをあんたが持ってる？　あんた、あの子の知り合いか？」

男たちが血相を変えた。

「ええ、私はあの人の友人です」長須明石が一瞬口ごもり、それから、思い切った風に言った。「みなさんが、今でも白墨のことを憶えているか、試したんです」

男たちが息を呑んだ。ミモザも愕然とした。しばらく誰もなにも言わなかった。

長須明石は今度はもうためらわなかった。カスタネットと鍵をテーブルに置き、きっぱりと言う。

「あんな手紙で、本当に集まってくださるなんて……みなさんは白墨のことをちゃんと憶えてらしたんですね」

「当たり前や。忘れるわけがない。あんた、あの子を知ってるんやろ？　あの子はどうしてる？」源田が早口で訊ねた。

「教えてくれ。あの子は元気か？」山崎が祈るように訊ねた。

鵜川も黙っているが、身を乗り出すようにして長須明石の返事を待っている。

「母はいまどこにいるんですか？」

ミモザも訊ねた。声がかすれた。心臓の鼓動が激しくて、息が詰まりそうだった。

長須明石は長い間、黙っていた。それから、あたりを見回した。

「ごめんなさい、掛けてもいいですか？」

「ああ、すまん」

山崎が慌てて窓際の籐の寝椅子を示した。長須明石はかつて明石がだらしなく横たわっていた寝椅子に、背筋を伸ばして座った。

「長須芳春には衛《まもる》という息子がいました。それが私の父です。三年前、病気で亡くなりました。死ぬ間際、私を呼んで若い頃の話をしました。ある女の人の思い出でした」

長須明石は身じろぎひとつせず、話し続けた。

「父はその女の人のことを白墨、と呼んでいました。これからみなさんにお話しするのは、長須衛と白墨の話です」

長須明石、父を語る

寒い冬の朝だった。まだ外は薄暗い。

父が入院して以来、犬の散歩は衛の役目になっていた。朝、一時間ほど犬を散歩させ、それから仕事に出かける。最初は早起きが辛かったが、今では身体が慣れて朝六時には勝手に眼が覚める。

今日は日曜だというのに、やっぱり眼が覚めた。あくびをしながら身支度をし、犬を連れて家を出た。

やはりもっと寝ていればよかった、と思いながら土手を歩いて、河川敷の公園を目指した。道端の草は霜《しも》で真っ白だった。

公園についてベンチに腰を下ろすと、正面から女が歩いて来た。散歩に来た人かと思っていたが、なんだか雰囲気が違う。早朝、河川敷の公園に来る連中は大抵年寄りだ。ジャージやらトレーニングウェアやら、動きやすい恰好をしている者が多い。だが、その女の人はまだ二十歳過ぎに見えた。細身で長い髪を下ろし、スリムなジーンズをはいていた。

　女が近づいてきた。見知らぬ女だった。

「失礼ですが、長須芳春さんのお身内の方ですか？」

　衛はすぐには返事をせず、女を観察した。なにか懸命な表情で衛を見ている。よほどの事情がありそうだった。衛は迷ったが話を聞くことにした。

「そうです。長須芳春の息子の衛です。失礼ですが、あなたは？」

　答える代わりに、女はボロボロの手帳を差し出した。受け取って眺めると、船員手帳とある。開いてみると、父の若い頃のものだった。

　そう言えば、と衛は思い出した。父はまだ結婚する前、船に乗っていたことがある、と言っていた。だが、なぜこんな若い女が父の手帳を持っているのだろう。

「これを返しに来ました。昨日、病院に行ったのですが、家族以外の面会は拒否されました。できれば、面会の許可をいただきたいのですが」

　女は静かに言った。哀しみしかない声だった。衛は息を呑んだ。これほど傷ついた人を見たことがない。

「あなたの名前すらわからないのに、答えられません」

　すると、女はすこしためらってから言った。

「白墨、です」

「ハクボク？」

「白い墨、黒板に書くときに使うチョークです」

「ああ、あの白墨ですか。珍しいお名前ですね」

衞は思わず感嘆した。白墨という名はまさにこの女のためにあるように思えた。

散歩の続きをしたい犬が吠えて催促した。衞はベンチから立ち上がった。

「悪いけど、犬が我慢できないようだ。歩きながら話をしませんか？」

白墨はうなずき、二人は並んで歩き出した。

「あなたは父にこの手帳を返しに来たといいましたが、父とはどういった関係ですか？」

白墨は黙り込んだ。衞は重ねて訊ねた。

「話せない関係なんですか？」

「できれば、あなたのお父さんと二人きりで話したいんです。誰にも知られずに」

衞は顔をしかめた。他の人に知られたくないというのは、やはり後ろめたいことがあるのか。もしかしたらこの女は父の隠し子ではないか？　真面目で実直な父だが、ありえないことではない。もし母が生きていたら、とんでもないことになっただろう。

「失礼な言い方だが、素性の知れない方の面会は認められません」

白墨は途方に暮れたような顔で立ち尽くした。

「お願いします。五分でいいんです。顔を見るだけでも……」

衞は白墨の顔をよく眺めた。父の面影を探したが見つからない。やはり考えすぎなのだろうか。

得体が知れない女だ。追い返すのが正しいのかも知れない。だが、できない。こんな哀しげな眼をされたら、拒むことはできない。

「わかりました。父のところへお連れします。ただ、僕も同席させてください。決して、あなたと父の話に口は出しません」

白墨はずいぶん迷っていた。だが、諦めたようにうなずいた。

「……すみません。お願いします」

「あと、父は昔から右耳が悪いんです。大きな声で話すようにしてください」

「わかりました」


その日の夕、衞は白墨を父の病室に連れて行った。

父は四人部屋に入っていたが、同室患者は一人だけだった。父は眠っていたが、衞と白墨が近づくと眼を開けた。

「ああ、衞、来たんか。ありがとうな」

「親父、今日は親父に会いたい、いう人を連れて来た。白墨さんや」

「……白墨？」

白墨が枕元に進み出た。軽く頭を下げる。父はしばらくの間、黙って白墨を見ていたが、ふいに大きく眼を見開いた。

「明石さん……。まさか、あんたは明石さんの娘か？　顔がそっくりや……」

白墨は黙ってうなずいた。そして、先程の手帳を取り出した。

「私は明石の娘です。この手帳を返しに来ました」

父は船員手帳を見ると、ああ、と声を上げた。

「たしかに、明石さんにあげたやつや」父の声が震えた。「明石さんはどうしてる？」

「明石は亡くなりました。私が八つのとき、昭和四十八年です」

「そんな早く……かわいそうに」父の眼に涙が浮かんだ。

口を出さない、という約束だ。備はすこし離れたところから二人を見守っていた。

昔、父は「明石」という女となんらかの関係があった。白墨は父の娘だとすると、自分とは腹違いの兄妹ということになる。

「明石さん、かわいそうに」父の眼から涙がこぼれた。「あんたも大変やったやろう」

白墨は返事をしなかった。

「でも、なんで、今頃、これを返しに？」

「やっぱり、私にはこれを持ってる資格がなくて」

「資格？」

やはり答えず、白墨がじっと父の顔を見た。息苦しくなるほど、真剣な眼だった。

「教えて下さい。明石とはどういう関係だったんですか？」

白墨は自分の母親のことを「明石」と名で呼んだ。顔がそっくりだというから、実の母親なのだろう。それを他人行儀に名で呼ぶのは、よほどの確執があったか、それともまったくなかったか、だ。傭はいたたまれなくなった。白墨も「明石」も普通ではない母娘のようだった。

「若い頃、大阪で働いてた。明石さんの父親のやっている会社に勤めてたんや。そこで明石さんと知り合うた。二人とも若くて、お互いに一目惚れやった。でも、明石さんの父親は傲《ごう》慢《まん》で尊大、非道な人やった。いや、あの男は最低の暴君やった」

父はそこで息を切らした。だが、それでも絞り出すように言葉を続けた。

「あの人は、明石さんを自分の持ち物やと思てた。明石さんは世間知らずの籠《かご》の鳥で、父親の建てたビルに閉じ込められてた。何度も結婚の許しを乞うたが、相手にされへんかった。ひどい言葉で罵《ののし》られ、暴力までふるわれた。右の耳が聞こえにくいのは、そのときの怪我のせいや。あの男はまさに外道《げどう》やった」

「明石はそんな父親から逃げようとしなかったんですか？」白墨が真っ青な顔で訊ねた。

「駆け落ちを計画した。でも、ばれて明石さんは連れ戻された。あの男は私に言った」

――私の娘に二度と近づくな。口をきくことも、声を聞くことも、見ることも許さん。もし、近づいたら今度はその眼を潰したる。娘を一目でも見たら、その眼を抉り出したる。一生、外を歩けない顔にしたる。

「それから、明石さんに向かってこう言った」

――お前はこのビルにいたらええ。ここにいたら幸せに暮らせる。バカなことを考えようものなら私は容赦せえへん。相手の男も、相手の男の家族も、友人も、なにもかもや。お前の我が儘のせいで大勢の人間が不幸になるやろう。

「私はそれでも諦めたくなかった。でも、明石さんのほうから別れを決めた。明石さんは泣いていた。本当に辛かった……」

父はそこでまた涙をこぼした。白墨が枕元のタオルで父の顔を拭いた。

「最後に一度、ビルを抜け出してきた明石さんと会った。普通の恋人のようにデートがしたいというので映画を観た。『ティファニーで朝食を』や。月の綺麗な夜やった。木津川に掛かる橋の上で、明石さんが口ずさんだ。……ムーン・リバー、と。このまま逃げようと言ったが、明石さんは首を横に振った」

――なにか記念になるものをくれへん？　それを見て、一生あなたを思い出すから。

「私は船員手帳を渡した。あの人は嬉しそうに抱きしめた」

父は泣きながら、白墨の手を握りしめた。

「明石さんのお父さん、あんたから見たらお祖父さんか。あれからどうなったんや」

「明石の父は私が生まれる前に亡くなりました」

「そうか。あの男もそんなに早く死んだんやな……」父はそこですすり泣いた。「あのとき、諦めずに待ってたらよかったんや。あの人は私の手帳をずっと持っててくれたのに……」

「それはいつ頃の話ですか？」

「昭和三十六年の話や。もう遠い昔やな。以来、明石さんとは一度も会うてない」

「え？」

白墨が愕然として父を見た。顔は血の気がなく、衝撃のあまり顔が強張っていた。

「一度も会ってない？」

「そうや。会社をクビになって田舎に帰ったんや」

白墨は眼を見開き、呆然と立ち尽くしていた。打ちのめされているように見えた。

「それがどうかしたんか？」

「いえ……」白墨は軽く頭を下げた。「突然押しかけてすみませんでした」

あっという間に病室を飛び出した。衛は慌てて後を追った。エレベーターホールの前で、白墨を捕まえた。

「待ってください。どうかしたんですか？」

次の瞬間、白墨は顔を覆って号泣した。衛はわけがわからず、当惑した。看護婦も見舞いの客も、みなこちらを見ている。みな、気の毒そうな顔だった。

「なにか失礼がありましたか？」

「……いえ、なにも」

白墨は泣きながら繰り返した。だが、なにもないわけがない。衛は胸が痛んで、息が詰まった。こんなにも絶望し、悲嘆に暮れるなど、一体、どれほど辛いことがあったのか。

「嘘だ。なにもないわけがない」

「……本当になにもないんです」

そう言いながら白墨は泣きじゃくった。これまであれほど哀しそうに泣く大人を見たことがなかった。あれは子供の哀しみ方だった。子供は距離感が発達していない。たとえほんの小さな綻《ほころ》びでも、世界が失われてしまったほどの絶望を感じる。白墨の哀しみ方はまさにそれだった。

「理由を話してくれませんか。僕にできることならなんでもします」

「いえ、もういいんです」

「急に飛び出していって、父も心配してる。とにかく病室に戻ろう」

衛は白墨の肩を抱き、もう一度病室に連れて行った。パイプ椅子に座らせる。白墨はされるままになっていた。父も戻ってきた白墨を見てほっとした顔をした。

「遠慮は要らない。なんでも言ってください」

「本当に……もういいんです」

白墨は嘆き続けた。すっかり打ちのめされ、自分でもどうすることもできないようだった。白墨は糸の切れた凧《たこ》、壊れた人形、ひび割れの入った甕、たがの外れた樽《たる》、底に穴の開いた船だった。

「落ち着いて。決して悪いようにはしません。あなたの味方です」

衞は何度も繰り返し、時間を掛けて白墨を落ち着かせた。白墨は悄然としていたが、ようやく涙は止まったようだ。小さな声で詫びた。衞は瞬間、たまらなくなった。なんとも言えない感情と衝動が突き上げてきた。

「一体どうしたんですか？」

衞が訊ねると、白墨は意を決したように口を開いた。

「明石は私を産みましたが、結婚はしませんでした。ただ……」

「ただ、なに？」

「ずっと言ってたんです。この手帳の人がお父さんやよ、と」

「え？　明石さんが？」驚きのあまり、父がひっと息を洩らした。

「この手帳は明石の宝物でした。明石はいつもうっとりした顔で言ったんです。これがあなたのお父さんやよ、って」

「それはありえない。私たちは、別れて以来一度も会っていない。そもそも、明石さんは身持ちの堅い娘さんやった。結婚するまでは、と断られてた。そういう関係になったことはない」

「そうですか」

白墨が眼を伏せた。涙がまたこぼれた。それきりなにも言わない。

衛はいたたまれなくなった。白墨は自分の母を名で呼ぶ。たぶん、普通の母と娘の関係ではなかったのだろう。もしかしたら、まだ見ぬ父は最後の拠り所だったのかもしれない。それが、母の言葉はなにもかもでたらめだった。どれだけショックを受けているだろう。

だが、明石という女も幸せではなかったのだろう。父親に結婚を反対され、無理矢理別れさせられ、船員手帳を宝物にして生きた。挙げ句、実の娘に嘘をついてまで、最愛の男との幸せの夢を見ていた。

「かわいそうに。あの人は幸せになられへんかった。幸せになられへんまま死んだんやな」

父がすすり泣いた。「どれだけひどい目にあわされようと、あの人をさらって逃げたらよかった……」

これ以上父を興奮させてはいけない。衛は話を切り上げることにした。

「親父、今日はこのへんで。身体に障る」

「また、会いに来てもらえるか？　あの人の話を聞かせてほしい」

父が懇願すると、白墨は黙ってうなずいた。衛は白墨を連れて病室を出た。白墨はすっかり打ちのめされていた。このまま放っておくわけにはいかなかった。

「あなたの力になりたい。僕にできることがあればなんでも言ってください」

衞は白墨を泊まっているホテルに送っていった。そして、また会うことを約束して別れた。

以来、衞は白墨を連れて父の見舞いに行くようになった。父は白墨が行くと眼を細めて喜んだ。そして、明石という女の思い出話ばかりをした。

「あの人はどんなふうに暮らしてた？　あのビルではいつも音楽が流れてたが」

父の途切れ途切れの回想によると、明石の父親は立派なステレオセットと膨大なレコードコレクションを持っていたらしい。壁際の棚にはＬＰレコードがぎっしり並んでいた。名曲喫茶どころではない。中古レコード店が開けそうなほどだったという。

だが、それを聞くと白墨は驚いた。

「私が物心ついたとき、レコードは二枚しかありませんでした。『ヘンリー・マンシーニ』と『ひまわり』のサントラだけです」

「二枚だけ？　あのたくさんのレコードはどうなったんやろう？」

「さあ、わかりません」

明石の父親が亡くなったときに処分したのだろうか。だが、それほどのコレクションをすべて処分するなど普通ではない。しかも父の形見ではないか。明石という女の修羅を想像すると身体が震えた。

「あの人はどんなふうに亡くなられたんや？」

白墨は黙って首を振った。それだけでわかった。父は呻いた。

「かわいそうに。どんだけ後悔しても、しきれん。明石さんをあのビルから連れ出せばよかった。あの父親は異常やった」

父は明石の面影のある白墨を病室で心待ちにした。衛は自分からも頼んだ。

「もしよかったら、毎日顔を見せてやってほしいんですが」

「わかりました」

白墨はウィークリーマンションを借りて、暮らしはじめた。身よりはないが、明石の遺産があるので贅沢しなければやっていける、と言っていた。

やがて父は退院したが、以前のようには身体が動かなかった。白墨が訪ねてきて、身の回りの世話を手伝うようになった。謝礼をすると言ったが、白墨はきっぱり断った。申し訳ないと思いながらも、衛は白墨に頼るようになった。

白墨は衛が休みの日曜日以外は毎日やって来て、父の相手をし、食事の用意をした。衛が仕事を終えて帰ると、いつも白墨の姿はなかった。礼を言うことすらできない。これではいけない、と仕事を切り上げ、大急ぎで帰った。

そして、ちょうど家から出て来た白墨を捕まえた。

「いつもすみません」

「いえ、それでは」

背中を向けようとするのを、腕をつかんで引き留めた。白墨が驚いた顔をする。

「すみません」慌てて手を放し、詫びた。

「いえ」

また行ってしまおうとするので、衞は思いきって訊いてみた。

「こんなことを訊いては失礼ですが……あなたはなぜそこまで父に尽くしてくれるんです？実の父親でないとわかったのに」

すると、白墨は真剣な、すこし強張った顔で答えた。

「明石の好きだった人だから。せめて、私にできることを」

軽く頭を下げ、行ってしまった。衞はそれ以上は追い掛けられず立ち尽くした。白墨の答えは一応筋が通っていたが、納得できなかった。なぜ、そこまで、という疑問が残る。だが、それ以上に衞は失望し、失望した自分に動揺していた。ほんのすこし白墨に期待をしていた自分に気付いたからだ。

以来、衞はできる限り家に早く帰るようにした。すると、ときどきは白墨に会えて、言葉を交わすことができた。日曜に誘ったこともあったが、いつもやんわりと断られた。平日は父の面倒を見ているのだ。日曜は一人になりたい、と言われると引き下がるしかなかった。

知り合って三ヶ月が過ぎても、白墨は相変わらず無口だった。その静けさは安定したものではなく、ひどく脆《もろ》いものに見えた。冬の朝に張った薄氷のように、誰かに割られる運命にあるものだ。

　衞は父に訊ねた。

「明石さんも物静かやったんか？」

「いや、あの人はもっとふわふわしてた。綿菓子みたいな人やった。世間知らずで純情で、手を握っただけで真っ赤になってな。だから、かわいそうやったな」

　衞は白墨と知り合って以来、自分も無口になったことに気付いていた。話しても、相変わらず敬語のままだった。互いに冗談を言ったり笑ったりすることもない。だが、そんなよよそしさは親密さよりもずっと危ないものだと感じていた。

　互いに不自然に距離を保っている。もどかしくてたまらない。一歩、踏み出して手を伸ばせばいいだけなのに、なぜかそれができない。どこかから警報が聞こえてくるような気がした。

「あの子にはいつも世話になっとる。ちゃんと御礼をせなあかんな。衞、頼むな」

　わかっている。だが、現金は受け取ってもらえない。なにかプレゼントを、とも考えたが白墨の喜ぶ物など想像できなかった。食事に誘っても断られるだろう。ならば、断れないような状況を作るしかなかった。

　衞は一計を案じ、白墨には黙って仕事を休んだ。いつものように父の世話をしにやってきた白墨は、衞が家にいるので驚いた。

「今日は休みなんです。夕ご飯、よかったら、三人で一緒に食べませんか？」

「いえ、私は」

「すき焼きなんかどうですか？　父の好物なんです」困った顔をする白墨を無視し、衛は強引に言った。「これから買い物に行きましょう。肉と野菜と、いろいろ買わなきゃいけません。白墨さん、なにが必要なのか教えてください」

白墨は困った顔をしていたが、強引に連れだした。近くではなく、すこし離れた場所にある高級スーパーまで出かけて肉と野菜を買った。思い切って高い肉にしたので結構な出費になった。

「ああ、忘れてた。食パンを買わないと」

帰り道、パン屋を見かけたので二人で入った。中は広く、たくさんの種類のパンが並んでいた。食パンだけでもいろいろある。衛が食パンを選んでいると、白墨は陳列棚をじっと見てなにか探しているようだった。

「白墨さん、どんなパンを探してるんですか？」

「……万博パンを」

「万博パン？　なんですかそれ？」

「太陽の塔の顔をしてるんです。中にバタークリームが入ってて。子供の頃よく食べたんです。でも、どこでも見かけなくて」

「へえ、はじめて聞いた。僕も見たことがないです」

「そうですか」白墨は寂しそうに笑った。「ついでにあんパンも買ってください。芳春さんのおやつにしますから」

「わかりました」

衞はイギリス食パンとあんパンを買った。

その夜、久しぶりのすき焼きだったので父は喜び、普段よりも食が進んだ。白墨は肉を焼き、野菜を取り分け、控えめながら的確に父の食事を世話した。白墨のやっていることは「家庭的」だった。だが、白墨のどこにも「家庭」は感じられなかった。なにか奇妙な真似事に見えた。

衞は困惑した。父と白墨は親子にも見えなかったし、夫婦にも恋人にも見えなかった。なににも見えなかった。違和感の正体は白墨だということはすぐにわかった。白墨はどこにいても、なにをしても異物でしかなかった。たぶん、衞と白墨が並んだとしても、きっとなににも見えないだろう。兄妹にも恋人にも夫婦にも友人にも見えない。

白墨が生卵を割った。白墨の指先で白い殻が割れ、どろりと中身が落ちる。肉に溶いた卵を絡め、口に運ぶ。

衞は白墨の唇をじっと見ていた。見ているだけで息苦しくなる。ビールを飲み干し、あぐらの足を組み替えた。

「ごちそうさま、美味しかった」

衞がそう言うと、白墨は軽く頭を下げ片付けをはじめた。

衞は父の風呂の手助けをした。そして、父が床に入ると、白墨は帰ると言った。衞は引き留め、小さな庭を望む座敷で座卓を挟んで向かい合った。衞はビールを飲んだが、白墨はジュースだった。

「あなたは一人のとき、なにをしているんですか？」

衞が訊ねると、白墨はすこし迷って答えた。

「絵を描いています」

「どんな絵ですか？　一度見せてください」

「見せるようなものではないので」

「いえ。是非《ぜひ》」

白墨は黙り込む。仕方なしに、衞は次の質問をした。

「じゃあ、絵を描く以外に趣味はないんですか？」

「カスタネットを」

「カスタネット？　あの赤と青の丸いやつですか？」

「いえ、スペインのカスタネットです。フラメンコで使うような」

「へえ。それは知りません。是非聞かせてください」

白墨はすこし首を傾け、困ったように眉を寄せた。笑っているのか泣いているのかわからない表情だった。

「是非、お願いします」

もっと親しげに頼めばいいのか。だが、衛は打ち解けることを恐れていた。距離が縮まることに怯え、起こりうる可能性に不安を感じていた。

「音が響くので夜は」

「じゃあ、響いても構わない場所で。きっとですよ。明日、カスタネットを持ってきてください」

衛は敬語のまま強引に迫る自分に唖然とした。だが、抑えられなかった。自分はもうとっくにおかしくなっているのだと思った。

翌日の夜、父が床に入ると、衛と白墨は河川敷に出かけた。はじめて会った場所だ。あれからもう半年が過ぎていた。

夜の川からは湿った生温い風が吹いてきた。ベンチに腰を下ろす。周りに明かりはなく、川沿いに建つマンションの明かりが水面に映っているだけだった。

「さあ、聞かせてください」

白墨がカスタネットを二つ取りだし、両手に持った。立ち上がって、軽く腕を振った。たたん、たたたん。

暗闇に硬い鋭い音が響いた。衞は驚いて白墨を見つめていた。まるで別人だった。脆い薄氷ではなく、勢いよく湧き上がる泉、血のように赤い炎だ。

これがあの白墨か。あの生きているか死んでいるかも不確かな白墨か。

たん、たん、たた、たたたん。

白墨は腕をくねらせ、身をよじった。こんな激しい動きを見せたことはなかった。衞は息を呑んで見守った。そして、気付いた。

白墨は泣いていた。カスタネットを叩きながら、号泣していた。衞は思わず立ち上がって白墨を抱きしめた。白墨はカスタネットを両手に持ったまま、しがみついてきた。衞はもっと強く抱きしめた。白墨もそれに応えた。衞の背中でカスタネットが軋むように鳴った。

だが、それはほんの一瞬のことだった。白墨はすぐに衞の腕から離れた。

「帰ります」

「送って行く」

「いえ、大丈夫です」

「送る」

強引に白墨の借りているウィークリーマンションまで送っていった。

はじめて入る白墨の部屋は半年住んでいるのにほとんど物がなかった。人が生きて暮らしているという気配がなかった。薄氷の張った部屋だ。

衞は白墨を抱きしめた。白墨の身体は冷たかった。唇を吸った。やはり冷たかった。こじ開けて無理矢理に舌を吸う。ようやく温かみが感じられた。衞は白墨をベッドに押し倒した。白墨はずっとすすり泣いていた。泣きながら衞に手足を絡め、悲痛な声を上げた。

この女を温めたいのか。それとも、この女の温もりが欲しいのか。衞にはどちらなのかわからなかった。


その夜以来、衞と白墨は壁の薄いマンションで抱き合うようになった。

白墨の身の回りには眼には見えない断層があって隔絶されていた。二十三歳と言ったが、佇まいはずっと年上に見えた。なぜだろうと衞は考え、気付いた。白墨には色がないのだ。どんな色の口紅を引いていても、どんな色の服を着ていても、なぜだかモノクロに見えた。髪型も化粧も服装も現代の若い女でありながら、どこか遠い昔の人間のようで、迂闊に触れると過去に引きずり込まれるような気さえした。

だが、そんな時間に対する齟齬《そご》は不快なものではなかった。白墨と一緒にいると時間が曖昧になる、その感覚を心地よいと感じることが多かった。

白墨の部屋にはスケッチブックほどの大きさの黒板があった。白墨はそこに白のチョークで絵を描いた。花やら海やら空と言った、自然の物ばかりだった。人間を描くことはなかった。どの絵にもやはり色がなかった。

白墨がシャワーを浴びているとき、衞はこっそりチョーク入れの木箱を開けてみた。すると、白のチョークばかりが木箱に整然と並んでいた。色チョークは一本もなかった。

衞は瞬間、たまらなくなった。白墨は色のついた絵を描かないのではない。そもそも描く気がないのだ。これからもずっとだ。だから、白のチョークばかりを箱に収めている。

浴室のドアが開いた。白墨が出て来た。タオルを巻き付けただけの恰好だった。木箱を見下ろしている衞に気付くと、無言で蓋を閉めた。そして、クロゼットにしまった。

「結婚してほしい」

衞は白墨の背中に言った。白墨は振り返らなかった。

「いえ、それはできません」

即答だった。衞は食い下がった。

「なぜですか？　僕に悪いところがあれば改めます。できるだけ、白墨さんの希望に添うようにします。だから、僕との結婚を考えてください」

「あなたに悪いところなどありません。でも、私は一生、誰とも結婚するつもりはありません」

白墨は背中を向けたままだ。たまらず、衞は肩をつかんで無理矢理に振り向かせた。

「僕を見てちゃんと聞いてください。どんな事情があろうと僕は構いません。僕はあなたと一緒にいたい」

「諦めてください。どれだけ言われても、私は結婚しません」白墨は上気した頬のまま、眼を伏せうつむいた。

「僕は諦めません。あなたはなにかに苦しんでいる。その原因は話したくないなら、話さなくて結構です。でも、僕はあなたの力になりたい。あなたの苦しみを軽くしてあげたい。傲慢で僭越かもしれないが、僕の心からの気持ちです」

衛は白墨を抱きしめた。濡れたままの髪が冷たかった。白墨はなにも言わず腕の中でじっとしていた。

「あなたがこれ以上苦しまないよう守ってあげたいと思う。僕はそのために全力を尽くします」

白墨がびくりと震えた。そして、薄い薄い今にも割れそうな氷の眼を見開き、愕然と衛を見上げた。頬から色が消えていた。

「……本当に守ってくれるんですか？」

「もちろんです。あなたの哀しみや寂しさがすこしでも減るように、一生を掛けてあなたを守ります」

白墨の眼から涙がこぼれた。薄氷が溶けて流れて、でも、その奥にはやはり果てしない苦痛があった。たまらず、衛は白墨を強く抱きしめた。もう身体は冷えていた。

「温めてあげます、一生かけて」

白墨の寂しさには底がない。衛はどこまでも降りていく覚悟を決めた。

翌日、白墨は姿を見せなかった。父があまりに心配するので、衛は白墨のウィークリーマンションを訪ねた。すると、部屋は引き払われていた。衛は心当たりを捜し回ったが、行方はわからなかった。

これが白墨の答えなのか。怒りと哀しみ、そして自己嫌悪で身も心も押し潰されたように感じた。全身全霊を掛けて守ると誓った相手からの拒絶は、衛を徹底的に打ちのめした。

父が明石ビルに行ってみよう、と言ったが衛は止めた。

「親父、止《や》めとけ。あの人に迷惑をかけるだけや」

そう、これが答えだ。結局、僕はあの人を苦しめることしかできなかったのだ、と衛は思った。僕のどこがいけなかったのだろう。どうして僕はいけなかったのだろう。

どれだけ考えても答えは出なかった。

白墨が消えて三年後、衛は上司の紹介で結婚した。相手は高校、大学とバレーボールをやっていた快活な女性だった。翌年には男の子が生まれ、さらにその五年後には女の子が生まれた。衛の父は孫娘に「明石」と名づけた。源氏物語から取った、という説明に、体育会系の妻は感心し喜んでいた。

長須明石が三歳になった頃だ。衛は仕事先で喫茶店に入った。レトロな喫茶店で、テレビや雑誌に何度も取り上げられている有名店だった。店内には今までに店が紹介された雑誌や新聞などが置いてあった。コーヒーが来るまでの時間つぶしに、衛はなんの気なしに一冊の雑誌を開いた。そこには喫茶店と並んで、あるパン屋が紹介されていた。

衛は思わず息を呑んだ。「万博パン」という文字が眼に入ったからだ。パン職人のコメントも載っていた。ある人のために焼いている、と。

白墨のことを思い出した。ある人とは白墨のことではないか？　雑誌の日付を確認した。今から一年前の発行だった。今でもまだやっているだろうか。

衛は父に訊ねた。

「親父、万博パンって知ってるか？」

「いや、知らん。なんやそれ」

それでも、衛には白墨のことだとしか思えなかった。なんの根拠もない直感だったが、確信があった。

次の休み、早速、衛は和久井ベーカリーを訪れた。

万博パンを焼いていたのは、中年の男だった。

「すみません。万博パンについて、おうかがいしたいのですが」

「はい、なんでしょうか？」

「ある雑誌で読みました。ある人のために焼いている、と。もしかしたら、その人は白墨というのではありませんか？」

男は一瞬、驚いた顔をしたが、すぐに首を振った。

「いえ、違います」

「白墨という女の人です。今はたぶん三十半ばだと思います。寂しげな人で……」

「さあ？　僕にはわかりません」

「明石という女の人をご存知ですか？　もう亡くなっているんですが、白墨の母親です」

「知りません。なんのことかさっぱりわかりません」

どんなに食い下がっても、男は知らないと言い張った。衞は諦めるしかなかった。

その日以来、白墨のことが頭を離れなくなった。悩んだ末、衞は父が憶えていた住所を頼りに、明石ビルを訪れた。

川沿いの角地に建つ古いビルだった。見たところ昭和初期に建てられたもので、当初は豪華なビルだったのだろう。だが、今、外壁はボロボロで飾り煉瓦が剝がれ、モルタルには蜘《く》蛛《も》の巣状にヒビが入っている。補修をした形跡はない。完全に見捨てられていた。

玄関は観音開きの緑のドアだ。押してみたが開かない。他の入口を探したが、どこにもなかった。

「なにしてるんや？」

背後から厳しい声がして振り向くと、初老の男が一人立っていた。髭を生やし、作務衣《さむえ》に雪駄《せった》という恰好だ。時代劇に出て来る剣豪のように見えた。

「すみません、このビルの持ち主に話を聞こうと思ったんですが」

「そのビルは廃墟や」

「じゃあ、今は誰も住んでないんですか？」

「そうや」

「あの、持ち主は今、どこに？」

「知らん」剣豪はビルを見上げた。「この荒れ様を見たらわかるやろ？　持ち主不明の幽霊ビルや」

「どなたかこのビルのことをご存知の方に心当たりはありませんか？」

「知らん。ここはずっと廃墟のままや。それより、あんた、怪しいな。地上げ屋か？」

「いえ、違います」

「ほんまか？」

剣豪は胡散臭げに衛を見た。警察を呼ばれて面倒になるのは御免だった。後ろ暗いところはないが、会社に問い合わせが行ったら困る。それでは、とビルを離れた。

結局、なにもわからずじまいだった。衛は振り返ってビルを眺めた。父が若い頃にはさぞかし綺麗なビルだったのだろう。だが、剣豪の言うとおり、今はどこから見ても廃墟だった。

剣豪はビルの前に佇み、まだ衛を見ている。よほど怪しまれたのか。衛は二度と振り向かず、足早に立ち去った。


これが私が父、長須衞から聞いた話だ。

父は最期まで白墨のことを思っていた。ひと目会いたい、と言いながら亡くなった。

私は母の気持ちを思うと、手放しに父に共感することはできなかった。だが、若い頃のたった半年だけの恋だ。私も感傷的になり憧れを感じたのも事実だ。

ひと目会いたい、と言った父の遺言を叶えるのは私しかいない。私は父の死後、今さらだが白墨を探すことにした。手がかりは大阪にある明石ビル、白墨が好きだったという万博パン、そして、チョークで絵を描いていたということ、カスタネットを叩いていたということだった。

明石ビルと万博パンは、すでに父が調べたが手がかりはなかったという。まず、チョーク絵のほうから探すことにした。

最近、チョークアートは人気がある。カフェの看板でもよく見かけるし、卒業の際、教室の黒板にチョークで絵を描くのは当たり前になった。プロのチョークアート作家もいる。私は「白墨」という名の作家を探した。だが、見つからなかった。チョークで描かれた画像を検索し、どこかに「白墨」の痕跡はないかと懸命に見つめた。

パソコンのモニターをのぞき込むのに疲れた頃、一枚の画像を発見した。それは絵ではなく、あるインディーズ制作のレコードのジャケット写真だった。アルバムタイトルは「薔薇のアンダルシア」で、黒板に一輪の薔薇が描かれていた。

私はその薔薇のチョークアートが気になって仕方なかった。そのレコードについて調べて見ると、三木深雪《みきみゆき》という若い女性のギター作品集だということがわかった。フェイスブックとインスタグラムをチェックしたが、ジャケットの絵についての記述はない。東京のギター教室の講師をしていることがわかり、教室に電話をしてみた。

「このジャケットの絵を描かれた方について教えて欲しいのですが」

「ああ、この方、白亜《はくあ》さんですね」

「白亜？」

私はどきりとした。白亜とはチョークの語源だ。白墨の変名かもしれない。

「もちろん本名じゃないですよ。絵を描いたり演奏するときの名前です」

「演奏って……カスタネットですか？」

「ええ。アマチュアですけど本当にお上手ですよ。もったいない腕前です」

やっと見つけた、と思った。白亜が白墨に違いない。

「どうやったら会えますか？」

「今度、ライブがあります。カスタネットをお願いしています。そこでなら」

十日後、私は東京のライブハウスを訪れた。

白墨がステージの奥にいた。カスタネットを叩いていた。

私はその音と姿に目を奪われた。カスタネットの硬い音が直接身体にぶつかってくる。全身を木槌《きづち》で殴られているようだ。白墨のカスタネットの音は痛みそのものだった。なのに、その痛みは快感にも思えた。もっともっと私を打ってくれと言いたくなるほどだった。私はギターの演奏よりも、白墨のカスタネットに惹きつけられた。

私はステージが終わると、白墨の許に急いだ。白墨は汗を拭き、水を飲んでいた。

「失礼ですが、白墨さんですか？」

白墨はしばらく黙っていた。それからペットボトルの蓋を閉め、静かに答えた。

「いえ。違います」

否定されることは予想済みだった。私は構わず言葉を続けた。

「私、長須明石と言います」

白墨が息を呑んだ。呆然と私を見ている。

「私の名をつけたのは祖父です。長須芳春です。白墨さんのことを話してくれたのは父です。長須衛です。父は去年亡くなりました」

「……なんのことかわかりません」

「父は最期まで白墨さんのことを気に掛けていました。ひと目会いたい、と言っていました。

あの人は幸せになれただろうか、と心配していました。それから、こうも言っていました。できるなら、僕が幸せにしてあげたかった。だが、できなかった、と」

白墨が眼を伏せた。そして、うつむいた。

「父は心を残して死にました。父を気の毒だと思う反面、怨んでしまうのも事実です。父が死ぬときに考えていたのは白墨さんのことです。自分の妻のことではありません。本当に気の毒なのは私の母です」

白墨はうつむいたまま、顔を上げない。肩が震えていた。

「それでも、私は父の話が忘れられませんでした。父の心をすこしでも軽くしてあげたくて、白墨さんを探すことにしたんです」

白墨が顔を上げた。そして、きっぱりと言った。

「人違いです」

「いい加減にして」私はかっとして声を荒らげた。「あなたにどんな事情があったか知りません。でも、父は本当にあなたのことを愛していた。あなたを救おうとしたんです。なのに、あなたは黙って父の許を去った。父がどれだけ傷ついたかわかってるんですか？」

白墨が眉を寄せた。なにか言おうとして、呑み込んだのがわかった。

「黙ってないでなにか言ってください。そんなに悲劇のヒロインは気持ちいいですか？　父の人生をメチャクチャにして嬉しいですか？　あなたのせいで父は安らかに死ねなかったんです」

瞬間、白墨が眼を閉じ、唇を噛んだ。かすかな嗚咽《おえつ》が喉の奥から聞こえた。

さすがに言い過ぎたと思った。私が怨んでいるのは母をないがしろにした父だ。そして、孫娘に初恋の女の名をつけた祖父だ。わかってはいるが、やはり眼の前に元凶がいると感情を抑えられない。

「逃げないでください。なぜ、あなたは黙って消えたんですか？　父を裏切ったんですか？父はずっと悔やんで自分を責めてたんです」

白墨がまた眼を閉じた。そして、小さな息を吐いた。それから、顔を上げた。

「……わかりました。ここではなんですので、別の場所でお話ししましょう」

私たちは店を出て、深夜営業のカフェに入った。一番奥の席に座り、話をした。白墨の話したことは父とほぼ同じだった。

席に着くと、コーヒーを前に白墨は口を開いた。

「あの人はすこしも悪くありません。私のことを本気で心配してくれていました。なのに、私はあの人の気持ちを踏みにじりました」

「だから、なぜ？　父のなにがいけなかったんですか？」

「あの人のせいではありません。私の問題です。私は誰とも一緒になってはいけないんです。結婚してはいけないんです」

「だから、なぜ？」

「それは言えません。でも、私は過去に取り返しの付かないことをしました。そのことで、迷惑が掛かります」

「法に触れるようなことですか？　前科があるとか？　それとも、まさか逃亡中の犯人とか……」

「答えられません。でも、私は罪を犯しました。私と関われば、あの人も苦しむことになるでしょう」

「だから、黙って消えたんですか？」

「そうです」

白墨は静かに語った。大げさなところはどこにもなかった。きっとなにもかも事実なのだろう。そのときふっと思った。取り返しの付かない罪とは人の命に関わることかもしれない。

私は眼の前の女をもう一度じっくり見た。主婦にもOLにも見えない。社会のどこに属する人間なのか見当がつかない。いつの時代に属するのかもわからない。もちろん人殺しには見えない。でも、白墨に漂う圧倒的な寂寥感《せきりょうかん》に私は納得するしかなかった。

だが、たとえ納得できたとしても、心の遣り場が見つかるわけではなかった。私は白墨に苛立ちをそのままぶつけた。

「あなたは父のことをどう思っていたんですか？　あなたの言葉で語ってください」

喧嘩腰で言い、私は白墨をじっと見た。にらみつけたと言ってもいい。

白墨は長い間じっと黙っていた。私が焦れて催促をしようとしたとき、ようやく口を開いた。

「生まれてはじめて好きになった人なんです。自分でも信じられませんでした。私は人を好きになることなんかないと思っていました。自分には人を愛する心などないと思っていました。でも、私はあの人を愛しました。心の底から好きになったんです」

白墨の声は静かだったが、力強かった。細いが決して折れない針だ。揺るぎなく大地に刺さっている。先程まではあれほど脆そうに見えたのが嘘のようだ。

「あんな恋ができるとは思っていませんでした。私が恋したのはあの人だけです」

それきり白墨は口を閉ざした。私はなにも言えなかった。どうしようもなかったのだ、と私は眼の前のコーヒーを見下ろした。この女の人は父が好きで好きでたまらなかったのに、黙って消えるしかなかったのだ。

「父にすべてを打ち明けるわけにはいかなかったんですか？　あなたの過去になにがあろうと、父はあなたを受け入れたと思います」

白墨は首を横に振った。すこしためらって微笑んだ。

「わかっています。だからこそ私は諦めました」

もし、と言いかけた私は止めた。もしかしたら、は無意味だ。私が黙り込むと、白墨は立ち上がった。伝票を持ってレジへ行こうとする。私は慌てて引き留めた。

「待ってください。もうすこし……」

「これ以上話すことはありません」

「いえ、あります」私は必死だった。「……そうだ。あのカスタネット。あなたのカスタネットは素晴らしかった。私にも教えてくれますか？」

「私は我流です。やるなら、ちゃんとした人に習ったほうがいい」

「かまいません。お願いします」

私は自分がおかしくなっていることに気付いていました。なぜこんなに白墨に惹きつけられるのか、わかりませんでした。白墨が眉を寄せました。それは苛立ちからではなく、やりきれなさからでした。私は白墨がなにか言う前に、口を開きました。

「私はあなたの過去など聞きません。カスタネットを教えてくださらなくても結構です。ただ、黙って消えないでください。天国の父をこれ以上傷つけないでください」

白墨は私を見た。苦しそうでした。苦しみの塊に見えました。

「死んだ人はもうなにも言えないんです。お願いですから、父を哀しませないでください」

本当に哀しいのは誰だろう。父か、それとも白墨か。私にはわからなかった。白墨は眼を伏せた。

「わかりました。黙って消えたりはしません」

約束通り、白墨は黙って消えなかった。私が連絡すれば、必ず返事を寄こしてくれた。私は次第に彼女の暮らしぶりを知ることになった。

白墨は家事サービスの派遣会社で働いていた。一日に一、二軒、契約した家庭を訪れ家事やら介護をした。住み込みのお手伝いではないので、人と親しくなることもない。淡々と掃除をし、食事を作り、老人の介助の手伝いをした。親の残した遺産があるため、独りで暮らしていくだけなら問題はないという。

ときどきは黒板に絵を描き、頼まれてカスタネットを叩いた。恵まれた暮らしに見えるときもある。だが、白墨は誰とも交わらなかった。彼女の唯一の人間関係は私だった。だが、たった一人の友人である私にでさえ、白墨はなにも語らなかった。一年経っても、私が白墨について知っていることはすこしも増えなかった。

私と白墨との関係に変化があったのは、大阪万博の開催が決まったせいだった。

一九七〇年の万博が話題に上ることが増えた。私は「万博パン」のことを思い出した。父が訪ねていったというパン屋はまだあるだろうか、とネットで検索してみた。すると「和久井ベーカリー」の記事が見つかった。やはり「万博パン」が雑誌に取り上げられてネットで話題になっていたのだった。店は親子二代でパンを焼いているという。ミモザという息子の名を見て、ふと気になった。ミモザは花の名だ。人名として馴染みがないし、男性の名前としては不自然だ。なぜこんな名前をつけたのだろう。「白墨」も変だが「ミモザ」も変だ。

「和久井ベーカリー」の記事には店の前で並ぶ家族の写真もあった。キャプションを読むと、真ん中の老人が初代の和久井閑、その後ろに並ぶのがミモザ、ミモザの妻と娘だった。みな笑顔だった。

私はどうしても万博パンが気になった。携帯の画面を示しながら、白墨に言った。

「万博パン、ここに売ってるみたいですよ。今度、買いに行きませんか？」

「いえ。そこまでして食べたいとは思わないので」

白墨はあまり興味がないようだった。だが、私は納得できなかった。父から聞かされた白墨の話には「カスタネット」「黒板の絵」そして「万博パン」が出て来た。「カスタネット」と「黒板の絵」は今でも白墨は続けている。万博パンだけ興味がなくなったというのはおかしい。

「じゃあ、私一人で買いに行きます」

「そうですか」

一瞬、白墨の眼が揺れたような気がした。私はもうすこしカマを掛けてみることにした。

「白墨という知り合いが、子供の頃によく食べていた、という話をしてみます」

「やめてください」白墨がきっぱりと言った。

「どうしてですか？」

私はすこし意地悪な気持ちになった。白墨の過去を詮索しないと約束したにもかかわらず、私は苛立ちを感じるようになっていた。私は信用されていない。たぶん友人ですらない。所詮、白墨の世界には私はいない。そんな気がしてやりきれなくなるからだ。

「あなたがパンを買いに行くのは自由です。でも、私のことは決して話さないでください」

「それは以前に言っていた、取り返しの付かないことに関係するんですか？」

「答えられません。あなたが約束を守らないなら、私も約束を守ることはできません」

過去を探るなら黙って消える、と言っているのか。私はむっとした。

「ミモザ、って変わった名前ですね。男の人なのに」

白墨の表情が強張った。明らかに動揺した。私は確信した。白墨はミモザを知っている。なんらかの関係がある。私はもう一度ミモザの写真を見た。二十代後半に見えた。年齢を考えると、友人、恋人ではなく親子というべきか。私はじっくりとミモザを見た。そして気付いた。ミモザの眼や眉には明らかに白墨の面影があった。それだけではない。写真で見た若い頃の父にも似ていた。

私は思わず白墨の顔を見た。白墨は慌てて眼を逸らした。間違いない。このミモザという男の人は白墨と父の間にできた子だ。何らかの事情で、和久井家に養子に出されたのだろう。では、このミモザという男の人は私の異母兄か？

「ミモザというのは白墨さんの息子なんですね。つまり、私の腹違いの兄なんですね」

白墨は答えない。私は言葉を続けた。

「もし、そうだとしたら、私は会ってみたい。父だって生きていれば会いたがったはず」

それでも白墨は黙っている。私は苛立ちを隠せなくなった。

「あなたに私の兄を奪う権利はないはず。あなたがどう思おうと私はこの人に会いに行きます」

「やめてください」白墨が悲痛な声を上げた。そして、深く頭を下げた。「お願いします。そっとしておいてあげてください」

白墨の苦しみを見て、私は後悔した。彼女の傷を抉ったのだ。彼女には取り返しの付かない罪があって、それ故《ゆえ》に父を諦め、子と別れたのだ。

「父はあなたが妊娠していたと知らなかったんですね。伝えなかったんですか？」

「妊娠に気付いたのは別れてからです。でも、もし気付いていたとしても知らせなかったと思います」

「なぜ？」

「子供ができれば、あの方は責任を感じるでしょう。今まで以上に私を守ると言うでしょう。そんなことはさせられません」

「その子供は……私の兄とはどうして別れたんですか？」

「あの子が十歳になったときです。私は偶然読んだ雑誌で、昔の知り合いの記事を見つけたんです。記事によると、その人は今でも私のことを気に掛けてくれていました。私のためにパンを焼いている、と」

「それが和久井ベーカリーなんですね」

「ええ。もう二度と関わってはいけないと思っていました。これ以上迷惑を掛けてはいけないと思っていました。でも、その人が私のためにパンを焼き続けていると知り、居ても立ってもいられなくなりました。これ以上、その人の時間を無駄にしてはいけないと思ったんです。私はその人に会いに行きました」


――まさか……白墨か？

――お久しぶり。閑ちゃん。

――ああ、生きてたのか。よかった。本当によかった。

そう言って、閑ちゃんは泣き出しました。私もつい泣いてしまいました。

――その子は？

――私の息子です。ミモザと言います。

――ミモザ……。

いい名前だ、と閑ちゃんはミモザの頭を撫でてくれました。

――今はどこで暮らしてる？

――あちこち移り住んでます。どこに住んでもしっくりこなくて。どこか遠いところへ行きたいけど、そこがどこなのか、どうやって行くのかもわからないんです。

閑ちゃんはしばらく考えていました。そして、言ったんです。

――ここに住まないか？　白墨のことを知っている者は誰もいない。ミモザはもう十歳だ。ひとところに落ち着いて、ちゃんと学校に通ったほうがいい。

わかってはいました。あちこち旅をするのは、逃げながら生きるのは私の我が儘です。普通の生活をさせなければ、と思いながら、正反対の暮らしをしていました。

――でも、私は……。

――じゃあ、この子だけでも置いていかないか？　子供はきちんと学校に通って、きちんと友達を作って、きちんと暮らすべきだ。普通の子供の暮らしをさせるべきだ。今度こそ。

閑ちゃんの言葉を聞いて、胸が痛みました。昔、私に優しくしてくれた人たちは、私に普通の暮らしを送らせようとしました。本当にみんな、私のために心を配ってくれたんです。なのに、私はそれを台無しにした。みなの思いを踏みにじったんです。

私の我が儘でミモザにも同じことをさせるのか？　この子だけでも、普通の子供にしてあげなければ。

私は心を決めました。閑ちゃんにミモザを預けることにしました。正式に養子にして、私とは縁を切ることにしました。そして閑ちゃんに今後一切、私のことは一切話さない、と約束してもらったんです。

ミモザと別れたのは月の綺麗な夜でした。ミモザは私を追い掛けてきました。閑ちゃんが捕まえようとしますが、すり抜けて走り続けます。私はミモザを振り切るため、歩道橋を駆け上がりました。

——お母さん、行かないで。僕を置いて行かないで。お母さん……。

階段を登り切ったところで、一瞬、足が止まりかけました。真っ赤に焼けた棘で胸を貫かれたような気がしました。でも、私は聞こえなかったふりをしました。再び走り出そうとしました。

そのとき、閑ちゃんの叫び声が聞こえました。振り向くと、ミモザが歩道橋の下に倒れていました。足を滑らせ、階段から落ちたのです。

——ミモザ。

私は階段を駆け下りようとしました。でも、そのとき、閑ちゃんが怒鳴ったんです。

——行け。今のうちに行くんだ。

閑ちゃんは倒れたミモザを抱き起こしながら叫びました。

——この子は大丈夫だ。だから、今のうちに行け。

私はしばらく立ちすくんでいましたが、やがて、駆け出しました。泣きながら走りました。

息が切れるまで、足が動かなくなるまで、月の下を駆けたんです。

白墨は静かに話し終えました。

淡々とした語り口がかえって恐ろしいような気がしました。

「捨てたことを後悔してるんですね」

「後悔なんかしていません」

「え？」

「私は満足してます」白墨は私を見つめ、きっぱりと言い切った。「後悔などしていません。あの子を捨ててよかったと思っています」

インターミッション（4）

ミモザは呆然としていた。

「捨ててよかった、と言ったんですか？　子供を捨てたことに後悔はなかったんですか？」

「後悔はしていませんでした。むしろ、満足していました」

山崎も源田も鵜川も困惑しているのがわかった。

瞬間、ミモザは思わず呻いた。心臓に杭《くい》が突き刺さったような気がした。鋭く尖った氷の杭だ。胸の肉を抉りながら背中まで貫いた。

「……満足してた？　母は俺を捨てて満足してたのか？」

氷の杭に貫かれた胸の穴から、冷気と痺れが全身に広がった。身体が凍りそうだ。

——遠くへ行きましょう。遠くへ。ずっとずっと遠いどこかへ。

母の言う遠くとは、俺のいない遠くか。俺を捨てて自由になれる、どこか遠くか？　それほど俺が邪魔だったのか？　母にとって俺は不必要な荷物だったのか？

「あの子は自分の子供を捨てたんか」源田がため息をついた。「僕らの努力は無駄やったんか」

「あの母親の娘ということか」鵜川もため息をついた。

山崎はなにも言わない。ただ、やはりため息をついた。それから、三人の男はミモザをちらと見た。そして、三人とも気の毒そうな顔をした。

眼の前に母の影がありありと浮かんだ。

歩道橋の上で立ち尽くす母は月を背負って黒い影のようだった。転がり落ちたミモザは階段の下から母を見上げた。母の影は月に向かって駆けていった。そのとき思った。母は俺を置いて、一人、月へ行こうとしている。今度こそ、遠いところへ行くのだ、と。

歩道橋から落ちて頭を打ったミモザはそれまでの記憶を失った。だが、それは頭部への打撲《だぼく》のせいではなくて、ミモザ自身が望んだからだ。母に捨てられたというショックから逃避するために、なにもかもを忘れることにしたのだ。

しっかりしろ、とミモザは自分に言い聞かせた。捨てられたことなど、とうの昔に平気になったはずだ。だから、母が後悔しようが、よかったと思おうがどうでもいい。もう、大したことではない。

泣く必要なんてない。母など最初からいなかったようなものだ。今さらショックを受けるようなことではない。いい歳をして泣くな。みっともない。

懸命にミモザは自分に言い聞かせた。俺を捨てた母だ。なんの期待もしていなかったはずだ。泣く必要なんかない。わかっているのに、なぜこんなに苦しい？　なぜ涙が出る？

　ミモザは懸命に歯を食いしばった。泣きたくない。あんな女のことで泣きたくない。

「ミモザさん。聞いてください」長須明石がミモザに語りかけた。「あの人がなぜ満足していたか、それは、自分のようにはなってほしくなかったからです。普通に、きちんと生きて行ってほしいと思っていたからです」

「だから、捨てたのか？　普通にきちんと生きて行ってほしいというなら、そういう生活をさせればよかったんだ。あちこち旅をせず、ちゃんと学校に行って、ちゃんと働く。そんな暮らしをすればよかったんだ」

　怒りが抑えられず吐き捨てるように言ったが、長須明石は静かに答えた。

「私も納得できませんでした。無責任だと思いました。きちんと生きていけるようにするのは親の務めです。なのに、子供を捨てて、そんな綺麗事を言うなんて許せないと思いました。私は食ってかかりました。そして、言ったんです」

――あなたの言うことは信用できません。あなたは言い訳ばかりです。結局、自分がかわいいだけ。子育てから逃げただけでしょう？　父のときもそう。あなたは人の気持ちなんか考えない。面倒になったから逃げる。それだけです。

――そう言われても仕方ありません。でも、あの子に会いに行くのは止めて。あの子を捨てられたままにしておいて。

——嫌です。私は兄に会いたいんです。

「私は意地になっていました。兄に会いたいという気持ちもありましたが、白墨さんへの反発心のほうが大きかった。すると、長い間、白墨さんは迷っていました。それから、こう言ったんです」

——わかりました。じゃあ、話します。話しますから、あの子に会いに行かないと約束してくれますか?

——ええ。約束します。

——私は子供の頃、人を殺しました。その結果、母は自殺しました。私は二人の人間を殺したのと同じです。でも、私を庇って守ろうとしてくれた人たちがいました。その人たちは私のために罪を犯しました。私がその優しい人たちを犯罪者にしたんです。

「私は言葉が出ず、呆然とあの人の顔を見つめていました。過去に取り返しの付かないことをした、と聞いたとき、殺人であるかもしれないとは思いました。でも、まさか子供の頃だとは思いもしませんでした」

長須明石はふっと顔を歪め、震えた。たぶん、今、鳥肌が立ったのだろう。さざ波のような震えだった。

「……まさか、あの子は知ってたんか？」山崎が真っ青になった。

「そんな……なんでばれたんや？」

源田がうろたえた。その横で、鵜川は呆然としていた。

ミモザは驚かなかった。それどころか、今の長須明石の話でなにもかも得心した。

「……母さん、月が踊っているのです。死んだ者たちの中庭で」

思わず呟くと、男たちがはっとミモザの顔を見た。ミモザはもう一度繰り返した。

「母さん、月が踊っているのです。死んだ者たちの中庭で――。ロルカの一節です。俺が小さい頃、母がよく口ずさんでいました。母は知っていたんです。自分が殺した者が中庭に埋まっていることを」

「埋めてるとこを見られたか？」山崎が源田と鵜川に問いかけた。

「いや、あの子はすっかり眠ってた。薬はちゃんと効いてた」源田が答える。

三人が顔を見合わせた。血の気のない狼狽した顔は、死人よりもずっと恐ろしかった。

長須明石はじっとうつむいてなにか考えていたが、やがて思い切ったように顔を上げた。

「白墨さんに真相を話したのは、和久井閑さんです」

「閑ちゃんが？」鵜川が驚いて声を上げた。

「そうです。白墨さんは中学生の頃、和久井閑さんに聞かされたんです」

――包丁で刺したんだ。でも、まだ小さかったし、寝ぼけてたし、きっと悪い夢でも見て、ついやってしまっただけだ。おまえの母親は自分で飛び下りた。だから、気にすることはない。おまえが悪いんじゃない。

「閑ちゃんが？　まさか、なんで……」源田が驚いて、声を上げた。
「閑ちゃんは平気で嘘をつくには優しすぎた」鵜川がぼそりと呟いた。「俺たちなら平気でいくらでも嘘をつき通せるのにな」
「ああ、そうやな。私らなら問題なかった」山崎が顔を歪めた。「閑ちゃんは真面目過ぎたんや。無理矢理に引き込んだ私らが悪い」
「そう言えば、閑ちゃんはこんなことを言うてた」鵜川が額に手を当て、悲鳴のような声を上げた。

――ときどき、あの子に言いたくてたまらなくなるんです。おまえが悪いんだ、って。なんで、おまえのせいで僕が苦しまなければいけないんだ、って。なにもかもぶちまけて、楽になりたいと思うことがあるんです。

「関ちゃんは僕らが思う以上に苦しんでたんやと思う。あの頃も、飲みながらよく泣いてた」源田が薄い髪を掻きむしった。

――僕は卑怯な人間です。あの子に罪はないとわかってるのに、明石さんのことを思い出すと怨んでしまう。そんな自分が情けなくてたまらないんです。

「十四、五の頃、突然、あの子が荒れはじめた。今、理由がわかった」山崎が眉を寄せ、遠い眼をした。「あの子は一人で苦しんでたんや。そして、十八で一人でここを出て行った。そして、責任を感じた関ちゃんも苦しみ、ここを出ていった」

ミモザは母から捨てられた辛さから逃げるため、記憶を自分で消した。身体と心にできた空洞はミモザが気付かないまま、じわじわとミモザを蝕《むしば》んでいた。

だが、そんな苦しみは母の味わった地獄と比べればないのと同じだ。――自分は人を殺した。そして、みなに守ってもらうことで、罪を犯させた。そのことを知った母はどれだけ申し訳なく思い、どれだけ絶望し、どれだけ自分自身を憎んだだろう。

「私らのやってきたことが、逆に白墨を苦しめてたんや。滑稽やな」山崎が力なくつぶやき、大きな息を吐いた。

「なんでこんなことに……」源田が涙声になった。

鵜川は腕組みし、歯を食いしばってどこか宙をにらんでいた。

悲嘆に暮れる三人の男たちは、古い大げさな彫刻のようだった。公園の片隅で雨と鳩の糞に汚れ、嘆き続ける運命だ。

ミモザは思わず自分の手を見た。昔、母と手を繋ぎ、歩いた。月が綺麗な夜だった。ふっと母の口癖を思い出し、ミモザは口ずさんだ。

――母さん、月が踊っているのです。死んだ者たちの中庭で。

――この詩を憶えてるの？　偉いわね、ミモザ。

すると、母は哀しそうに、でも、笑顔を浮かべてミモザを誉めてくれた。あのとき、母はなにを思っていたのだろう。

三人の男とミモザは打ちひしがれ、黙り込んだ。長須明石は心配そうにみなを眺めていたが、再び話をはじめた。

「私はあの人の告白を聞いて愕然としました。嘘や冗談でないのはわかりました。私が絶句していると、あの人はほんのすこし唇を上げて笑ったんです」

――私は自分が罪を犯したこと、人に罪を犯させたことを知り、苦しくてたまらなかった。私に優しくしてくれた人たちの顔を見ることができなくなったんです。そして、私は自暴自棄になり、愚かなことばかりしました。自分で自分を汚し傷つけると、罰を受けたような気になり、すこしだけ楽になったんです。でも、私がどれだけ下劣なことをしても、ビルの人たちは私を見捨てなかった。私のことを心配し、叱ってくれた。私はいよいよたまらなくなり、何度も死ぬことを考えました。廊下の手すりから中庭を見下ろし、いっそ飛び降りれば楽になるのか、などと考えました。でも、卑怯な私は死ねずにビルを逃げ出したんです。

——一度も戻ってないんですか？

——ええ。昔、私が暮らしてたビルの人たちは、私を普通の子供に育てるために努力した。私がきちんと生きていけるように、懸命に心配りをしてくれた。でも、私はその優しい人たちの思いを踏みにじりました。自分が子供を産んで、自分がどれだけ恩知らずだったかわかりました。でも、もう遅い。私はあのビルには戻れない。戻ったら、またあの人たちに迷惑を掛ける。二度と戻れないんです。

「あの人は泣きませんでした。ただ、静かに、淡々と話をしただけです。私はあの人の横顔を見ていました。驚いたことに、幸せそうに見えました」

——私の母もね、普通じゃなかった。母の父も普通じゃなかった。そんな人たちに育てられ、私は人殺しになりました。でも、私はこの子だけはきちんとした人間になってもらいたい。なんとしてでも、この連鎖を断ち切らなければならない、と思ったんです。

——だから、捨てたんですか？

——そう。私は息子には同じ思いをさせたくなかった。きちんと、普通に生きて行って欲しかった。私のように間違った人生を送らせたくなかった。でも、私は平気で人を殺して忘れる人間で、普通じゃない。普通でない私と一緒にいたら、あの子は絶対に普通になれない。だから、捨てました。私に未練など持たないように、冷たく捨てました。そして、二度と会わないと決めたんです。


「私は納得できませんでした。もう一度あの人に食い下がりました」

——でも、捨てられた息子さんの気持ちを考えたことがありますか？　あなたに会いたいと思ってるかもしれません。あなたを怨んでるかもしれません。


「すると、あの人は私に手紙を見せてくれました。和久井閑さんからのものでした。何通もありました」

「父が？　父は母と連絡を取っていたんですか？」ミモザは勢い込んで訊ねた。

「ええ。和久井閑さんがあなたの近況を知らせる手紙を送っていたんです。写真も入っていました」

——あの子の成長をこっそり教えてくれるの。ほら、どんどん背が伸びていくでしょ？　こんなに大きくなって。

「でも、それは一方通行の手紙でした。白墨さんは決して返事を書きませんでした。ミモザさんの目に触れることを恐れたからです」

長須明石はバッグから封筒の束を取り出した。その表書きは明らかに父の字だったが、宛名はミモザの知らない女の名だった。

「これが母の……本名ですか？」

「ええ、でも、その名で呼ぶ人はいませんでした。音楽関係者は『白亜さん』と呼び、私は『白墨さん』と呼んでいました」

ミモザは封筒の裏を見た。差出人の住所氏名はなかった。父は秘密を守るために徹底していたのだ。

封筒から手紙を取り出した。写真が一枚入っている。小学校の卒業式で撮ったミモザの写真だった。手紙を開いてみる。

白墨。元気にしていますか。ミモザは元気です。今日は小学校の卒業式でした。来月からは中学生です。制服を着た写真をまた送ります。

ときどき、店を手伝ってくれます。ミモザはやっぱり万博パンが好きです。白墨に似たのでしょう。

僕は毎晩のようにあのビルの夢を見ます。

僕のしたことは悔やんでも悔やみきれません。白墨のことを思うと、申し訳なくて、恥ずかしくて、死にそうになります。

白墨。本当にすまない。こんなことになったのは、なにもかも僕の弱さのせいだ。僕があのときしっかりしていれば、君は苦しまずに済んだ。君の人生をメチャクチャにしたのは僕だ。

あの夜、君のしたことは君が責任を負うことではない。君はまだほんの小さな子供だった。きっと後藤がひどいことをしようとしたのだろう。だから、君が自分を責める必要はない。だから、明石ビルの男たちは、みなで君を守る決断をした。それは間違っていなかったと思う。

僕はみなで決めたことに心の中では納得していた。でも、僕は心が弱かった。死体を埋めたビルで暮らすうち、どんどん怖くなっていった。もちろん、他の男たちも苦しんでいたと思う。平気でいられるはずがない。でも、なんとか踏みとどまっていた。僕にはそれができなかった。

　君は僕たちの暗示で事件を忘れた。そして、どんどん明るく普通の子供になっていった。だが、君が普通の子供に近づけば近づくほど、僕は不安を覚えるようになってきた。なぜなら、僕はもう犯罪者だ。普通の人間ではない。子供なら罪に問われないが、僕は大人だから別だ。もし、警察に捕まったらどうしよう。子供だから、と罪を赦《ゆる》される君が羨ましかった。

　憎しみと苛立ちを感じながらも、それでも中庭で過ごす日々は楽しかった。王国の住人として生きて幸せだった。なのに、夜が辛くてたまらない。夢に明石さんが出てきて、閑ちゃん、と僕の名を呼びながら、うふふと笑うんだ。

　そして、とうとう僕は君にすべてをぶつけた。幸せに暮らす君がずるく感じられ、なにもかもを打ち明けたのだ。そして、そのことで君がどんなにショックを受けたか。どれだけ謝っても取り返しがつかない。

　僕の話を聞いて君は荒れた。仕方のないことだ。でも、君は僕と違って、誰にもそのことを言わなかった。独りで苦しみを抱え込んでいた。本当にすまない。

　君があのビルを出て行ったとき、僕は自分のしでかしたことを心底悔やんだ。堪えきれず、僕もビルから逃げ出した。

　許してくれとは言わない。そんなことを言う権利はない。こんな手紙を書くこと自体が浅ましいのだろう。でも、本当にすまない。

でも、信じて欲しい。ミモザは責任を持って僕が育てる。君のことはすこしも話していない。君の望み通り、ミモザは君を忘れて育っている。だから、安心してくれ。

身体に気を付けて。また手紙を送る。


ミモザは手紙を握り締め、立ち尽くした。父の悔恨と絶望がひしひしと伝わってきた。ここに書かれているのは、父が決してミモザには言わなかった真実だった。

「母は父を……和久井閑を怨んでいましたか？」

「いえ。すこしも」長須明石は首を横に振った。


——どれだけ望まれようと、どれだけ怨まれようと、私は二度とあの子には会わない。あの子はちゃんと学校に行って、ちゃんと卒業して、ちゃんと働いてる。立派な大人。閑ちゃんのおかげ。それに、奥さんとかわいい娘もいる。ちゃんとした家庭なの、すごいでしょ？あの子はきちんと自分の力で自分の人生を生きてる。本当に偉い。だからね、私はあの子を捨ててよかったと思ってる。開き直りでも負け惜しみでもない。

「あの人は嬉しそうに微笑みました。ちょっと恥ずかしそうにも見えました」

――私の人生で私がやった唯一の善いこと、それはあの子を捨てたこと。あの子は私のようにならずに済んだ。あの子が普通に生きていること、それこそが私の誇り。私はあのビルの連鎖を断ち切ることができた。本当に嬉しい。あの子は私の誇り。私は心の底から満足してる。

「あの子は私の誇り、ときっぱりと言ったんです。あの人は本当に幸せそうに笑ってました。それ以上、私はなにも言えませんでした」

長須明石は静かに話を終わらせた。言い終えた彼女も静かに笑っているように見えた。

ミモザは呆然と黒板に描かれた薔薇を見ていた。

――あの子は私の誇り。

母が言ったという言葉が白い薔薇から聞こえて来るような気がした。俺は母の誇りなのか？　この俺が？　妻と娘を幸せにすることもできない情けない男が誇りだと言うのか？

「俺はただのパン屋だ。パンを捏《こ》ねて、丸めて、焼くだけの男だ。おまけに妻と娘には逃げられた。誇れる人間じゃない」

「やめろ」山崎が鋭く言った。「あの子の気持ちを無駄にするな。君は自分で自分を誇りに思うんや。それが、あの子の望んだことや」

「でも……」

——あの子は私の誇り。

ミモザはもう一度黒板の薔薇を見た。ミモザ、と薔薇が語りかけた。あなたは私の誇り。あなたは私の誇り……。

長須明石がミモザに眼を向けた。

「ミモザさんは踏切で人を助けたことがありますね」

長須明石が言った。ミモザはぎくりとした。

「知ってるのか？」

「ええ。そして、その後のことも」

一年ほど前のことだ。

ちょうど、妻と娘と三人で保育園の運動会に向かうところだった。娘を真ん中にし、ミモザと妻とで手を繋いでいた。踏切まで来たとき、遮断機は下りていた。三人で待っていると、後ろから来た女がいきなり遮断機をくぐった。そして、線路上に立ち尽くした。ミモザは娘の手を放し、遮断機をくぐった。そして、女を無理矢理に連れ戻した。まさに間一髪だった。

だが、ミモザに助けられた女は、その後、結局命を絶った。ミモザは傷ついた。なぜか自分が見殺しにしたように感じ、苦しくなった。この事件はネットでも話題になった。その際、ミモザの名をバカにする書き込みも多かった。

あるとき、事件のことで絡まれた。ミモザはかっとして男を殴り、傷害罪で告訴された。

不起訴になったが、間もなく妻と娘は出て行った。

出て行く前に、妻はこう言った。

――あなたのしたことは立派だと思う。でも、あの一瞬、なんのためらいもなく、あなたは踏切に飛び込んだ。あなたの心の中に私と娘はいなかった。でも、あなたを責めてるんじゃない。心が狭いのは私。でも、あのとき思ってしまった。あなたは遠い。果てしなく遠いどこかにいる。

ミモザは言い返せなかった。遠い、という言葉が胸に突き刺さった。

そう、俺は今でもずっと遠くへ行き続けているのか。子供のときのままなのか。母は間違っている、とミモザは思った。捨てられた子供がまともに育つわけがないだろう。結局、俺は普通にはなれなかった。母の期待を裏切った愚かな子供だ。

「それで、母はがっかりしたのか？　捨てたおかげで普通に育ったと思っていた息子が、警察沙汰になって、妻と子供に逃げられたんだ。母はさぞ失望しただろうな」

ミモザは吐き捨てるように言って、笑った。自虐はみっともないとわかっていたが、抑えることができなかった。

「いえ」

長須明石はミモザの醜態にわずかに眉を寄せ、気の毒そうな顔をした。

「じゃあ、母はまだ知らないのか？」

「いえ」もう一度、長須明石が首を横に振った。

「え？」

いえ、の意味がわかった。すうっと身体から熱が引いた。

男たちも息を呑んだ。山崎は眉を寄せ、堪えるような顔をした。源田は小さく喉を鳴らしてうつむいた。

「まさか……」

一縷《いちる》の希望にすがり、ミモザは長須明石を見た。長須明石は眼を逸らした。膝が震えた。立っているのがやっとだった。

今、ミモザは心の底から母に会いたいと思った。それは自分でも説明の付かないほど原始的な心の動きだった。会いたい、母に会いたい。一目でいいから母に会いたい。これは感情じゃない。欲だ。本能的な欲求だ。俺は母に会いたいんだ。

「じゃあ、母は死んだんですね。もう会えないんですね」

ちゃんと喋れるのが不思議なくらいだ。ミモザはさらに言葉を続けた。

「……俺はもう二度と、母に会えないんですね」

母に会えない。母は死んだ。もう会えない。

ふいに限界がきた。もう立っていられない。ミモザは崩れるように膝を突き、号泣した。

黎明

呆気ない死だったという。

公園の石段で小学生が遊んでいた。グリコ、チヨコレート、パイナツプル、とじゃんけんをして勝った者が音の数だけ階段を上る遊びだ。

だが、ふざけすぎた男の子が足を踏み外し、転落した。たまたま居合わせた白墨は助けようとしたが、巻き込まれて一緒に落ちた。白墨は階段の下に倒れ、動かなかった。怖くなった子供たちは散り散りに逃げた。

一番親しくしていたのは長須明石だった。明石は一人で白墨を送った。約束を守って、ミモザには連絡しなかった。

「あの人の遺志を尊重して、ミモザさんには一切知らせないつもりでした。でも、あの人の部屋を片付けていると、通帳を見つけたんです。びっくりするほどの金額が入っていました。名義は和久井ミモザでした」

長須明石はバッグから封筒を取りだし、ミモザに渡した。

「通帳とハンコです。本当は和久井閑さんに渡すつもりでした。白墨さんの名を出さずに、ミモザさんに渡すことができるだろうと」

ミモザは封筒を受け取ったが、中を見る気がしなかった。そのまま、リュックに突っ込んだ。母は子供たちを助けようとしたのではない。ミモザを助けようとしたのだ。


白墨がすでにこの世にいないことを知った男たちは、それぞれに嘆き悲しんだ。源田は声を上げて泣き、鵜川は歯を食いしばって鬼のような形相だった。山崎は拳を握り締め立ち尽くしていた。皺だらけの頰には涙が伝っていた。

「かわいそうに……かわいそうに……」源田はそればかり繰り返した。

ミモザは埃だらけの床に座り込んだまま、立ち上がれなかった。母に捨てられたときも辛かった。だが、そのときの辛さと今の辛さは違う。捨てられたときは、自分がかわいそうだった。だが、今は鋤《くわ》か鍬《すき》かなにかで、ざっくりと身体を抉り取られたような気がする。身体が半分近くなくなって、そこをひゅうひゅう風が通り抜けていく。原始的で暴力的な喪失感だ。

「ちょっと待ってくれ。あんたはあの子と約束したんやろ？　ミモザ君には会わない、って。あの子の願いはミモザ君がなにも知らんまま普通に暮らすことやった。それを、なんで破った？」山崎が長須明石を責めた。

「それに、あんたは閑ちゃんがビルを出て丸亀でパン屋をやっていることを知ってたんやろ？　なのに、なんで閑ちゃん宛の封筒をここに送ってきたんや？」鵜川も不審を隠すつもりはないようだった。

長須明石は一瞬たじろいだが、負けまいと懸命な表情をした。

「もし、和久井閑さんの自宅に送ってミモザさんの眼に触れたら、と心配になったんです。ここに送れば、結束の強いみなさんですから、こっそり連絡を取るだろう、と」

「いいように私らは使われたんか」山崎は納得できない顔だ。

ミモザは床の上で長須明石の話を聞いていた。父は手紙を、おまえには関係ない、今すぐ捨てろと言った。ミモザを明石ビルに、王国に行かせるつもりはなかった。病床でも必死で母との約束を守ろうとしたのだ。

「そもそも、君はなんで僕らを集めた？」源田が食ってかかった。かなり苛立っているようだった。

「あの人について知りたかったんです。それに、小さな子が人を殺したなんて、やっぱり納得できなかったからです。だから、費用を払って調査を依頼しました。すると、明石ビルには今でも三人の人が住み続けていることがわかりました」

「僕らかて最初は信じられへんかった。でも、あの子は認めたんや」

源田はやりきれないと言った口振りで、山崎と鵜川に眼をやった。二人もうなずいた。

「このビルは普通ではなかったからですか？」

「そうや。ここで暮らしてない人間にはわからんやろうが、ここのすべては普通やなかった」

鵜川が訥々《とつとつ》と話すと、すかさず長須明石が言った。

「普通じゃなかったから、小さな子供が大人の男を殺してもおかしくない、と？」

「まあ、そういうことや。信じられんのも無理はないが」鵜川はため息をついた。

「こんなことを言っては失礼かもしれませんが、あまりにも普通ではないことに囲まれていたため、みなさんは感覚が麻痺《まひ》しているように思います。明らかにおかしいことをおかしいと思わず、そのまま受け入れてしまう。ある意味、思考停止状態です」

「なにが言いたいんや？」山崎が低い声で言った。

「あんな小さな子が大人の男を殺したなんて、普通ならありえないと思うでしょう。なにかの間違いだと思って、真犯人は別にいる可能性を考えます。でも、あなた方はそれをしなかった。最初からあの人が殺人者だと信じ込んだ」

「あんたはあの子を知らん。幼かったあの子が母親にほったらかしにされどんだけ苦しんだかも知らん。余計な口出しはやめてくれ」鵜川が強い口調で言い、グラスに手を伸ばした。

「そうですね。あの人は苦しんだんでしょう。でも、あの人を『普通じゃない子供』だと思い込みたかったのはあなた方です」

「だから、なにが言いたいんや」山崎が低い声に凄味を利かせて訊ねた。

「白墨さんは殺していないと思います」

「根拠は？」

「あの人の記憶です。ある日、夕焼けを見ながら、あの人は言ったんです」

――血の色みたいに綺麗。

「その後、はっと気付き、恥ずかしそうな顔をしました」

――こんな言い方、普通じゃないですね。気を付けなければと思ってるんだけど、ときどき勝手にふっと口から出てしまって。

「そのときは、それ以上は追及しませんでした。でも、私はその言葉が気になって仕方ありませんでした。血の色が綺麗だという形容はやはり普通じゃない。そもそも、空一杯を染める真っ赤な夕焼けから血を想像する以上、一滴や二滴の血じゃない。血まみれ、血だまりといった大量の血のことでしょう」

「そうや。あの子は後藤を刺した。後藤は血まみれになって死んだ」鵜川は腕を苛々と組み替えた。「俺たちはあの子の殺人の記憶を消そうと頑張ったが……血のイメージは潜在意識に残ってしまったんや。つまり、あの子がやったという証拠やないか」

「でも、血の色みたいに、と言ったときのあの人の表情は、ほんの一瞬だけど幸せそうだったんです。人を殺した記憶なのにおかしいじゃないですか？」

「お嬢さん、あんたの言いたいことはわかるが、ここは明石ビルなんや。常識は通用せえへんのや」山崎がため息交じりに、外に眼をやった。「ここではたくさん死んだ。明石さんの父親、明石さん、後藤、それからウーチャンも」

ミモザは床の上で呆然としていた。立ち上がる気力もない。母の声が繰り返し、頭の中で響いている。

――空も海も真っ赤。血の色みたいに綺麗ね。

――ミモザ、寒いの？　ほっぺたが血の色みたいに真っ赤。

ミモザは顔を上げた。長須明石の言うとおりだと思った。母の記憶は辻褄《つじつま》が合っていない。一生苦しみ続けた罪の記憶が、ところどころ幸せな記憶にすり替わっている。この混乱は、男たちが無理矢理に思い込ませたせいか？

ミモザはゆっくりと立ち上がり、みなを見渡した。

「俺の憶えている限りでもそうだ。母はうっとりと言っていた。血の色みたいに綺麗、と。だから、ずっと俺は血の色みたいに、というのは良い意味の形容だと思っていた。人が不快に感じるなんて想像もしなかった。おかげで、なにも知らずに母の口癖を真似て、よく失敗した」

ああ、と男たちが顔をしかめた。ミモザは言葉を続けた。

「みなさんにお伺いしますが、血の色みたいに綺麗、と言うのは明石さんも言ってましたか？」

「いや。明石さんにはそんな口癖はなかった。あの人が言うてたのは、ウサギのウーチャンやな。殺されたときの眼が赤くて綺麗、と」

「じゃあ、母が言う血の色みたいに、は明石さんの口癖ではないんですね。でも、死に関する事柄を綺麗と形容する素地はあった、と」

「ま、そういうことやな」鵜川がため息をついた。「そんなことより、お嬢さん、あの子のことをもっと話してくれ」

「待ってください。疑問はまだ解決していない」ミモザは鵜川を遮り、きっぱりと言った。「あなた方の言う記憶の操作は矛盾している。殺人の記憶を消したはずなのに、血の記憶は残った。そこまでならわかる。でも、血の記憶が残るのと、血の色は綺麗だ、と思うようになるのはまったく違う」

「それは明石さんの影響やろ。あの子が頭の中で恐ろしい殺人の記憶を合理化するために、血は綺麗や、と思い込んだんや」

「いや、そうじゃない。だって、母は本当にうっとりしていた。血の色は綺麗だ、と言うときの母はたしかに幸せだった。不自然な条件付けですよね」

「不自然かも知らんが、人の心や記憶は複雑なもんや」

「たしかに。俺もそうでした。母のことをすっかり忘れてたんだから。でも、母のことを思い出してからは、幸せと苦しみが一緒くたにやってきた。記憶って単なる事実の再生じゃないんです。必ず感情も結びついて再生される。たとえば、母と手を繋いで坂を登ったときのことなら、憶えているのは坂道の風景だけじゃない。母の手の温もりと、そのとき俺が感じた幸福だ。逆に、母の暗唱するロルカ、母の叩くカスタネットがありありと頭の中に響いたら、そのたびに心臓がつかまれたように苦しくなる」

いったん言葉を切って、ミモザはグラスに手を伸ばした。溶けた氷とレモンの味がした。

「母が憶えているのは人を刺したことじゃない。人を刺した後に流れ出た大量の血、そして、そのときに幸せだったことだ」

男たちはなにも言わない。妙に表情のない顔で立ち尽くしている。

「誰かが母に刷り込んだんです。あの夜、母に血だまりを見せた上で、母が幸せになるようなことをしたか、言ったかしたんです。それは、母が殺したことにしたかった人がやったんだ」

「まさか」源田が叫んだ。

「ありえない」鵜川も血相を変えた。

「ミモザ君。なにも知らない部外者が口を出すのは止めてもらおか」精一杯冷静なふうで山崎が言った。

「誰が部外者だ」思わずミモザは怒鳴った。「俺はあの人の息子だ。さっきからなんですか。このビルに住んでた人間は特別みたいな顔をして」

「じゃあ、誰がやったと言うんや？」

「あなたたちのうちの誰かでしょう」

「ビルに出入りしてた人間は他にもいる。たとえば、手伝いの吉竹さんならビルの事情を知ってる。クビになったのを恨んでた可能性もある」

「あの人は違います。耳が不自由なんでしょう？　明石さんの話を聞いていません」

「明石さんの話？」

「ウサギの話ですよ。母に罪を着せたのは、明石さんとウサギの話を知っていた人です」

「どういうことや？」

「血の色みたいに綺麗という形容を母がなんの抵抗もなく受け入れられたのは、明石さんが殺されたウサギの眼を綺麗だと言うのを聞いていたからです。母は他の子供に比べて、血の色と死への抵抗がすくなかったと思われます。それを知っていた誰かが利用したんですよ。母に偽の記憶を刷り込む際に、血の色は綺麗だ、という形容を」

三人の男たちが顔を見合わせた。長須明石は今にも泣き出しそうな顔をしていた。誰もなにも言わなかった。みな眼だけが怯えていた。

ミモザは時計を見た。午前四時だった。外は真っ暗で、窓から入ってくる風がいっそう冷たくなった。夜明け前が一番暗い、とよく言うが本当だろうか。夜は夜、闇は闇だ。

ミモザはテーブルの上のカスタネットを手に取った。両の手で鳴らす。

たんたん、たたん、たたん。

硬い音が反響する。背後で流れる甘いメロディにまったくそぐわない。居心地の悪さは想像以上だった。

男たちは黙ってミモザのカスタネットを聴いていた。山崎の顔は険しく、鵜川の顔は強張り、源田は呆けたような顔だった。

たん、たん。た、た、たたたん。

ミモザはカスタネットを鳴らし続けた。遠い昔、母もここでカスタネットを鳴らした。自分は生きている、と証明するためにだ。

「母は人殺しじゃない」

ミモザはきっぱりと言い切った。そして、真っ直ぐ鵜川に眼を向けた。

「ここは人の出入りのすくないビルですね。住人以外でここに入ったことがあるのは、お手伝いの吉竹さんと、後藤、それに鵜川さんの弟だけなんでしょう？」

「なにが言いたい？」鵜川がうっとうしげに首を振った。

「明石さんの簞笥の現金や、後藤の財布がなくなったことがあったそうですが、弟さんはお金に困っていたんですよね？」

鵜川は黙っている。ミモザは鵜川から視線を外さず話し続けた。

「母はあなたによく懐いていたそうですね。あなたは黒板をつくってやったり詩集を読んで聞かせていた。あなたの話なら、母はよく聞いたでしょうね」

鵜川は返事をしない。じっと立ち尽くしていたが、やがて、ひとつため息をついて窓の外を見た。染みだらけのカーテンの向こうに闇が揺れていた。

「あなたの話なら信じ込んだでしょうね」

鵜川は動かない。ミモザも鵜川の視線を追った。闇がほんのわずか薄くなってきたような気がした。

「……そうや。あの子は信じた」

鵜川が呟いた。みな、はっと息を呑んだ。鵜川は抑揚のない声で続けた。

「後藤を殺したんはあの子やない。俺の弟や」

みな呆然と鵜川の顔を見た。鵜川はみなの顔をゆっくりと見渡し、繰り返した。

「あの夜、俺の弟が後藤を殺した。あの子はなにもやってない」

曙光

みな、唖然として言葉が出なかった。

鵜川はグラスを握り締めたまま、軽く首を左右に振った。意味のない仕草に老いが感じられた。

「あの夜、俺が眠っていると、突然弟がやってきた」


――兄貴、起きてくれ。やばいことになった。

――達夫か？　どうしたんや、こんな時間に。

俺はまだ半分寝ぼけていた。部屋の中は真っ暗だ。枕元のスタンドを点けた。そして、俺は息を呑んだ。弟は血まみれだったからだ。

――どうしたんや、えらい怪我してるやないか。喧嘩か？

――大きい声、出さんといてくれ。俺は怪我はない。それよりちょっと……。

――ちょっと、なんや？

すると、弟は突然泣きだした。

――兄貴、どうしよう。俺、人を殺してもうた。警察に捕まって死刑になるかもしれん。

――なに？　人を？　落ち着け。誰をや？

俺も動転していた。だが、とにかく弟をなだめ、話を聞いた。

――一番上の部屋にいた男や。ちょっと金が欲しくて盗みに入ったら、男がいたんや。それで、もみ合いになって刺してもうた。あの女しかおらんと思たのに。

後藤のことだ。俺はぞっとしたが、すぐに二人が心配になった。

――女の人と子供はどうした？　まさか、二人とも刺したんやないやろうな？

――違う。刺したんは男だけや。すぐに逃げてきた。

――なんてことを……。

すると、弟は泣きながら俺をなじった。

――兄貴のせいや。男のことなんか言うてなかったやないか。そやから盗みに入ったんや。前は上手く行った。今度もそうやと思てたのに、まさか男がおるなんて……。

――阿呆、なに人のせいにしてるんや。

――なあ、兄貴、助けてくれ。なんとかしてくれ。捕まるのは嫌や。

たしかに、以前、弟に明石家の話をした。いつも部屋の鍵を掛けず出入り自由、小さな娘と二人暮らしだ、と話した。他意はなかった。

その話を聞き、金に困った弟は盗みを計画した。昼間にこっそりビルに入ると一階の女中部屋に隠れていた。そして、深夜、明石の箪笥から現金を盗んだ。再び女中部屋に隠れ、朝一番に閑ちゃんが出勤した後で出て行った。

この盗みがばれなかったので、弟は味を占めた。再び盗みに入り、眠っている明石の枕元から後藤の財布を盗んだ。これもばれなかった。そして、三度目があの夜だった。だが、あの夜は後藤がいた。突然、明かりが点いた。弟が振り向くと、眼を覚ました後藤が立っていた。後藤は弟を取り押さえようとした。弟は台所に逃げこむと、そばにあった包丁を振り回して、居間から外へ逃げようとしたが、後藤に殴られ倒れた。無我夢中で包丁を突き出すと、太腿に刺さった。血が噴き出し後藤は見る間に絶命した。慌てた弟は血まみれのまま、俺の部屋に逃げ込んだのだった。

――頼む。兄貴。なんとかしてくれ。

弟は泣いてすがった。

――なあ、兄貴。頼む。助けてくれ。

俺が黙っていると、弟はいきなり土下座した。

――頼む、見逃してくれ。一生、恩に着るから。

自首させることも考えた。だが、逃がしてくれと頼む弟に負けた。

――わかった。後はなんとかする。おまえは女中部屋に隠れとけ。五時過ぎには正面玄関のドアが開く。それからこっそり逃げろ。

――ありがとう、ありがとう兄貴。この恩は一生忘れへん。

　血で汚れた服を脱ぎ、俺の服に着替えると、弟は何度も頭を下げながら出て行った。俺は覚悟を決めて明石の部屋に向かった。すると、後藤は居間で死んでいた。包丁は太腿に刺さったままだった。そっと寝室をのぞくと、明石はすっかり酔って眠っていた。白墨も自分の部屋でぐっすり眠っていた。二人とも、眼を覚ます気配はなかった。

　明石は後藤が死んだと知れば、さぞかし嘆き悲しむだろう。だが、自分から通報はしない。ただ、哀しむだけだ。通報するとすれば、山崎だ。あれは筋を通したがる、融通の利かない頑固者だ。警察が来れば、このビルの住人全員が調べられる。明石も、俺たちもだ。弟の指紋もあるだろう。すぐにバレる可能性は高い。

　だが、誰にも気付かれず、朝までに後藤の遺体を始末することは不可能だ。弟の犯行を隠蔽するには協力者が必要だ。だから、このビルの住人をなんとかして味方に付ける。そのためにはどうすればいい？　俺は懸命に考えた。

　俺は居間に立ち尽くし、頭を抱えた。ひどい散らかりようだった。テーブルの上には紹興酒とレモン、ウヰルキンソン、ブランデー、クレーム・ド・カカオの瓶が散乱している。床の上には描きかけの薔薇の絵があった。

そのとき、ある考えが浮かんだ。

子供なら罪にならない。子供なら責められない。白墨がやったのなら、山崎も源田も絶対に庇う。白墨を助けるためなら、なんだってするだろう。

俺は残った酒で「アレキサンダー」を作った。カクテルグラスではなく、白墨がいつも使っている普通のグラスに注いだ。それから、後藤の死体から包丁を引き抜き、眠っている白墨の手に握らせた。もし、この段階で眼を覚ましたなら、おまえがやった、と強引に言いくるめるつもりだった。だが、白墨は起きなかった。動かしても大丈夫だ。俺は白墨をそっと抱き上げ、台所まで運んだ。血だまりの上に横たえた。まだ固まりきっていない血が白墨の腕やら胸やらを汚した。それから、白墨を揺り動かした。

――白墨、かわいそうに、起きるんや。

すると、白墨が眼を開けた。だが、まだ寝ぼけているのがわかった。

――ああ、なんてことを。かわいそうに。ここまで追い詰められてたなんて……。

俺は大げさに嘆くふりをした。

――え……。

白墨は自分の手に持った包丁を見て、驚いた。

――かわいそうに。おまえが悪いんやない。だれもおまえを責めたりせえへん。後藤は最低の男やった。おまえは辛かったんやろ？　かわいそうに。

私は白墨に余計なことを考えさせまいと、話し続けた。

——かわいそうに。おまえには悪気はなかった。寝ぼけてただけや。悪い夢でも見たんやな。それで、つい、包丁で刺して殺してしまったんやな。

——あたしが殺した……？

まだ白墨はぼんやりとしている。俺はアレキサンダーの入ったグラスを渡した。

——大丈夫、なにも怖くない。これを飲んで落ち着くんや。

半分寝ぼけたまま、白墨は言われるままにチョコレート味のカクテルを一口飲んだ。

——甘くて美味しいやろ？

——うん。でも……血が……。

白墨はわけがわからず混乱していた。

——血なんか平気や。怖くない。血の色は綺麗な色やから。

——綺麗？

——そう。明石さんも言うてたやろ？　殺されたウサギの赤い眼は綺麗や、って。おまえが殺した後藤の血も綺麗や。そうやろ？

白墨をごまかすため、俺は明石とウサギの話を持ち出して話を逸らした。

——うん。綺麗。

——そうや、いい子やな、白墨は。

俺は白墨の頭を撫でてやった。白墨は嬉しそうに笑った。俺はもう一度アレキサンダーを勧めた。

――うん、血の色は綺麗。

誉められてよほど嬉しかったのだろう。白墨は無邪気に繰り返した。

――ほら、飲むんや。

生クリームを多めにして口当たりをよくしてある。白墨は残りを一息に飲んだ。

――かわいそうに。殺すつもりなんてなかったのに、つい、寝ぼけて、包丁で刺してしまったんや。大丈夫、そういうのは罪にならへん。

――でも、あたし、なにも憶えてへん。

俺はゆっくりと顔を横に振った。そして、白墨の肩をぎゅっと抱いた。

――大丈夫や。俺らでちゃんとする。おまえが警察に捕まらないように守ってやる。

――警察？　あたし、捕まるの？

――そうや。このままやったら捕まって刑務所行きや。でも、心配ない。俺らが守ってやるから。

――ほんと？

そう言って、白墨は座ったまま倒れそうになった。

――なんか……頭がぐらぐらする……。

強い酒だ。子供だからすぐに回る。俺は白墨を抱き留め、繰り返した。

――大丈夫や。俺らが守ってやる。なにも心配ない。

――ほんとに、あたし、捕まらへん？

――白墨、安心するんや。なにも怖くない。俺らがずっと守ってやる。

俺は白墨の頭を撫でた。白墨はされるままになっていた。

――気持ち悪い……。

――大丈夫。俺らが守ってやるから。

白墨はやがて眠ってしまった。俺は血だまりの上に白墨を放置すると、グラスの血を拭き取り居間のテーブルの上に置いた。

これ以上はなにもしてはいけない。後は放っておくだけだ。他の住人の誰かが異変に気付き、白墨を保護するだろう。俺には確信があった。誰も警察には通報しない。白墨を守ろうとするはずだ。

誤算は、翌朝、閑ちゃんは休みで出勤しないことだった。早朝に扉の開け閉めをしても怪しまれないよう俺が早出をすることにして、明け方に正面の扉を開けて弟を逃がした。

「次の日のことは、山崎さんと閑ちゃんが知ってる通りや。明石さんが後藤の死体と包丁を握り締めた白墨を発見した。あの子は実際には殺してないのに、自分がやったと信じ込んでいた」

「鵜川、貴様、なんて卑怯な……」山崎が怒りで身を震わせた。「なんということを……」

「普段より早い時間にビルを出たことで、俺が怪しまれるかと思ったが、誰も疑わなかった。みな、白墨がやったと頭から信じ込んだ。俺は罪悪感で頭がおかしくなりそうやったが、懸命に気を落ちつけてみなと一緒に白墨を守るふりをした」

「今まで黙ってやがって。あの子に罪を着せた？　あんた、ひどすぎる」源田が叫んだ。

ミモザも怒りで頭がおかしくなりそうだった。母を死ぬまで苦しめた記憶はなにもかも嘘だった。母は罪をなすりつけられたことも知らず、罪を背負ったのだ。残酷にも、母は自ら望んで背負ったのだ。

「でも、あの子が本当のことを思い出したら、どうするつもりやったんや？　自分は殺していない。貴様に教え込まれただけや、と気付いたら？」

山崎が鋭い眼で鵜川をにらみつけた。だが、鵜川は眉一つ動かさず、淡々と答えた。

「白墨の偽の記憶が揺らぐことはないと俺にはわかってた」

「だから、なんでや」

山崎が声を荒らげた。鵜川に食ってかかろうとする前に、ミモザが歯を食いしばって訊いた。

「守ってやる、って言ったからだろう？」

「そう。ミモザ君の言うとおりや。白墨は心の底から願ってた。誰かに守られたい、と。守ってもらえるなら、人殺しであることも平気やった。嘘を教えたのは俺やけど、それに飛びついたのは白墨や。あの子は自分で嘘を選んだ」

「なにを勝手な」源田が顔を覆った。

「あの子がどれだけ苦しんだと思てるんや」山崎が怒鳴った。びりびりと響く声だった。

鵜川は一瞬たじろいだが、すぐに淡々と言葉を続けた。

「こんなに上手く行くとは自分でも思わなかった。そして、気付いたんや。白墨は母親から保護されていなかった。自分を庇護し、愛してくれる人間を求めていた。一方、俺たちは人間として、雄《おす》としての役割を求めていた。誰かを守りたくて、愛したかった。その利害が一致したんや」

「じゃあ、母にも責任があると言いたいのか？」

「違う。俺はそのとき、決めた。一生かけてあの子を守ろうと思ったんや」

鵜川がきっぱりと言い切った。なんの迷いもなかった。

「その後、弟はどうしたんや？」山崎が凄まじい眼で鵜川をにらみつけた。

「あの夜から半年ほどした頃、車の事故で死んだ。不良仲間と酒を飲んで女の子を乗せて、楽しいドライブをしてたらしい。スピードを出し過ぎてカーブを曲がりきれず、側壁に衝突してぺちゃんこになった」鵜川はそこですこし笑った。「俺のしたことはまったく無意味やった」「そんなやつのために……」思わずミモザが怒鳴ったとき、長須明石が前に出た。顔を歪め、今にも泣き出しそうな顔で言う。

「今、白墨さんが父の許から去ることになった決定的なきっかけがわかりました。それは、父が『守ってやる』と言ったからです。あなたが罪を着せたときに言った言葉と同じです。白墨さんはまた迷惑をかけることになると思って、父から身を引いたんです」

ミモザは母の地獄を思った。愛する男からの心からの「守ってやる」は、母にとっては一番聞きたくない言葉だったのか。

長須明石は顔を背け、すすり泣いた。鵜川は能面《のうめん》のような顔で繰り返した。

「皮肉なことになったかもしれんが……それでも俺はあの子を守るつもりやった」

「そんなこと信じられるか。あんたは卑怯者だ。母に無実の罪の呪いをかけた」ミモザは怒鳴った。

「ああ、たしかに俺は卑怯者や。だから、白墨がいなくなってからは自分にできる償《つぐな》いをしようと思った」

「それがあんたのボランティアの理由か？　せっせと施設に寄付したり、子供食堂の手伝いに行ったり。そうやって卑怯な自分に言い訳してたんか？」山崎が容赦なく鵜川を追い詰める。

「そんな償いなんかやられたほうが迷惑や」

源田が泣きながら怒鳴った。だが、鵜川は動じなかった。

「そうやな。でも、たとえどんなに弱く、愚かで、流されやすい人間であったとしても、意識的で作為的に善を実行し続けることができる。それは偽善と呼ばれるものかもしれないが、それでも誰かを救うと信じることはできる」

その言葉を聞いた瞬間、ミモザは頭に血が上った。鵜川につかみかかり怒鳴った。

「あんたが言うな」

鵜川はミモザに胸ぐらをつかまれながらも、表情ひとつ変えなかった。ミモザは我慢ができずに拳を振り上げた。相手が八十手前の老人だと言うことも忘れ、思い切り殴りつけようとした。

だが、そのとき、山崎がミモザの腕をつかんだ。すごい力だった。

「離せ」

ミモザは山崎を振り払おうとしたが、気付くと床に転がっていた。一瞬のことでわけがわからなかった。埃だらけの床の上から身体を起こす。床に倒れたままむせて咳き込む鵜川とミモザを見下ろす山崎が見えた。そうか、合気道の師範だった、と思い出した。

「ミモザ君。君は手を出すな」

山崎が限りない哀れみの眼差しでミモザを見た。

「こいつのやったことを許せというのか？　こいつのせいでお母さんは苦しんだ。どこにも居場所がなくて、ずっと遠く、どこか遠くへ行こうとして……」

母は、と言えなかった。咄嗟に口をついた言葉は「お母さん」だった。

「わかってる。でも、君は手を出すな」

「そうや。君には関係ない。僕ら、明石ビルの住人の問題や」

源田がうなずいた。

「でも、俺は息子なんだ。血の繋がった、たった一人の息子なんだ」

「ミモザ君。この件は、私たちが責任を取る。だから、君はこれ以上関わるな」

「話が違う。ここへ俺が来たとき、あなたたちはこう言った。――この話を聞いたら君もタダでは済まん。責任を引き継ぐことになる、と」

「事情が変わった」山崎がきっぱりと言い切った。

「そんな……でも、俺は……あの人の息子なんだ」

ミモザは懸命に言葉を探した。だが、この老人を翻意《ほんい》させるのが不可能なことはわかっていた。

「さあ、これで話は終わりや。ミモザ君もお嬢さんもお引き取り願おうか」山崎は妙にさっぱりとした表情だった。

「あなた方はどうされるんですか？」長須明石も納得していないようだ。

「君たちには迷惑を掛けんから心配するな」

「そういうことじゃありません」

食い下がる長須明石を見て、山崎がほんの一瞬嬉しそうな顔をした。だが、すぐに元の鋭い眼に戻った。

「鵜川の言うことも正しいのかもしれんと思う。人は努力して、気高く生きる真似ができる。それがたとえ滑稽な猿真似であったとしても」

山崎の声は厳しかった。だが、その眼から哀れみは消えていなかった。むしろ、そこにかすかな優しさがのぞいていた。

「そう、猿は猿なりに猿同士で責任を取るだけや」源田が情けない顔で笑った。「ここは明石ビル。僕らは好きなようにやる」

二人の言っている意味はわかった。だが、どうしていいかわからず立ち尽くしていると、床の上で膝をついた鵜川が深々と頭を下げた。

「ミモザ君、本当にすまないことをした。心から詫びる。自分のしたことのケリは今から必ずつける。だから、後はこの二人に任せてくれ」

山崎と源田がうなずく。ミモザはそれでもまだ決心がつかなかった。

「これがこのビルの普通なんですか？」

「そうや」

三人の男が声を揃えた。そして、笑った。嬉しそうだった。

終章　薔薇

普通とはなんだろう。普通に生きるとはどういう意味か？

普通。普通。ミモザは心の中で繰り返した。くだらない言葉だ。ただなんとなく口にするだけの言葉、深い意味もなく、なげやりで適当で、その場しのぎの言葉。

ミモザはグラスの中の酒を見下ろした。普通。普通という言葉からはなにも伝わってこない。「とりあえずビール」と同じくらい情けない言葉だ。

「教えて下さい。普通、ってわざわざ口にした場合、あまりいい意味で使わない。よくも悪くもないとか、個性がないとか、自分の意志がないとか、そんな否定的なニュアンスで使われることが多いような気がする。でも、母もあなた方も普通にこだわった。なぜですか？」

ミモザが訊ねると、山崎がしばらく考えてから言った。

「それは、この明石ビルでは、普通というものが、どれだけ望んでも手に入らなかったものだからや」

「普通が手に入らない？」

「そうや。このビルの中には普通のものは何一つなかった。明石さんの父親も明石さんも後藤も、それから私たちも、普通の人は誰ひとりいなかった。そもそも、このビルそのものも普通やない。建物の真ん中が空洞になって中庭がある。つまり中心が空っぽ、虚ろってことや」

「空っぽ……」

「みんな、空っぽやったんや。だから、その空っぽの穴をなにかで満たそうとしてもがいてた」源田がレコード棚によりかかった。「明石さんは全部とは言えないが、確実に僕の穴を満たしてくれた。でも、僕は明石さんの穴をすこしも満たすことはできへんかったが」

「そうやな。私も同じや」

山崎がうなずき、椅子に座ったまま大きく背を反らした。椅子が軋み気持ちよさそうな声を立てる。それから、独り言のように言った。

「普通をバカにするのは恵まれた連中や。自分たちが普通であることで、どれだけ幸福なのかに気付かない。白墨は、あの子は心から普通になりたがってたんやろ。でも、無理やった。自分は人殺しやと思い込んでたから」

ミモザはうつむいた。グラスを握る指が震えていた。

普通。母はこんな愚かしい言葉を願ってやまなかった。普通は母の夢だった。

「ミモザ君。普通になるんや。それがあの子の夢やったんやから。二度と私たちとは関わるな。こんなビルのことは忘れろ」

「忘れろと言われて、忘れられるわけがない。俺は母のことを思い出してしまったし、このビルのことを知ってしまった。無理です」

「それでも忘れるんや」

山崎がミモザを見つめ、強く言った。源田もその横でじっとミモザを見ていた。

「あのとき、私らはどうすればよかったのか。今でもわからない。だが、私たちにできたことは、他にもっとあったはずや」山崎は床に落ちたチョークを拾った。「そのとき、そのときの決断が最善だと信じていたわけでもない。自分たちが間違っていると知りながらも、それしか選べなかった」

窓の外が明るくなってきた。春のおぼろな光がゆっくりと部屋に差し込んでくる。夜には隠されていた細々としたものが見えるようになってきた。

ミモザは廃墟の一室を見渡した。かつて、母が暮らした部屋だ。埃だらけの籐家具、染みだらけの絨毯、破れたカーテンは朝の光を浴びると、いっそう凄まじく見えた。ここはとうに死んだ部屋だと思い知らされる。

「明石さんは断ったことがない。どんな人間でもどんな要求でも、決して拒まへん。嫌な顔一つせずに受け入れてくれた。音楽家とは名ばかりの僕を笑わんかった。僕のつまらない話にも、下手くそな演奏にも拍手してくれた」

源田がしんみりした口調で言い、鼻を啜った。手の中のグラスは氷が全部溶け、すっかり薄くなっていた。それでも、まるで宝物のように握り締めていた。

山崎の手の中のグラスは空だった。この男もグラスを大事に握り締めていた。

「このビルの連中はみんなここしか居場所がなかった。明石さんは淫乱《いんらん》で尻軽でだらしなくて最低の女やったが、私たちを拒まなかった。あの頃、明石ビルはたしかに王国で楽園やったんや」

ここを楽園というのか。ミモザは胸が痛くなった。だが、きっと父も同じことを言うだろうと思った。苦しみ、悔やみながら、それでもなお惹きつけられる。楽園での日々を忘れられない。

「ミモザの黄色い花がテーブルの上にあって、音楽が一日中流れて、明石さんと寝て、酒を飲んで、白墨の描いた薔薇の絵を眺めてた」山崎が言う。

「酒とバラの日々」鵜川が呟いた。

「そう、それ、まさしく酒とバラの日々」源田が笑った。

「父も幸せだったんですね」

「もちろんや」山崎がきっぱりと言った。「明石さんと白墨がいて、私たちがいて、それで幸せやった。間違った幸せかもしれんが、私たちは満足してたんや」

「どうすべきだったのか、と考えても無意味や。この歳になってわかる。人生には選択肢などない。選択肢があったと思い込んで、自分を慰めたいだけや」

源田が笑った。皺だらけの笑顔にごま塩長髪はよく似合っていた。

しばらく誰もなにも言わなかった。やがて、鵜川がゆっくりと立ち上がった。

「……あの頃、楽しかったな」

鵜川は泣いていた。

「ああ、楽しかった」

山崎と源田がうなずいた。

黒板に春の朝の光が届こうとしていた。ゆっくりと白墨の薔薇が浮かびあがる。

「閑ちゃんにこう伝えてくれ。――白墨は元気そうやった。幸せに暮らしてる、てな」

三人はじっとミモザを見ていた。限りなく優しく温かい眼だった。ミモザはたまらなくなった。

「わかりました」

部屋が明るくなっていく。湿った川の匂いが強くなった。

「さあ、君らは帰れ」山崎が言った。「そして、二度とここへは来るな」

ぐずぐずしていると、源田が小さなため息をついた。

「いいから帰るんや。後は僕らに任せとけ。君はなにを訊かれても、知らなかった、で通すんや。奥さんと子供がいてるんやろ?」

そう言って、なあ、と山崎に笑いかけた。山崎もうなずいて苦笑した。

「悪いことは言わん。もう一回だけ奥さんとやり直してみろ。上手く行っても行かへんでも、死ぬとき後悔せんですむから」

ミモザは黙って埃だらけの廃墟を見渡した。ここは後悔の詰まった幽霊ビルだ。でも、美しい。

「このビルではじまったことは、このビルで始末を付ける。それだけのことや。鵜川もそれを望んでる」

源田がレコードプレーヤーに近づいた。「ひまわり」のサントラから針を上げる。「ヘンリー・マンシーニ」に入れ替えた。

「最後はやっぱり『酒とバラの日々』やな。酒は明石さん。薔薇は白墨や」

針を落とすと、甘く気怠い歌が流れ出した。しばらく黙って歌を聴いた。どんな内容かはわからなかったが、全身の力が抜けていくような感覚があった。

小さな手でチョークを握り、床に薔薇の絵を描く幼い母が見えるような気がした。

「……古い電化製品は火が出たりするらしいな」

山崎がステレオを眺めながら言った。まるで、世間話をするような口調だった。すると、源田ははっとしたような顔をして、それから笑った。

「ああ、そうや。電化製品だけやない。こんな古いビル、いつ、漏電《ろうでん》で火事になってもおかしくない」

それを聞くと、鵜川がぼろぼろ涙をこぼしながら、男たちに向かって言った。

「山崎さん、源田さん、本当にすまん」

「いや」山崎が呆れたように笑った。「ここはみんなの王国やろ?」

鵜川が号泣した。源田もつられて泣きだした。

「さあ、もう帰ってくれ。私たちはこれから忙しいんや」山崎はミモザと長須明石に向き直り、面倒臭そうに言った。

ミモザはなにも言えなかった。男たちはもう決めたのだ。

「ミモザ君。閑ちゃんによろしく。若い明石さん、ありがとう」山崎が言った。

「奥さんと娘さんにもよろしく」源田が言った。

「ええ。もう一度、話をしてみようと思います」

「ああ、それがええ」

男たち三人が嬉しそうに微笑んだ。

ミモザは一礼した。震えている長須明石の手を引いて、入口に向かって歩き出す。埃だらけの絨毯を踏む足がふわふわと頼りない。

不思議だ。この廃墟ビルにずっといたいような、それとも今すぐ走って逃げ出したいような、どちらの気持ちもする。

ドアの前で立ち止まった。振り返る。

「あの……俺は普通でしょうか？」

「当たり前や」

三人の男が声を揃えて言った。

男たちの背後でゆっくりと火が広がっていく。部屋の中が赤々と輝《かがや》き出した。

――血の色みたいに綺麗。

母の声が聞こえたような気がした。

「いい夜でした」

ミモザは言った。

「ああ。いい夜やった」

男たちはうなずいた。

ミモザは長須明石の手を引いたまま、部屋を出て階段を走り降りた。最上階から傷だらけのレコードの音が降ってくる。閉ざされた中庭に酒と薔薇の匂いが満ちているような気がした。

褪せた緑の木製ドアを開け、二人でビルの外に出る。朝の光の眩しさに思わず立ちすくんだ。

背後でドアが閉まった。ぶつんと廃墟の音楽が消えた。

「さあ、行こう」

ミモザは長須明石をうながし、歩きはじめた。

朝火事に気付いた近所の人たちが道路に出て来た。煙が出ている、とビルを指さし騒いでいる。ミモザは足を止めずに歩き続けた。

「よかったら、万博パンを食べに来てよ。五十年前から味は変わってない」

「はい。是非」

妹がうなずいた。ミモザは思わず笑った。妹ができた。俺は独りじゃない。

正面に朝日に輝く教会の塔が見えた。もう幽霊船の気配はない。いつも通りの普通の朝のはじまりだ。

さあ、店に戻って万博パンを焼こう。それから、もう一度、妻と娘を迎えに行こう。夜になったら、父の見舞いに行こう。そして、こう言おう。

王国はまだありました。みんな幸せに暮らしていました。

あの子は幸せになりました。

解説

松井《まつい》ゆかり
（書評ライター）

遠田潤子作品の登場人物は、いつも袋小路《ふくろこうじ》にいる気がする。「そんなヤツには関わらない方がいい」というような人物にまんまと裏切られたり、「そんな話に乗ってはいけない」というような計画に案の定振り回されたりしながら、どんどん追い詰められてそこから抜け出すことができない。『廃墟の白墨《はくぼく》』も、そういったキャラクターたちの見本市のような小説になっている。

序章で綴《つづ》られるのは、母親と子どものいる風景。母親は子どもをミモザと呼んでいる。彼女の宝物は、ロルカ詩集とチョーク入れとカスタネット。あともうひとつ大切にしているのは、彼女の母親が初恋の人からもらったという古い船員手帳。「遠くへ行きたい」と繰り返し語り、ロルカの詩を口ずさみ、カスタネットを鳴らす母。胸が痛くなるほど美しいイメージだが、いったいどんな物語なのかはまだわからない。

次の章は、ミモザが店を閉めて裏にある自宅に戻ってきた場面から始まる。三十歳になった和久井《わくい》ミモザは、パン職人になったらしい。一緒に「和久井ベーカリー」を切り盛りしてきた父・閑《かん》は三か月ほど入院中で、主治医から「覚悟するように」と言われるほど衰弱が進んでしまっていた。妻と娘は半年前に家を出ていき、何度懇願《こんがん》しても戻らないまま……といった家庭環境とともに、ミモザの孤独な心情が淡々と描かれる。

その日自宅の郵便受けに届いていたのは、二通の茶封筒。娘が描いた「おとうさん」の絵が同封された妻からの手紙と、閑に届いたもの。離れて暮らす娘の成長が感じられる絵を見て、ミモザは涙を堪《こら》えるのがやっとの状態に。

店で焼いた定番商品である万博《ばんぱく》パンと父宛ての茶封筒を携え、ミモザは病院に見舞いに行く。最近はうつらうつらすることが多くていまもぼんやりとした状態の父のかわりに、ミモザが茶封筒を開けると中から白い角封筒と一枚の便箋《びんせん》が出てくる。便箋には茶封筒の表書きと同じ豪快な文字で、「閑ちゃん。待っている。明石《あかし》ビルは昔のままだ」と書かれていた。さらに角封筒には、モノクロらしき写真が。どうやらいったん違う住所に配達された手紙が、転送されてきたらしい。そこに写った本物のように見える白い薔薇《ばら》はチョークで描かれたもののようで、裏には「四月二十日。零時《れい》。王国にて」の文字が。

封筒類の中身を説明したところ、閑は驚愕《きょうがく》の表情を浮かべ、大きく見開いた眼から涙をこぼす。興奮状態で封筒と写真を捨てるよう繰り返す父の姿に、戸惑うミモザ。

しかしミモザは、薔薇の絵に見覚えがあり、「王国」のことも記憶にある気がしてならなかった。一度は捨てた手紙をこっそり拾い、父には内緒で約束の日時に最初に配達された住所でもある明石ビルに向かう。施錠《せじょう》されていない扉から中に入ったミモザは、ビルの真ん中にある巨大な吹き抜けに大きな木が生えているのを見つける。金色の塊《かたまり》のような花はギンヨウアカシア、つまり自分と同じ名を持つミモザだった。

老朽化したビルの最上階にいたのは、三人の老人。合気道の師範の山崎《やまざき》、ギター講師兼ピアニスト兼ドラマーの源田《げんだ》、元左官で現在はボランティアをしている鵜川《うかわ》。手紙の送り主が誰なのか、自分たちがどのような目的で集められたのか、彼らもわかっていないと打ち明けた。閑の息子が現れたことには警戒の色を隠せない様子で、たとえ身内といえども閑本人以外に話せることはないと頑《かたく》なな様子を見せる。父が何かを隠しており、その秘密には老人たちが関係しているに違いないとミモザは推測する。父のためにほんとうのことを知りたいと食い下がるミモザに、山崎はこの話を聞いたらタダでは済まないと告げた。「君は閑ちゃんから責任を引き継ぐことになる」「責任の中身を知ったら、君はその瞬間から引き継ぐことになる」という謎めいた説明に、ミモザは怯《ひる》みながらも承諾する。老人たちはひとりずつ語り始めた、昔このビルに暮らしていた女と、彼女の娘で「白墨」と呼ばれていた少女のことを……。

著者の遠田潤子氏は、二〇〇九年に第二十一回日本ファンタジーノベル大賞を受賞した『月桃夜』（二〇〇九年、新潮社。二〇一五年に新潮文庫ｎｅｘ）でデビュー。二作目の『アンチェルの蝶』（二〇一一年、光文社。二〇一四年に光文社文庫）からはミステリー系・サスペンス系の作品が続いている。二〇一六年、『雪の鉄樹』（二〇一四年、光文社。二〇一六年に光文社文庫）が「おすすめ文庫王国２０１７」（本の雑誌社）で第一位となった頃から、読書好きの注目度が高まった。二〇二〇年には『銀花の蔵』（新潮社）が直木賞候補となり、〝エンターテインメント小説界の至宝〟（僭越《せんえつ》ながら、松井考案のキャッチコピーです）としての地位はますます強固なものになっているといえよう。

率直に言って明るい作風とはいえない。世の中には前向きでキラキラした小説も星の数ほど存在する。にもかかわらず、苦い思いをするとわかっている物語を読者に進んで手に取らせる、唯一無二の魅力を持つ作家だと思う。

過去のできごとによって現在の登場人物たちががんじがらめになる、という展開は遠田作品の定番である。本人が直接関わり合っている場合もあるし、自分が生まれるよりはるか昔の事件が影響を及ぼしているケースもある。

本書では、白墨自身が関係しているらしい事件や、ミモザの持つ母親の記憶についての疑問など、複数の謎が複雑に絡み合っている。少しずつ解決に向かっているかにみえても、そこからまた二転三転し、最後まで物語がどこへ向かうのかわからない。彼らが共有していた密度の濃い時間が、実は真夜中から朝までのたった一晩のできごとだったことには驚くばかりだ。

幾重《いくえ》にもしかけられた謎解きとしてのおもしろさと、子どもたちの置かれている境遇が比較的ましなものであることから（あくまでも当社比、というか同じ著者の作品で比べたらという意味合いではあるけれども）、私はファーストブックならぬ〝ファースト遠田潤子〟としても『廃墟の白墨』を推したい。

大人たちも哀《かな》しい。けれどもそれ以上につらい思いをさせられるのが子どもたちだ。本来ならば天真爛漫《てんしんらんまん》に振る舞っても許されるはずなのに、彼らは大人たちに虐《しいた》げられている。相手の顔色をうかがい、親たちの諍《いさか》いに胸を痛め、人々の心ない言葉に傷つけられる。〝真実を明かさず子どもに不自由を強いる大人〟と〝大人が教えないせいで何も知らない子ども〟は対《つい》のような存在といっていい。白墨しかり、ミモザしかり。

本書における、最たる被害者は白墨だといえるだろう。母親からの愛情を十分には得られなかった白墨。大人たちの嘘によって塗り固められた暮らしの中で生きてきた白墨。

単行本刊行時のインタビュー（本の総合情報サイト「Ｂｏｏｋ　Ｂａｎｇ」）にて、著者は「この作品のテーマは、『惻隠《そくいん》の情』だと思っています」と語っている。作中では山崎の口から出た言葉で、白墨に対する気持ちを「人を哀《あわ》れむ心や。小さな子供が井戸に落ちそうになっていたら、ごく自然に哀れみの気持ちが湧き起こる。あの子は井戸に落ちかかっている子供やったんや」と述べるシーンが印象的だ。白墨が普通の生活を送れるようにと必死に願った王国の住人たちの心情を否定することは難しい。たとえ的外れな部分はあったにしても、自分たちが白墨を傷つけていたという負《お》い目によるものだったとしても、誰かが自分のことを心から思ってくれた記憶は確かに白墨を支えただろうから。

遠田作品の登場人物たちはなぜこんなにも苦しまなければならないのか、と折に触れて考える。どの作品を読んでいても、主人公たちはつらい方へつらい方へと進んでいってしまう。目を背《そむ》けたくなるような修羅場《しゅらば》や耐え難い苦痛に向かって。

本書を読み返してみて、登場人物のひとりの言葉に答えらしきものを見つけた気がする。それは、「どうすべきだったのか、と考えても無意味や。この歳になってわかる。人生には選択肢などない。選択肢があったと思い込んで、自分を慰《なぐさ》めたいだけや」との言葉だった。

あのときああしていれば、もっと違う道を選んでいれば、と後悔せずに生きられる人間などまずいないだろう。反省を次に生かせる人はいい。しかし、同じような失敗を繰り返さずにいられない人、どうしようもない人生から決して抜け出すことのできない人も確かに存在するのだ。楽しいことも希望もなく、一般論や理想主義といったものは何の役にも立たず、いつか終わりの日が来るまで歯を食いしばってひたすら毎日をやり過ごすしかないような人が。

遠田作品には救いなど感じ取れないと思う読者も少なくないかもしれない。本書においても、取り返しのつかないことに手を染めてしまった者も、真実を知ることなく苦しみを抱えながら亡くなった者もいる。人生はただそのまま、本人が生きている通りにあるのみだ。この本に希望を読み取るかどうかは、読み手に委《ゆだ》ねられている。

それでも本書を読むことで、器用には生きられない自分というものを肯定することはできるのではないかと感じた。不器用なりに、堅牢《けんろう》な袋小路だった明石ビルから出て行くことだって可能なのだから。

＊本文中のロルカの詩は『ロルカ詩集（世界現代詩文庫21）』小海永二訳（土曜美術社出版販売刊）から引用しました。

二〇一九年九月　光文社刊

光文社文庫

廃《はい》墟《きょ》の白《はく》墨《ぼく》

著者　遠《とお》田《だ》潤《じゅん》子《こ》

2022年3月20日　初版1刷発行

発行者　鈴木広和
印刷　新藤慶昌堂
製本　ナショナル製本

発行所　株式会社 光文社
〒112-8011　東京都文京区音羽1-16-6
電話（03）5395-8149　編集部
8116　書籍販売部
8125　業務部

落丁本・乱丁本は業務部にご連絡くだされば、お取替えいたします。
ISBN978-4-334-79317-3　Printed in Japan

組版　萩原印刷